HANS W. CRAMER

Wer Sünde sät

HANS W. CRAMER

Wer Sünde sät

Thriller

GMEINER SPANNUNG

Personen und Handlung sind frei erfunden.
Ähnlichkeiten mit lebenden oder toten Personen
sind rein zufällig und nicht beabsichtigt.

Besuchen Sie uns im Internet:
www.gmeiner-verlag.de

Im Ehnried 5, 88605 Meßkirch
Telefon 07575/2095-0
info@gmeiner-verlag.de

1. Auflage 2016

Lektorat: Claudia Senghaas, Kirchardt
Herstellung: Julia Franze
Umschlaggestaltung und Foto: © U.O.R.G. Lutz Eberle, Stuttgart
Druck: GGP Media GmbH, Pößneck
Printed in Germany
ISBN 978-3-8392-1884-6

Für Jan und Peter

Alle Frauen werden wie ihre Mütter.
Das ist ihre Tragödie.
Die Männer niemals. Das ist ihre.

Oscar Wilde in *Bunbury*

PROLOG

Die Gedanken wirbelten durch seinen Kopf, wie das Wasser, das in seiner Nase brannte und immer fordernder in seinen Mund drängte.

War er diesmal zu weit gegangen? Aber was hätte er anderes machen können? Die Gefühle hatten ihn regelrecht übermannt.

Gefühle? Nein. Der Begriff stimmte hier nicht. Es war eine Art Besessenheit, eine Obsession, die ihn trieb. Er wusste das.

Klar: damals. Letztes Jahr. Da waren rohe Gewalt und anschließende Erpressung im Spiel gewesen. Das war nicht ganz okay. Aber sie hatte ihn so gereizt. Was hätte er denn machen sollen, als sie ihm diese deutlichen Zeichen gesendet hatte? Ihr Nein hatte er einfach nicht gehört – hören wollen. Dann war sie für einige Monate weg gewesen. Schade. Sie hatte ihm gefehlt.

Aber letztendlich hatte auch das nichts an seinen Gefühlen verändert. Er brauchte sie. Und dass sie seine Annäherungen nicht erwiderte, machte es erst recht reizvoll. Er wollte doch nur das Beste für sie und natürlich für sich, oder?

Heute hatte sich wieder so eine wunderbare Gelegenheit ergeben, sich ihr zu nähern: Eine große Gruppe Schüler aus verschiedenen Klassen und Jahrgangsstufen war bei dem heißen Sommerwetter aufgebrochen und zu dem kleinen Baggersee in der Nähe von Feilbingert gefahren, der von allen nur Silbersee genannt wurde.

In Scharen waren sie mit ihren Mofas, Shiroccos, R4 und Käfern über die kleinen Straßen gebraust, wie immer vom Sommer angestachelt, wie immer zu schnell, übermütig, den Schulalltag vergessend.

Auch sie war dabei gewesen. Er hatte sich stets in einem sicheren Abstand von ihr aufgehalten. Er wollte sie nicht bedrängen. Noch nicht.

Dann waren die meisten Kinder und Jugendlichen losgezogen und hatten sich auf den Rückweg zum Internat nach Bad Sobernheim gemacht. Übrig blieben der blöde Typ, der immer um sie herumschwänzelte, ohne wirklich mit ihr zusammen zu sein, er selbst und natürlich sie.

Die beiden unterhielten sich intensiv. Er konnte leider nichts verstehen, dazu lagen sie zu weit von seinem Standort entfernt.

Der Rotenfels machte seinem Namen alle Ehre und begann, in der tiefer stehenden Sonne in einem kräftigen Rot zu leuchten, während immer längere Schatten den See stellenweise schwarz färbten. Es war windstill, eine gewisse Schwüle lag in der Luft, obwohl sich keine Wolke am Himmel zeigte.

In diesem Moment erhob sie sich von ihrem Handtuch. Ihre braun gebrannten Arme und Beine leuchteten in der Sonne, und ärgerlicherweise schenkte sie ihrem Begleiter ein Lächeln, bevor sie mit geschmeidigen Bewegungen ins Wasser glitt.

Das war seine Chance.

Er stand ebenfalls auf und stieg, vor den Blicken der anderen beiden durch einen Felsen geschützt, in den See. Leise näherte er sich ihr und konnte unbemerkt herantauchen. Seine Erregung machte ihn fast krank. Das Herz schlug ihm fest und schnell im Hals und der Brust, als er sie sanft berühren wollte.

Vielleicht war es nicht so sanft gewesen, wie er es vorgehabt hatte. Aber hatte sie so schreien müssen?

All diese Gedanken gingen ihm durch den Kopf. Viel Zeit zum Nachdenken hatte er nicht mehr, da ihn vier starke Hände unerbittlich unter Wasser drückten.

Auch ihre Hände sind dabei, dachte er. Sie sind stark von ihrem perfekten Volleyballspiel. Ab und zu streiften ihre Beine seinen Körper und er konnte es fast genießen. Dann aber wurde ihm schwindelig, schwarze Punkte tanzten vor seinen Augen und der Drang, frische Luft in seine Lungen zu bekommen, wurde immer heftiger.

Erst jetzt machte er sich klar, dass dies hier keine Warnung mehr war.

Das war wahrscheinlich sein Ende.

Er war wohl tatsächlich zu weit gegangen …

TEIL 1

DIE LÜGEN

1. KAPITEL

Es war unerträglich heiß in dem hochmodernen Sitzungssaal des Golfclubs »Nahegrund« in der Nähe des gleichnamigen Flusses. Die Klimaanlage war zum wiederholten Male ausgefallen, sodass Dr. Stefan Burger, Vorsitzender des Clubs, mit Schrecken an die Reparaturkosten dachte.

Überhaupt lief die Sitzung so gar nicht nach seinem Geschmack. Die neuen Mitglieder waren nach fünf Minuten abgearbeitet, die Steigerungszahlen der Platzbelegung hatten kaum länger gedauert, während man jetzt bereits seit zwei Stunden über notwendige Investitionen und Ausgaben diskutierte, die die mageren Einnahmen bei Weitem überstiegen. Außerdem musste er dringend nach Hause, um das anstehende Ehemaligentreffen seiner Abiturklasse zu organisieren.

Er seufzte vernehmlich und zog sich damit einen strengen Blick seines Freundes und Finanzausschussvorsitzenden Peter Bach zu.

Burger schielte auf die Tagesordnung und stellte mit Erleichterung fest, dass nur noch »Sonstiges« abzuhandeln war. Unter diesem Punkt gab es normalerweise keine Anträge mehr, da er wie immer beflissentlich alles Anstehende in die übrigen Punkte eingearbeitet hatte.

Er lockerte seine Krawatte erneut, was den Effekt hatte, dass sich der Knoten endgültig verabschiedete. Seufzend zog er sie aus dem schweißnassen Kragen und stopfte sie in seine Hosentasche.

»Gibt es sonst noch etwas zu besprechen?«, fragte er auf allgemeines Kopfschütteln hoffend in die Runde.

»Allerdings!«

Der Platzwart, na prima, dachte Burger entnervt.

»Thomas, was gibt es denn so Dringendes? Wir haben doch alles besprochen.«

»Nicht ganz, Herr Dr. Burger«, meinte der Angesprochene. Thomas Bolz war mittlerweile Rentner und seit Bestehen des Golfclubs als Greenkeeper tätig. Alle schätzten seine Arbeit, und Burger musste sich eingestehen, dass sämtliche bisherigen Einwürfe des eher stillen und zurückhaltenden Mannes Hand und Fuß gehabt hatten.

»Es geht wieder einmal um das Fairway sieben. Ich bekomme nun schon seit der letzten Umgestaltung, also seit zwei Jahren«, Thomas betonte die beiden letzten Wörter ausdrücklich, »Beschwerden über das linke Rough, ungefähr 30 bis 50 Meter vor dem Green.«

Zustimmendes Gemurmel wurde hörbar. Alle kannten das Problem. Die Bahn Nummer sieben war ein Blind Hole. Das heißt, man konnte vom Abschlag und von weiten Teilen des gesamten Fairways das Loch auf dem Green nicht sehen, da die Bahn nach rechts gebogen war und das Ende hinter einer kleinen Kuppe lag. Das führte dazu, dass viele Bälle nach dem Abschlag links der Bahn im weniger gemähten, hohen Gras landeten, dem Rough. Grundsätzlich kein Problem. Wollte man aber von hier aus Richtung Green, also der kurzgeschorenen Grasfläche mit der Fahne und dem Loch, spielen, stand man einem circa drei Meter hohen Hügel gegenüber, der so nah war, dass ein Überspielen praktisch unmöglich war. Diesen Hügel hatte man wie auch andere Unebenheiten des Geländes so belassen, um die Ursprünglichkeit so weit es nur ging zu erhalten. Der Vorstand sah sich jedoch mit einem wachsenden Unmut der Spieler konfrontiert, die schlicht keine Lust hatten, um den Hügel herumzuspielen. Das wäre ja wie

Minigolf, hörte man fast jede Woche, und Burger musste sich eingestehen, dass es so nicht weiterging.

»Also gut«, seufzte er. »Irgendwelche Vorschläge?«

Es dauerte gute 30 Minuten, bis man sich schließlich einigte, die eigentlich notwendige, aber zeitaufwendige Ausschreibung für die Umgestaltung zu umgehen und einen bekannten Gartenbauingenieur aus Feilbingert direkt zu beauftragen. Sollte dieses Verfahren zu Protesten bei der nächsten Vollversammlung führen, müsste man eben kleinere Brötchen backen.

Erleichtert, endlich alles geschafft zu haben, packte Burger seine Papiere zusammen.

»Ach, Peter!«, hielt er den davoneilenden Freund auf. »Du hast mir noch gar nicht definitiv für Samstag zugesagt. Ich muss heute und morgen alle anrufen oder anmailen, die bisher nur sehr vage oder gar nicht geantwortet haben.«

Die beiden Männer standen nebeneinander, und ein Fremder hätte darauf wetten mögen, dass es sich um Brüder handelte. Stefan Burger: 50 Jahre alt, schlank, aber athletisch gebaut mit vollem, dunkelblondem Haar, das erst an wenigen Stellen mit grauen Strähnchen durchzogen war. Sein Gesicht – jetzt durch die Hitze und Anstrengung der Sitzung gerötet und verschwitzt – strahlte üblicherweise eine tiefe Ruhe und heitere Gelassenheit aus.

Sein Freund Peter Bach war gleich groß, etwa 1,90 Meter, ebenfalls sehr schlank, wenn auch nicht so sportlich wie Stefan. Die Haarfarbe und Frisuren waren identisch, was beiden des Öfteren spöttische Bemerkungen über ihre Beziehung eingebracht hatte. Auch bei ihm überwog die gute Laune, wobei ihm die vielen kleinen Lachfältchen um seine Augen und die Mundwinkel herum einen eher verschmitzten, wenn nicht sogar jugendlich-frechen Ausdruck verliehen.

»Klar komme ich, Stefan! Das lass ich mir doch nicht entgehen. Die ganze Chaotentruppe mal wieder zusammen. Super! Weißt du, auf wen ich mich am meisten freue?«

Burger schüttelte den Kopf.

»Auf Nora. Du hast sie doch diesmal gefunden, oder?« Peter Bach verdrehte schwärmerisch die Augen. »Mann! War das ein Mädchen! Weißt du eigentlich, ob sie verheiratet ist?«

»Ich habe keine Ahnung«, antwortete Burger, langsam Richtung Ausgang schlendernd. »Wir werden auch diesmal auf sie verzichten müssen. Tut mir leid, Peter, aber ich habe nach wie vor keine Ahnung, wo sie steckt, wie sie jetzt heißt oder welche E-Mail-Adresse sie hat. Aber für dich und Heike ist das wohl auch besser so.« Augenzwinkernd stupste er seinem Freund, der ihm gefolgt war, in die Rippen.

»Du gönnst mir aber auch gar nichts«, lachte Peter und verließ mit Stefan gut gelaunt das Clubhaus.

2. KAPITEL

Man kann davon ausgehen, dass die Ursachen für seine Probleme bereits vor der Geburt begannen. Das Geburtsgewicht von gerade einmal 2.650 Gramm nach 40 Wochen Tragzeit erklärten sich die Ärzte in der Frankfurter Geburtsklinik mit dem nachweislichen Alkohol- und Nikotinkon-

sum der Mutter, die diesen während der Schwangerschaft in keiner Weise eingeschränkt hatte. Vier Tage nach der Geburt verließen die Mutter und das Neugeborene die Klinik. Erstere in eine abgewetzte Jeansjacke gehüllt, der Zweite in einem zur Babytasche umfunktionierten Einkaufskorb. Der Bus vor der Klinik fuhr in Richtung Innenstadt. Sie stiegen ein paarmal um, bis sie schließlich nach etwa einer Stunde Fahr- und Laufzeit zu Hause ankamen. Dort erwartete sie der Vater und Ehemann, der sich allerdings in einem Zustand befand, der ein Abholen der beiden Ankommenden unmöglich gemacht hätte. Die halbleere Flasche billigen Weinbrands sowie fünf Flaschen Bier auf dem Couchtisch, der ansonsten übersät war mit abgegessenen Tellern, Krümeln und Essensresten nicht definierbarer Herkunft, sprachen eine eindeutige Sprache. Andererseits hätte er die beiden sowieso nicht abholen können, zumindest nicht mit einem Auto, da er erstens keines besaß und ihm zweitens schon vor etlicher Zeit der Führerschein wegen wiederholten Fahrens unter Alkoholeinfluss endgültig abgenommen worden war.

In einem zweiten Raum der kleinen Dreizimmerwohnung schrie ein weiteres Kleinkind, was der Vater in stoischer Ruhe ignorierte. Der Korb mit dem Neugeborenen wurde von seiner Mutter achtlos vor das Bettchen der etwa zwei Jahre alten Schwester gestellt und die Tür von außen geschlossen. Daraufhin ließ sich die frischgebackene zweifache Mutter wortlos neben ihren Mann auf das Sofa fallen und genehmigte sich genüsslich stöhnend einen großen Schluck aus der Weinbrandflasche.

3. KAPITEL

Am nächsten Abend hatte Stefan Burger alle ehemaligen Mitschüler, die bisher noch unsicher waren, ob sie zur 30-Jahr-Feier erscheinen würden, telefonisch oder per E-Mail erreicht.

Zufrieden lehnte er sich in seinem ledernen Schreibtischsessel zurück und betrachtete seine Aufzeichnungen. Von den damals 70 Abiturienten waren zwei mittlerweile verstorben, fünf lebten im Ausland und konnten nicht kommen, zehn weitere waren einfach nicht erreichbar (davon acht Frauen, die wahrscheinlich durch Heirat und Namensänderung nicht auffindbar waren). Blieben 53, von denen immerhin 45 fest zugesagt hatten. Ein guter Schnitt, dachte Burger und nahm ein zweites Stück Papier in die Hand. Hierauf hatte er die geplanten Aktivitäten für den Samstag notiert. Die Zimmer in den zwei Hotels in Bad Sobernheim waren gebucht, das Treffen auf dem Schulgelände war für 15 Uhr angesetzt. Zwei Lehrer hatten sich zu einer Führung durch ihre alte Schule bereit erklärt (unter anderem ihr alter Chemielehrer, der nun kurz vor der Pensionierung stand). Danach sollte es bei schönem Wetter – und danach sah es vier Tage vorher aus – in einen Biergarten am Naheufer gehen. Zum Abend hatte Burger einen Saal im Ratshof angemietet, wo sie gemeinsam essen konnten. Anschließend gab es eine kleine Präsentation mit Bildern aus ihrer Schulzeit und die Möglichkeit zum Tanzen.

Große Lust hatte er nicht gehabt, die gesamte Planung für das Fest zu übernehmen. Aber als alteingesessener Bad Sobernheimer und bekannter Rechtsanwalt, dem alle Türen offen standen, war es nur natürlich gewesen, dass sich gleich mehrere seiner ehemaligen Mitschüler mit der Bitte an ihn gewandt hatten, diese mühselige Arbeit auf sich zu nehmen.

In diesem Augenblick klopfte es sachte an die Tür seines Arbeitszimmers, und der blonde Lockenkopf seiner Frau Susanne erschien im Türspalt.

»Liebling! Willst du nicht Schluss machen? Ich hab uns einen schönen Silvaner vom Herrmann aufgemacht. Es ist schon spät, und ich möchte gerne hören, wer denn nun am Samstag kommt.«

»Wenn du so verführerisch guckst, kann ich gar nicht Nein sagen. Klar komme ich.« Stefan Burger nahm die beiden Zettel von seinem Schreibtisch und folgte seiner Frau auf die Terrasse, wo diese bereits zwei Gläser gefüllt hatte.

Nach den ersten Schlucken steckten beide die Köpfe über der Namensliste zusammen.

»Siehst du, hier: Die können alle nicht oder wohnen zu weit weg. Und diese hier«, Burger wies auf eine kleine markierte Liste, »haben abgesagt.«

»Och! Noras Adresse hast du immer noch nicht! Wie schade. Ich hatte mich schon so darauf gefreut, sie endlich wiederzusehen.«

»Na, da geht es dir wie Peter. Der war auch mächtig enttäuscht.«

»Aber dass sie bisher zu keinem Treffen gekommen ist, verstehe ich nicht. Alle haben sie gemocht, auch wenn sie nach dem halben Auslandsjahr verändert war, findest du nicht?«

Burger nickte nachdenklich. »Ja. Sie war viel stiller, in sich gekehrt, als würde sie etwas bedrücken. Aber du hast doch damals auch nicht rauskriegen können, ob in Australien etwas passiert ist, oder?«

»Nein. Sie hat überhaupt sehr wenig über diese Zeit gesprochen. Alles sehr vage. Und nach dem Abi ist sie ganz schnell in der Versenkung verschwunden. Bei unserer Abschlusstour war sie nicht dabei und beim Ein-Jahres-Treffen auch nicht erschienen.«

»Ist schon komisch. Vorher war sie immer mittendrin, hat jeden Quatsch mitgemacht und war ein guter Kumpel. Hat sie eigentlich mal mit einem aus der Schule was gehabt?«

Susanne blickte Stefan fragend an. »Du meinst so richtig, oder einfach als Freunde?«

»Nein, ich meine richtig. Ich kann mich nämlich an keinen erinnern.«

Susanne schwieg eine Zeitlang und nahm einen großen Schluck aus ihrem Weinglas. »Wenn ich mich recht entsinne, gab es da keinen. Nur mit Andreas war sie viel zusammen. Gerade vor ihrem Auslandsaufenthalt, erinnerst du dich?«

»Ach, du meinst Andreas Karmann. Der so plötzlich verschwunden ist. Komische Sache war das damals: direkt vor dem Abi unterzutauchen. Ob der auf die schiefe Bahn geraten ist? Ich hab nie wieder was von ihm gehört. Na ja, was soll's. Wird schon ein netter Abend werden. Ich bin ganz zuversichtlich. Was gab es denn bei dir heute?«

Am nächsten Morgen hatte Stefan Burger zunächst einige Dinge in seiner Kanzlei zu erledigen, bevor er sich um 11 Uhr auf den Weg Richtung Golfplatz machte. Er wollte mit eigenen Augen sehen, wie die Arbeiten am Fairway sieben vorangingen. Schließlich war ein 18-Loch-Spiel nicht möglich, solange die Arbeiten andauerten – und das hieß weniger Spieler und weniger Einnahmen.

Gerade als er in die Auffahrt zum Golfclub einbog, klingelte sein Handy. Er drückte auf die Freisprechtaste seines BMW und meldete sich.

»Chef? Hier spricht Marquart. Sie sollten schnellstens kommen. Wir brauchen Sie hier, dringend!«

»Ich bin schon da«, antwortete Burger und parkte seinen Wagen vor dem Clubhaus.

Irritiert über den Anruf eilte er zu seinem Büro, wo ein aufgeregter Marquard, seines Zeichens Mädchen für alles und Clubsekretär, auf ihn wartete.

»Was gibt es denn so Wichtiges?«, fragte Burger.

»Sie sollten sich das am besten selbst ansehen, Chef. Draußen bei den Bauarbeiten an der Sieben.«

Stefan Burger hatte keine Lust auf lange Ratespielchen, stürmte über die Terrasse zum Wagenpark und bestieg ein Golfcar. Nach wenigen Minuten erreichte er das Fairway sieben, wo einige Bauarbeiter und Angestellte des Golfclubs tatenlos um den ärgerlichen Hügel herumstanden.

»Was ist hier los?«, fragte Burger nervös in die Runde.

Einer der Männer trat zu ihm. Es war der beauftragte Gartenbauingenieur aus Feilbingert.

»Wir haben heute Morgen wie besprochen mit der Abtragung des Hügels begonnen, Herr Dr. Burger. Und nach etwa 70 Zentimetern haben wir das hier gefunden.«

Er schob die Männer beiseite und führte den beunruhigten Vorsitzenden näher heran. Was der dort sah, ließ ihm das Blut in den Adern gefrieren. Natürlich kannte man so etwas aus Krimis im Fernsehen oder Thrillern, die Susanne so gerne las, aber mit eigenen Augen eine halbverweste Leiche zu sehen, war etwas ganz anderes. Von der Kleidung war nichts zu erkennen. Die eindeutig männliche Leiche sah wächsern aus, als wäre sie einbalsamiert. Die Haut war teilweise verwest und hing in Fetzen von Armen, Beinen und dem Gesicht herab, wohingegen sie am Bauch relativ gut erhalten war. Gerade das Gesicht bekam durch die stellenweise fehlende Haut einen fratzenhaften Ausdruck. Die Augenhöhlen waren zudem leer, und an der Schädelkalotte hingen nur noch einzelne Haarsträhnen.

»Haben Sie schon die Polizei gerufen?«, fragte Burger sichtlich um Professionalität bemüht.

»Nein, wir wollten auf Sie warten.«

»Okay, ich erledige das. Bitte schaffen Sie die Leute hier weg und versuchen Sie das Ganze abzusperren. Geht das?«

»Klar. Machen wir«, antwortete der Ingenieur, dessen Gesicht stark an das eines gepuderten Höflings aus dem 18. Jahrhundert erinnerte. Er schluckte und begann, seinen Angestellten Anweisungen zu erteilen.

4. KAPITEL

Er hatte sich extra eine Woche freigenommen. Aufgeregt wie ein kleines Kind steuerte Christoph Butzek seinen Toyota Auris über die A61 Richtung Norden.

Ganz überzeugt von seinem Vorhaben war er noch immer nicht. Eigentlich fehlte ihm doch nichts! Es war ihm die ganzen 31 Jahre seines Lebens gut gegangen. Seine Adoptiveltern hatten ihn liebevoll aufgezogen. Seine Kindheit war perfekt verlaufen. Die Schulzeit sowie das Studium der Psychologie waren ihm leichtgefallen, und jetzt arbeitete er bereits seit drei Jahren in einer gut gehenden Psychologischen Gemeinschaftspraxis in Lörrach mit seinem Freund und Kollegen Martin zusammen.

Okay, die Sache mit der Liebe hatte noch nicht richtig geklappt. Aber irgendwann würde ihm die Richtige schon über den Weg laufen.

Also was sollte das jetzt hier? Seine Adoptiveltern hatten ihn unterstützt, als er ihnen zwei Monate zuvor gestanden hatte, dass er seine leiblichen Eltern suchen wolle.

»Mach das, mein Junge!«, hatte sein Vater gesagt. »Es ist wichtig, seine Wurzeln zu kennen.«

Seine Wurzeln? Waren sein Ursprung und seine Prägung nicht bei diesem wunderbaren Paar, das ihn aufgezogen hatte? Er war schließlich sofort nach seiner Geburt zu ihnen gekommen, also was hatten ihm seine leiblichen Eltern, seine Erzeuger, mitgegeben? Aber er wäre ein schlechter Psychologe, wenn er nicht gewusst hätte, dass die genetische Veranlagung einen nicht unwesentlichen Teil zur eigenen Entwicklung beisteuerte. Und diesen Teil wollte er kennenlernen.

Es ging ihm nicht so sehr um die Frage, warum er damals abgegeben worden war. Das hatte ihm seine Adoptivmutter, soweit sie es konnte, erklärt. Nein. Wie waren die Menschen, die sich wohl einmal geliebt hatten und aus deren Liebe – oder vielleicht nur aus deren Leidenschaft – er entstanden war? Das wollte er wissen. Würde er sich in ihnen wiederfinden? Bei welchen Charakterzügen seiner leiblichen Mutter würde er sagen können: Hey, das bin ja ich! Welche Angewohnheiten seines Vaters würden ihn abschrecken, weil er sie von sich selbst kennen und abscheulich finden würde.

Und was bringt dir das Ganze?, fragte er sich zum tausendsten Mal. Es bringt dir deine Wurzeln näher, würde sein Adoptivvater wieder sagen, und Christoph seufzte schmunzelnd in sich hinein.

Also gut. Mal sehen, wie weit er mit seiner Recherche kommen würde. Viele Informationen hatte er nicht. Seine Eltern hatten ihm nur von dem Krankenhaus erzählt, in dem ihn die damals noch sehr junge Frau zur Welt gebracht hatte. Er hatte gegoogelt, und die Klinik existierte tatsächlich noch.

Christoph kannte sich in Rheinland-Pfalz überhaupt nicht aus und lauschte seinem Navigationsgerät. Er verließ die Autobahn an der Ausfahrt Bad Kreuznach und erreichte die Stadt nach 30 Minuten. Das ehemalige Diakonissenhaus war mittlerweile zu einer großen Verbundklinik mit einem weiteren Krankenhaus in Kirn fusioniert, so hatte er gelesen. Dadurch hatte man die Geburtshilfe sogar ausbauen können. In diesem Fall war sie einmal nicht der Rationalisierungswut mancher Lokalpolitiker zum Opfer gefallen.

Er steuerte den großen Parkplatz an und blieb noch einige Minuten im Wagen sitzen, um sich auf die nächsten Schritte zu konzentrieren. Würde er tatsächlich den Namen seiner leiblichen Mutter erfahren? Was für Informationen würde man ihm geben können? Christophs Herz schlug viel zu schnell, und sein blaues Hemd hatte handtellergroße Schweißflecken unter den Achseln. Egal! Er hatte sich zu diesem Schritt entschieden. Jetzt würde er ihn auch durchziehen.

Und dann ging alles viel schneller und leichter, als er dachte. Die Dame an der Pforte lotste ihn durch mehrere Flure im Erdgeschoss bis zu einer Tür im Verwaltungstrakt, wo er von einer brünetten Vorzimmerdame gebeten wurde, einen Moment Platz zu nehmen. Man würde sich gleich um sein Anliegen kümmern. Nur zehn Minuten später erschien der Verwaltungschef des Krankenhauses höchstpersönlich und bat ihn mit einer einladenden Geste in sein Büro.

»Möchten Sie Kaffee oder Wasser?« Der etwa 40 Jahre alte Karsten Schmidt – sein Namensschild stand auf dem Schreibtisch – trug wie Christoph ein blaues Hemd, Jeans und ein zerknittertes Leinensakko. Fragend blickte er Christoph an, der schließlich um ein Glas Wasser bat.

»Wären Sie so lieb?«, Schmidt nickte seiner Sekretärin zu, die wartend in der Durchgangstür stand.

Als sie verschwunden war, bat er Christoph, Platz zu nehmen, und setzte sich selbst hinter den großen, hellen Kieferschreibtisch, auf dem ein Chaos herrschte, durch das entweder keiner oder aber nur der Hausherr persönlich Durchblick zu haben schien.

»Es war gut, dass Sie vorher angerufen haben«, meinte Schmidt. »So konnte ich schon vorrecherchieren. Sie haben alle notwendigen Unterlagen beisammen?«

Christoph bejahte und zog die vorbereiteten Dokumente wie seine Geburtsurkunde, seinen Personalausweis, die Adoptionspapiere und eine notariell beglaubigte Aussage seiner Adoptiveltern hervor.

»Sehr schön«, sagte Schmidt. »Wissen Sie, das häufigste Problem ist nämlich, dass die suchenden Kinder die Unterlagen nicht zusammenhaben. Und dann gibt es Probleme. Aber hier … Alles bestens. Dann wollen wir mal sehen.«

Er griff zielsicher nach einer Akte, die sich unter einem Stapel scheinbar wahllos zusammengeschobener Papiere befand. Christoph hielt die Anspannung kaum noch aus. Immer wieder wischte er sich die feuchten Hände an der Vorderseite seiner Jeans ab, die vom vielen Reiben schon ganz fleckig war.

»Also. Die Geburt war am 18. April 1979. Das stimmt mit Ihrer Geburtsurkunde überein. Ja, das ist richtig«, sagte er mehr zu sich selbst. »Mhm. Viel haben wir da leider nicht.« Schmidt blätterte konzentriert in der Akte.

»Es handelte sich um eine Adoption im Kreißsaal. Das heißt, die Freigabe des Kindes – also von Ihnen – zur Adoption war bereits vorab beschlossen. Daher war ein Standesbeamter in der Klinik anwesend. Natürlich nicht im Kreißsaal.« Schmidt lachte entschuldigend. »Die Durchschrift des Beamten über die Übergabe habe ich hier. Es handelte sich um die 17-jährige Nora Schreiner. Der Kindsvater ist als unbekannt angegeben. Keine Adresse, keine weiteren Angaben. Tut mir sehr leid!«, fügte er achselzuckend hinzu. »Jetzt kann es schwierig werden. Aber vielleicht kann ich Ihnen helfen.«

Christoph schwieg. Nora Schreiner. Das war also der Name. Nora. Schön. Er mochte den Namen auf Anhieb. Dass seine Mutter so jung gewesen war, hatten ihm seine Adoptiveltern bereits erzählt. Aber wie kam er jetzt weiter? Konnte dieser Schmidt ihm tatsächlich helfen?

Christoph schaute fragend seinem Gegenüber in die Augen. »Wie?«

»Nun. Ich habe schon viele solcher Anfragen bearbeitet. Eigentlich habe ich hiermit meine Pflicht erfüllt, aber wissen Sie«, Karsten Schmidt lächelte Christoph verständnisvoll an, »ich bin selbst adoptiert und habe diese ganze Suche und Ungewissheit hinter mir. Ich weiß, wie Sie sich jetzt fühlen.«

Erstaunt blickte Christoph auf. »Sie wollen mir wirklich helfen? Einfach so? Das finde ich toll! Ich meine, Sie müssen das nicht. Aber ich würde mich riesig freuen. Zumal ich mich hier in der Gegend überhaupt nicht auskenne.«

»Ist schon recht«, erwiderte Schmidt. »Nach meiner eigenen Suche, die sich übrigens über ein Jahr hingezogen hat, habe ich einen kleinen gemeinnützigen Verein gegründet, der Menschen wie mir und Ihnen helfen soll, ihre leiblichen Eltern zu finden. Ich möchte nicht, dass andere solche Torturen und Enttäuschungen mitmachen müssen wie ich damals. Und hey! Wir haben ein gesetzlich verankertes Recht darauf zu erfahren, wer unsere Eltern sind, oder?«

Karsten Schmidt schaute auf seine Uhr und meinte, er müsste noch etwa eine Stunde arbeiten. Er empfahl Christoph ein nettes, ruhiges Hotel und beschrieb ihm den Weg dorthin. Sie würden sich dort um 18 Uhr treffen und könnten dann alles Weitere besprechen.

Hocherfreut verließ Christoph die Klinik, gab die Adresse des Hotels in sein Navi ein und ließ sich durch die kleinen Sträßchen bis zum Quellenhof direkt an der Nahe leiten. Er checkte ein, nahm eine ausgiebige Dusche und setzte sich auf die Terrasse, um bei einer Tasse Kaffee nachzudenken.

Natürlich freute er sich, dass er in Karsten Schmidt eine kompetente Hilfe bei seiner Suche gefunden hatte. Aber er bezweifelte, dass sie viel ausrichten konnten. In der Akte war kein Hinweis auf die Herkunft von Nora Schreiner zu finden gewesen. Nachdenklich nahm er einen Schluck und schaute in die ruhig dahinfließende Nahe, in deren kleinen Wellen sich die Julisonne spiegelte.

Nora war bei seiner Geburt 17 Jahre alt. Wie mag das für sie gewesen sein? Ungewollt schwanger, von einem Mann oder Jungen, den sie nicht einmal namentlich als Kindsvater angeben wollte. Was ist damals passiert? War es ein Unfall, vielleicht sogar eine Vergewaltigung? Oder hatten die beiden sich geliebt? Und was war mit Noras Eltern? Hatten die zu ihr gestanden oder sie womöglich verstoßen? Alles Fragen, die nur Nora selbst beantworten konnte.

In diesem Augenblick kam Karsten Schmidt um die Ecke und setzte sich Christoph gegenüber an den Tisch.

»Tut mir leid, ging nicht eher.« Voller Elan winkte er die Kellnerin heran und bestellte sich eine Weißweinschorle. Dann rückte Schmidt vertraulich näher.

»Das Entscheidende bei einer solchen Sache ist, sich in die Person hineinzuversetzen, die man sucht. Also, was haben wir?«

»Nichts!«, meinte Christoph resignierend.

»Doch. Wir haben das Alter. Nora war 17.«

»Aber was bringt uns das?« Christoph war ganz und gar nicht von der Herangehensweise überzeugt.

»Wir müssen natürlich ein paar Dinge voraussetzen, sonst kommen wir nicht weiter«, gab Karsten Schmidt zu. »Rein statistisch behalten Mädchen in diesem Alter umso häufiger ihre Kinder, je niedriger ihr Sozialstatus ist. Mädchen in der Ausbildung oder mit Hauptschulabschluss geben ihre Kinder in der Regel nicht zur Adoption frei.«

Christoph runzelte die Stirn. »Ist das so?«

»Ja. Wir müssen das jetzt nicht diskutieren, aber es stimmt. Also. Die Wahrscheinlichkeit ist hoch, dass Nora auf ein Gymnasium ging. Weiter können wir davon ausgehen, dass ihr die Schwangerschaft äußerst peinlich war, zumal sie den Kindsvater nicht angegeben hat, was auf eine nicht gerade harmonische Beziehung schließen lässt.«

»Soweit war ich auch schon.«

»Das heißt aber auch«, Schmidts Blicke wurden immer triumphierender, »dass sie sicherlich nicht in Bad Kreuznach zur Schule gegangen ist. Das wäre viel zu auffällig gewesen. Nein. Ihre Schule muss in einem Umkreis von 30 bis 50 Kilometern um Kreuznach herum liegen.« Überlegen lehnte Karsten Schmidt sich zurück.

»Entschuldigen Sie, Herr Schmidt. Aber das sind mir zu viele Annahmen. Nora hätte sonst wo zur Schule gehen können, ihre Großeltern lebten damals vielleicht hier, und sie ist deswegen hier in die Klinik gegangen. Oder sie war doch in einer Ausbildung oder oder oder.«

»Sie haben recht, Herr Butzek. Aber glauben Sie mir: Es gilt die Regel: Häufig ist häufig und selten ist selten. Wir können selbstverständlich vollkommen daneben liegen, aber es gibt gewisse Verhaltensmuster, die sich wiederholen. Übrigens: Eine andere Chance haben wir nicht.«

»Aber selbst wenn Sie recht haben. Was machen wir mit diesen Informationen?« Christoph zweifelte, dass das alles zum Erfolg führen würde.

»Nun. Ich gebe Ihnen gleich eine Liste aller Städte in dem genannten Umkreis, und morgen fangen Sie an, die entsprechenden Rathäuser und Schulen zu kontaktieren. Es kann sein, dass die Verantwortlichen versuchen werden zu mauern, aber Sie können sich auf mich berufen. Ich bin hier in der Umgebung ziemlich bekannt. Na ja«, fügte er erklärend hinzu, als er Christophs fragenden Blick sah, »meinem Vater gehört das größte Weingut im Naheland, wenn Sie verstehen.«

Christoph bestellte sich ebenfalls eine Weinschorle, und Karsten Schmidt begann sofort, die Liste der Städte zu erstellen. Hierbei hielt er manchmal inne und machte dann hinter den Stadtnamen Zeichen, mal ein I, mal ein G, mal ein Fragezeichen. Auf Christophs Frage hin erklärte er, I stände für Internat, G für Gymnasium, bei einem Fragezeichen wäre er sich nicht sicher.

»Die Schulferien beginnen in zehn Tagen, Sie haben noch genügend Zeit. Haben Sie einen Laptop mit Internetzugang? Das brauchen Sie, um an die Telefonnummern zu kommen. Und wenn Sie Hilfe benötigen, scheuen Sie sich nicht, mich anzurufen! Viel Glück!«

Mit diesen Worten verabschiedete er sich und ließ Christoph allein.

5. KAPITEL

Die ersten Jahre der kleinen Familie verliefen recht gleichförmig und unspektakulär, wenn man eine Wertung der Situation außer Acht lässt: Der Vater arbeitete in einer Lagerhalle im Frankfurter Hafen, die Mutter ging viermal in der Woche frühmorgens zum Putzen in ein Bürogebäude im Bahnhofsviertel. An diesen Morgen wurden die beiden Kinder gewickelt, gefüttert und in die Gitterbettchen verfrachtet. Inwieweit die Eltern die Wohnung in der Hoffnung verließen, dass nichts passieren würde, wenn die Kleinen über vier Stunden alleine blieben, ist nicht bekannt. Wahrscheinlicher ist, dass sie sich gar keine Gedanken machten. Jedenfalls ging es all die Jahre erstaunlicherweise gut. Kein Nachbar beschwerte sich über das häufige Geschrei, das aus der Mietwohnung auf den Flur gedrungen sein musste. Entsprechend wurde auch das Sozialamt nicht eingeschaltet, das zwar die Wohnsitua-

tion kannte und auch von dem Führerscheinentzug des Familienoberhauptes und dessen Ursache Kenntnis hatte, aber insgesamt keinen direkten Handlungsbedarf im Sinne der Nachkömmlinge sehen konnte oder wollte.

Auch die Nachmittage und Abende gestaltete die Familie abgesehen von den Wochenenden immer gleich. Die Mutter kam mittags nach Hause, erledigte die allernotwendigsten Haushaltspflichten, ging manchmal zum Einkaufen für eine halbe Stunde weg, um dann spätestens um 15 Uhr den ersten Schluck Weinbrand, Aquavit oder Wodka zu konsumieren. Die Kinder blieben dabei in der Regel in ihrem Zimmer, wobei die Tochter ab dem dritten Lebensjahr ebenfalls die ersten Schlucke Bier verabreicht bekam, wenn die Mutter das Schreien nicht mehr ertragen konnte. Etwa um 18 Uhr kam der Vater nach Hause, meistens bereits leicht angetrunken, da er nach der Arbeit gerne auf ein oder zwei Bier in seiner Stammkneipe einkehrte. Innerhalb höchstens einer Stunde hatte er den Alkoholspiegel seiner Frau eingeholt, während beide – in der Regel schweigend – vor dem Fernseher im Wohnzimmer saßen. Das Abendessen fiel nicht selten aus, wenn der besagte Spiegel zu schnell zu hoch gestiegen war. In diesen Fällen mussten die Kinder auf ihr Fläschchen beziehungsweise den Brei verzichten. Manchmal wurde das nachts nachgeholt, wenn die Mutter vom Hungergeschrei ihrer Kinder wach wurde, aber eben nur manchmal. Auch hier muss erwähnt werden, dass die Bauweise der Mietskasernen in Frankfurt erstaunlich gut gewesen sein muss, denn selbst in solchen Nächten wurde nicht einmal ein Nachbar vorstellig oder die Polizei geschweige denn das Jugendamt alarmiert.

An den Wochenenden verlief alles ähnlich, nur dass die Familie meistens zusammenblieb, abgesehen von den sonn-

täglichen Frühschoppen, die dem Vater einen ausgiebigen Mittagsschlaf bescherten. Aber es gab auch Wochenenden, an denen die Familie einen der seltenen Ausflüge in den Stadtpark machte, spazieren ging und der Vater sich in seinem besten und einzigen Anzug zeigte, während die Mutter sommertags ein geblümtes Kleid zur Schau stellte, das ihr allerdings aufgrund der zunehmenden Leibesfülle immer weniger passen wollte.

6. KAPITEL

Stefan Burger war mit dem bisherigen Verlauf des Tages mehr als zufrieden. Es waren zwar weitere fünf Ehemalige nicht gekommen, die eigentlich zugesagt hatten, alles andere hatte aber perfekt funktioniert. Ganz besonders die Führung der beiden Lehrer durch das Schul- und Internatsgelände hatte viel Spaß gemacht, zumal Herr Schneider, ihr ehemaliger Chemielehrer, mit einem unglaublich großen Erinnerungsschatz aufwarten konnte. Eine Anekdote nach der anderen, an die sich selbst die Betroffenen kaum erinnern konnten, zauberte er aus dem Hut.

Bei einigen sah er aber nachdenkliche Mienen, als es durch das parkähnlich angelegte Gelände des Internats von einem Bau zum nächsten ging. Das Grundstück lag an einer ruhigen Seitenstraße im Süden der Stadt. Es grenzte an eine Tennisanlage, die in kleinerem Umfang schon in den 70ern vorhanden gewesen war, und zog sich bis ans Ufer der Nahe herunter. Neben dem Schulgebäude und dem Parkplatz lagen die drei Jungen- und ein Mädchengebäude. Scheinbar ohne Plan auf das Gelände geworfen waren die vier zweistöckigen Gebäude mit geschwungenen Steinpfaden miteinander verbunden, die sich durch einige Blumenbeete, großzügige Wiesenflächen unter alten Eichen, Birken und Linden dahinschlängelten.

Es gab den Ober-, den Mittel-, den Alt- und den Mädchenbau, und alle weckten bei den »Internatlern« gemischte Gefühle. Selbst die »Städter«, die aus Bad Sobernheim und der Umgebung kamen und das Gymnasium wie eine normale Schule besucht hatten, erinnerten sich an so manche komische, verrückte, romantische oder auch unangenehme Begebenheit auf dem Internatsgelände. Es war eine unbeschwerte Zeit gewesen, jedenfalls rückblickend. Dinge, die ihnen früher so furchtbar wichtig und elementar vorgekommen waren, sahen jetzt harmlos und teilweise kindisch aus. Und doch. Damals hatten sie ihre Wichtigkeit. Und nur das momentan Erlebte zählte, nicht die Rückschau. Da war natürlich in erster Linie der soziale Aspekt, der fast den ganzen Alltag bestimmte. Wer war in wen verliebt, wer verbrachte mit wem wie viel Zeit und so weiter. Eifersucht, Verliebtheit, Freundschaften, Cliquenbildung, all das war wichtiger als der schulische Kleinkram, der bei den meisten so nebenher lief.

Während sie jetzt im Schatten zwischen den Bäumen dahergingen, der laue Wind durch ihre Haare strich und in den hohen Linden unter einem strahlend blauen Himmel die Blätter raschelten, fiel Stefan etwas auf: Sie waren damals so besetzt gewesen von den Fragen des Lebens, wer mit wem, wann und warum und welche Dummheit oder welches Abenteuer man als Nächstes organisieren könnte, dass sie fast immer die Schönheit der Natur, die stabileren

Sommer – jedenfalls kam es Stefan so vor – und die Weite des Horizonts ignoriert hatten. Gut, vielleicht hatten sie bei einem romantischen Rendezvous im hohen Gras einer Sommerwiese oder hoch oben auf dem Ringberg bei Hundsbach mit dem fantastischen Blick über den Pfälzer Wald oder auch beim sommerlichen Baden im Silbersee bei Feilbingert darauf geachtet. Ja, manchmal waren sie in diesen Momenten still geworden und hatten den Hauch einer Ahnung verspürt, welch Größe und Schönheit um sie herum existierte, die manch Großgefühltes ganz unbedeutend klein werden ließ. Aber ansonsten waren wir doch alle kleine Egozentriker, dachte Stefan mit einem versteckten Lächeln, deren Streben dem eigenen Ich galt und meist nur auf den eigenen Vorteil bedacht war – zumindest auf den eigenen Spaß. Aber so waren nun einmal Jugendliche, und das gehörte zum Erwachsenwerden dazu.

Ach ja, der Silbersee. Stefan hatte sich etwas hinter die langsam schlendernde Gruppe fallen lassen, denn seine Gedanken schweiften zu den Sommernachmittagen zurück, die er mit seinen Freunden an dem kleinen Baggersee verbracht hatte. Unbeaufsichtigt von Bademeistern oder Lehrern war es da so manches Mal heiß hergegangen. Unzählige Liebschaften, aber auch Freundschaften zwischen den Jungs und den Mädchen waren hier geknüpft und wieder gelöst worden. Kleinere Blessuren und größere Verletzungen waren bei den zahllosen Raufereien und Mutproben, den Sprüngen von den halbhohen Felsen und teilweise brutalen Wasserballspielen regelmäßig der Grund für Verbote seitens der Schule und der Stadt, den See als Freizeitort zu nutzen. Und genauso regelmäßig waren diese Verbote wieder und wieder gebrochen worden.

Letztendlich war er selbst, Dr. Stefan Burger, mit für das

Ende des Silbersees verantwortlich. Als er damals als Vorsitzender des neu gegründeten Golfclubs »Nahegrund« zusammen mit dem Bürgermeister die Planungshoheit innehatte, war er es gewesen, der ein Stück seiner Jugendzeit hatte zuschütten lassen, um Platz für zwei Greens zu schaffen.

Stefan seufzte. Durch solche Klassentreffen wurde man ganz schön rabiat in die Vergangenheit katapultiert. Wir alle haben 30 Jahre weitergelebt. Jeder in seiner eigenen, kleinen Welt. Und jetzt stehen wir uns gegenüber und das, was uns hier zusammenführt, liegt eine Generation hinter uns und hat uns doch so sehr geprägt.

Manche der Ehemaligen hatte er kaum wiedererkannt, andere hatten sich so gut wie gar nicht verändert. Da war zum Beispiel Klaus Doberstein. Stefan erinnerte sich noch gut daran, dass viele von ihnen damals, kurz vor dem Abitur, Wetten abgeschlossen hatten, dass Klaus das Abi nicht schaffen würde. Auch er, Stefan, hatte fünf Mark gesetzt. Die Quote war miserabel gewesen, da es kaum jemanden gab, der Klaus zutraute, es doch zu packen. Aber er hatte alle Lügen gestraft und es mit einem Durchschnitt von 3,7 geschafft. Wie Stefan vorhin bei der Begrüßung mitbekommen hatte, arbeitete Klaus jetzt als Kellner in einer Kneipe in Mainz. Warum nicht, dachte Stefan. Er machte jedenfalls einen zufriedenen, wenn auch, wie damals, etwas einfältigen Eindruck.

Dann war da Silvia Krombach. Stefan konnte ein Lachen kaum unterdrücken. Er sah sie gerade jetzt, da sie in der Gruppe vor ihm ganz hinten ging und sich bei einem der Männer eingehakt hatte. Manches änderte sich offenbar nie. Silvia war schon damals das oberflächlichste Mädchen gewesen, das Stefan jemals kennengelernt hatte. Ihr einziges Lebensziel schien es zu sein, möglichst viele Männer ins Bett zu bekommen. Und dazu war ihr jedes Mittel recht. Im letzten Schuljahr war das so extrem geworden, dass es für jeden Jungen ein absolutes Tabu war, sich auf die eigentlich sehr hübsche Silvia einzulassen. Wer ihr nicht widerstand, war bei allen anderen unten durch und ein totales Weichei.

Heute hatte sie sich wie eine 20-Jährige angezogen und stolzierte daher, als wollte sie in eine Disko und nicht zu einem 30. Abiturtreffen. Voller Selbstvertrauen schien sie ihre fast 50 Jahre zu ignorieren und machte offensichtlich da weiter, wo sie vor drei Jahrzehnten aufgehört hatte. Na, das konnte am Abend noch spaßig werden.

Jetzt erkannte Stefan, bei wem sich Silvia so herzlich eingehängt hatte: Gunther Hoffmann. Nicht gerade der attraktivste Mann in unserer Runde, dachte Stefan, aber sicherlich der vermögenste. Er war eher klein, leicht übergewichtig und hatte schütteres, dunkelblondes Haar, das er streng gescheitelt trug. Auffällig war bei ihm ein Tick, den er seit seiner Kindheit nicht wegbekommen hatte: Sein linkes Augenlid zuckte ständig, als würde er zwinkern, was einen Gesprächspartner nach einiger Zeit kolossal irritieren konnte. Er hatte nie eine Freundin gehabt, sich eine Zeitlang um Nora bemüht – aber wer hatte das von den Jungs nicht – und war, soweit Stefan das wusste, jetzt noch ledig. Mit seinem glatten Einser-Abschluss und einem perfekten Jurastudium hatte er es mittlerweile bis zum Staatssekretär des Innenministeriums in Mainz gebracht, Ende offen. Stefan wusste nicht viel von ihm, da Gunther damals nicht zu seiner Clique gehört hatte. An einem sehr weinseligen Abend in einer Sobernheimer Kneipe hatte ihm Gunther einmal das Herz ausgeschüttet. Stefan konnte sich nicht mehr an alle Einzelheiten erinnern. Aber es ging um eine sehr schwierige Kindheit mit einem schlagenden und immer alkoholisierten Vater, einer nur wegguckenden Mutter und einer Schwester, die auf die schiefe Bahn geraten war. Da kann man nur den Hut ziehen, wenn jemand mit solch einer Kindheit es so weit bringt. Viel Erfolg, Silvia, dachte er und schloss zu der Gruppe auf, die sich mittlerweile Richtung Parkplatz bewegte.

7. KAPITEL

Eine echte Herausforderung brachte die Einschulung des kleinen Mädchens. Gleich in mehrerer Hinsicht drohte dieser gesetzlich nicht zu umgehende Schritt die kleine Familie zu zerstören: Da war zum einen die Tatsache, dass beide Kinder nie einen Kindergarten besucht hatten. Der soziale Umgang mit Gleichaltrigen war ihnen vollkommen fremd. Für das Mädchen war es nicht einsichtig, dass auf andere Kinder Rücksicht genommen werden musste, und Schläge als normales Werkzeug intersozialer Kommunikation waren in ihrer Vergangenheit an der Tagesordnung gewesen, wurden also auch in der Schule bei allen passenden und unpassenden Gelegenheiten eingesetzt. Das führte dazu, dass die Klassenlehrerin sich sehr frühzeitig um ein Gespräch mit den Eltern bemühte. Zum anderen war das Mädchen eindeutig unterernährt. Keinem Lehrer blieb verborgen, wie schmächtig, blass und körperlich unsicher sie jeden Morgen in der Schule eintraf. Insbesondere beim Turnen und Malen fiel dem aufmerksamen

Lehrkörper eine massive Unterentwicklung der Feinmotorik auf. Jedenfalls wurden die Eltern per mitgegebenem Brief zu einem Gespräch in die Schule gebeten. Dieser Brief, wie auch der zweite, wurde zunächst geflissentlich ignoriert. Der dritte Brief ließ den Eltern jedoch keine Chance, da ansonsten ein Besuch bei ihnen zu Hause angedroht wurde, den sie auf jeden Fall vermeiden wollten. Also zog die Mutter eines Tages ihr Sommerkleid an, frisierte sich so gut es ging und marschierte zusammen mit der Tochter in die Grundschule, die einen Kilometer entfernt war. Dort angekommen empfing sie die Klassenlehrerin und konfrontierte die Mutter mit den genannten Gegebenheiten. Das Gespräch wurde und blieb freundlich und sachlich, da die Eltern sich unter Aufwendung aller ihnen zur Verfügung stehender Kraft am Vorabend den ersten Alkohol bis nach einem ausführlichen Gespräch aufgespart hatten. Darin hatten sie sich ein überzeugendes Konstrukt von Ausreden und Lügen zurechtgelegt, das aus verschiedenen Elementen einschlägiger Fernsehsendungen und Unterhaltungen mit Arbeitskollegen und -kolleginnen zusammengesetzt war. Man kann davon ausgehen, dass spätestens am nächsten Tag, also am Tag des Gesprächs mit der Lehrerin, die Mutter selbst fest vom Wahrheitsgehalt ihrer Aussagen überzeugt war – während der Vater das Besprochene sicherlich am nächsten Morgen bereits vergessen hatte. Bei diesem Konstrukt handelte es sich um eine Mischung aus einer seltenen Schilddrüsenerkrankung, die für die Unterentwicklung verantwortlich war, einer Erberkrankung väterlicherseits, die für die feinmotorischen Störungen zuständig war und einer geburtsbedingten psychischen Alteration, die gewisse Aggressionen mit sich brachte. Alles sei allerdings in guter ärztlicher Kontrolle und Behandlung, wobei die

Mutter sogar so weit ging, den Namen eines ihr bekannten Hausarztes zu nennen, obwohl sie wusste, dass dies ein nicht unerhebliches Risiko bedeutete. Wieso die Klassenlehrerin dies alles schluckte und nur mit einigen mitleidsvollen Kommentaren quittierte, ist nicht zu erklären.

Es gab in den folgenden Jahren zwar einige weitere Gespräche mit der Schule, da die Leistungen des Mädchens erheblich hinter dem Durchschnitt der Klasse zurückblieben, eine tiefergehende Recherche seitens der Schule über das auffällige Verhalten der Schülerin blieb aber aus.

8. KAPITEL

Mittlerweile war es spät geworden. Die ersten der rund 40 Ehemaligen hatten sich bereits verabschiedet, und der Rest saß an drei Tischen verteilt im großen Saal des Ratshofs. Die Musikanlage spielte sicherlich zum vierten Mal an diesem Abend einen Sampler mit alten Popsongs aus den 70er-Jahren, den Peter mitgebracht hatte. Keiner schien sich daran zu stören.

Die Gespräche waren inzwischen leiser geworden. Nach dem Essen war es auf der Tanzfläche hoch hergegangen. Aber nun saß man in kleinen Gruppen beisammen und tauschte hauptsächlich alte, aber auch einige neue Geschichten aus. Bei manchen war die Zeit vor 30 Jahren das einzige Gesprächsthema, und in diesen Runden schien eine unausgesprochene Angst fast greifbar, sich auf ein neues Terrain zu bewegen. Das Alte, Vergangene war sicher. Damit konnte man umgehen. Die Gegenwart brachte ein nicht kalkulierbares Risiko mit sich. Dinge, die man vom Gegenüber nicht kannte, konnten schnell etwas zerstören, was einem von damals vertraut war. Also fragte man lieber nicht nach dem Heute und Jetzt.

An anderen Tischen war das ganz anders. Schnell waren Erinnerungen ausgetauscht, und die Neugierde wuchs. »Was machst du jetzt?«, »Bist du denn verheiratet?« oder »Und wo hast du deine Ausbildung gemacht?« waren die häufig gehörten Fragen.

Stefan saß an einem solchen Tisch. Er bemerkte zunehmend die Müdigkeit, die sicherlich der abfallenden Anspannung geschuldet war, jetzt, da seine Mühen sich gelohnt hatten und der Abend ein voller Erfolg war.

»Susanne. Was meinst du? Sollen wir uns so langsam auf den Weg machen?«, fragte er seine Frau, die neben ihm saß und sich angeregt mit Iris Lange unterhielt, einer PTA, die seit ihrem abgebrochenen Biologiestudium in einer großen Apotheke in Bad Kreuznach arbeitete.

»Ach, Stefan. Noch eine halbe Stunde. Es ist gerade so gemütlich. Sei so lieb und hol mir noch ein Glas Sekt. Iris, möchtest du auch noch was?«

Die Angesprochene, die nicht mehr hätte sagen können, wie viel Gläser Sekt sie bereits geleert hatte, nickte etwas unbeholfen und schaute zu Stefan herüber. Es brauchte einen Moment, bis sich ihre Augen beruhigt hatten und sie ihn fixieren konnte. »Ach, du bist das, Stefan! Du bist ein richtiger Schatz. Ein kleines Gläschen hätte ich wirklich noch gerne.«

Ihrer Aussprache zufolge hätte sie gerade dieses letzte Gläschen weglassen sollen, aber Stefan war klar, dass Widerstand zwecklos war. Und an einem solchen Abend wollte er kein Spielverderber sein. Seufzend stand er auf und ging zu der Bar hinüber, die in einer Ecke des Saales aufgebaut war und wo noch ein letzter, übriggebliebener Kellner ausharrte, um die Wünsche der Gäste zu erfüllen.

Auch Peter Bach stand gerade davor und ließ sich ein weiteres Bier anzapfen. »Stefan, willst du nicht mal zu uns rüberkommen? Du musst dich an dem Mädelstisch doch schrecklich langweilen.«

»Ich komme gleich. Ich bring nur den Damen den Sekt, dann stoße ich zu euch«, antwortete er.

Sich selbst ließ er ein Glas Bier zapfen und ging schließlich zu dem Tisch seines Freundes.

»Ich habe gerade den anderen von dem gruseligen Fund auf dem Golfplatz erzählt«, meinte Peter. »Hast du schon etwas Neues erfahren können?«

Stefan war das gar nicht recht, in dieser Runde von dem Leichenfund zu berichten. Es ging schließlich um laufende Ermittlungen. Aber andererseits wohnten die meisten an diesem Tisch gar nicht mehr in der Umgebung, und dass so ein Thema für alle spannend war, konnte er gut nachvollziehen.

»Viel Neues gibt es nicht. Heute Mittag hat mich die Polizei kontaktiert. Es handelt sich offenbar um eine sogenannte Wachsleiche.«

»Was ist das denn?«, fragte Paul Fischer, der Fromme, wie er immer genannt wurde. Paul hatte sich in der Internatszeit mit diversen Aktivitäten in der evangelischen Kirche in Bad Sobernheim hervorgetan. Nach seinem Theologiestudium war er zunächst als Vikar in Meisenheim und jetzt als Pfarrer in Simmern im Hunsrück tätig.

»Ich wusste das vorher auch nicht«, antwortete Stefan. »Das gibt es nur in sehr lehmhaltigen Böden, die kaum

Wasser und Luft an die Leiche heranlassen. Die Verwesung läuft entsprechend langsam ab, und es kommt zu einem Austritt von Unterhautfett an die Oberfläche. Dieses Fett wiederum konserviert den Leichnam wie Wachs, daher der Name.«

»Und warum ist das so bedeutend?«, fragte jetzt Martin Äckersberg, ein guter Bekannter von Stefan, der in Kirn eine mittelständische Papierfabrik besaß, dort im Stadtrat saß und außerdem Mitglied des Nahegrund-Golfclubs war. Er und Klaus Doberstein waren Halbbrüder. Sie hatten denselben Vater und, obwohl sich ihre Lebensläufe massiv unterschieden, munkelte man, einer würde sich für den anderen ein Bein ausreißen, wenn es darauf ankäme. Klaus war in der Mittelstufe zweimal sitzen geblieben, weswegen er schließlich in der Jahrgangsstufe seines Halbbruders landete.

»Das ist deswegen so entscheidend«, mittlerweile waren die Köpfe der um den Tisch herumsitzenden Männer und Frauen deutlich näher gerückt, weil keiner etwas von dieser aufregenden Geschichte verpassen wollte, »weil die augenscheinliche Liegezeit der Leiche, nämlich vielleicht drei bis sechs Monate, überhaupt nicht stimmt. Nach vorsichtigen ersten Schätzungen des Forensikers in Mainz kann die Leiche gut 30 Jahre dort liegen.«

Einige Augenblicke verstrichen, bevor Klaus Doberstein als Erster das Offensichtliche aussprach. »Das war ja zu unserer Abiturzeit!«

»Richtig!«, sagte Stefan. »Und das Schlimmste kommt noch.« In diesem Augenblick wurde Stefan bewusst, dass er einen großen Fehler begann, wenn er jetzt weitersprach. Aber vielleicht lag es an der nicht unbedeutenden Menge Bier und Grappa oder an dem besonderen Gefühl, im Mittelpunkt zu stehen. Jedenfalls konnte er seine Zunge nicht bremsen. »Der Forensiker schätzt das Alter des Toten auf etwa 18 Jahre. Es könnte also einer von uns gewesen sein.«

Wieder verstrichen einige Sekunden, bis Silvia, die zwar immer noch an Gunthers Seite saß, ihre Bemühungen jedoch offensichtlich eingestellt hatte, mit weit aufgerissenen Augen die anderen anstarrte und leise flüsterte: »Meint ihr, das könnte Andreas sein? Ihr wisst schon. Andreas Karmann, der damals kurz vor dem Abitur plötzlich verschwunden ist. Es wusste wirklich keiner, was damals passiert ist.«

»Das kann ich mir nicht vorstellen«, insistierte Martin Äckersberg. »Ich weiß noch genau, dass nicht nur Andreas verschwunden ist, sondern auch sein Auto und einige Sachen aus seinem Zimmer. Wie soll das zusammenpassen?«

»Das stimmt, Martin.« Stefan wollte jetzt doch das Thema möglichst rasch beenden. »Alles andere ist sowieso nur reine Spekulation. Wir müssen die polizeilichen Untersuchungen abwarten. Was gibt's denn sonst Neues bei euch?«

»Stellt euch vor. Mir ist gestern etwas Komisches passiert.« Axel Ebel meldete sich zu Wort. Die Köpfe der anderen gingen wieder zurück, Stühle wurden gerückt, man setzte sich entspannter hin. Was sollte Axel Ebel, Stadtangestelltem in Bad Sobernheim, schon Spannendes passiert sein? Lieber wollte man weiter über den Toten spekulieren.

Was Axel Ebel dann aber erzählte, war tatsächlich fast ebenso spannend. Eine echte Sensation.

»Gestern Vormittag wurde ich von der Zentrale mit einem jungen Mann verbunden, der seine leibliche Mutter sucht. Er ist, wie er mir erzählte, im Krankenhaus in Bad Kreuznach geboren und wurde danach sofort zu Adoptiveltern gegeben. Jetzt sucht er die leibliche Mutter. Der Vater ist offensichtlich unbekannt. Nun ratet mal, nach welcher Frau er gefragt hat?« Axel sah gespannt in die Runde, bekam jedoch zunächst nicht die erwartete Reaktion. Keiner zeigte besonderes Interesse an der Geschichte.

»Als Namen seiner leiblichen Mutter gab er«, hier machte Axel eine Pause, »Nora Schreiner an. Ist das nicht ein Ding, Leute?« Beifall heischend schaute er sich um und blickte zunächst nur in verständnislose Gesichter. »Versteht ihr denn nicht? Nora muss damals schwanger gewesen sein. Oh, ich vergaß zu erwähnen, dass der Mann sagte, er wäre vor 31 Jahren geboren worden.«

Jetzt hatte Axel seine gewünschte Aufmerksamkeit. Diese Nachricht schlug ein wie eine Bombe, und alle redeten durcheinander.

»Dann war sie wahrscheinlich gar nicht in Australien, sondern hat heimlich ein Kind ausgetragen. Krass!«, war Klaus Dobersteins Kommentar.

»Aber wieso hat keiner was gemerkt? Das gibt es doch gar nicht!« Silvia war entsetzt, dass so etwas möglich war.

»Kann mir jemand lieber sagen, wer der Vater sein soll?« Peter Bach hatte da ganz praktische Fragen.

Aus der geplanten halben Stunde, die Stefan und seine Frau noch bleiben wollten, wurden schließlich zwei. Bald schwappten die Neuigkeiten von dem einen zu den beiden anderen Tischen, bis schließlich alle zusammenrückten, Stefans Informationen über den Toten erneut durchgekaut und wilde Spekulationen über Noras Schwangerschaft hin und her gewälzt wurden.

»Sag mal, Axel«, fragte Peter schließlich, als der Geräuschpegel ein wenig nachgelassen hatte. »Was hast du dem jungen Mann geantwortet, als er dich nach einer Nora Schreiner gefragt hat?«

Alle Blicke gingen zu Axel. Das war wirklich eine interessante Frage.

»Nun«, Axel wurde etwas unsicher. »Ich habe ihm gesagt, dass es in der betreffenden Zeit tatsächlich eine Nora Schreiner hier auf der Schule gegeben hat, dass ich aber noch einige Erkundigungen einholen müsste – wegen möglicher Namensgleichheit, ihr versteht schon – und dass er sich am kommenden Dienstag bei mir melden soll.«

»Na, da bin ich gespannt, wie das weitergeht. Wenn wir nur wüssten, wie Nora jetzt heißt und wo sie wohnt. Also, Leute, ich muss ins Bett. War richtig schön mit euch!« Stefan erhob sich und verabschiedete sich von allen, die ihm wiederholt versicherten, wie toll er das Fest vorbereitet hätte. Susanne tat es ihm gleich, und beide verließen den Ratshof in Richtung ihres Zuhauses. Es hätte sicherlich noch viel zu bereden gegeben, aber sie schwiegen. Jeder tief in Gedanken versunken.

9. KAPITEL

Im dritten Schuljahr, der Junge war gerade eingeschult worden, erkannte der Vater eines Abends, als er wie immer leicht angetrunken nach Hause kam, zum ersten Mal, dass seine Erstgeborene weiblichen Geschlechts war und daher eine andere Rolle und Funktion ausüben könnte, als nur ein teures und nerviges Produkt seines Unvermögens im Umgang mit gewissen Verhütungsmittel zu sein.

Es entwickelte sich eine Routine, die für die Kinder den Vorteil hatte, dass der Vater seinen Alkoholkonsum bis nach dem Vollzug seiner sexuellen Gelüste deutlich einschränkte, was auch seine abendlichen Gewaltausbrüche und Schläge beiden Kindern gegenüber reduzierte. Etwa zweimal pro Woche erschien er so freundlich, wie ihn seine beiden Sprösslinge vorher kaum gesehen hatten, in ihrem Zimmer. Kurz nachdem die Mutter sie für die Nacht fertiggemacht hatte. Danach setzte er sich auf die Bettkante seiner Tochter, strich ihr liebevoll übers Haar – eine Geste, die das Mädchen bisher noch nie erlebt hatte – und begann sein Ritual. Dieses bestand in einer sich immer wiederholenden Litanei über die Liebe einer Tochter zu ihrem Vater, die sich dadurch äußerte, dass sie ihm etwas geben konnte und musste, das ihm kein anderer Mensch auf der Welt geben konnte. Als zweites Element – immer noch liebevoll streichelnd – kam die ermahnende Aussage, dass manche Menschen, vor allem Frauen und Mütter, das nicht verstehen würden und man daher besser nicht darüber sprechen sollte. Dann hörte der Vater regelmäßig mit seinen Liebkosungen auf, setzte eine ernste Miene auf und fragte in strengem Ton, ob das Mädchen das auch alles verstanden habe. Wenn diese nickte, ging ein fragender Blick hinüber zum Bett des kleinen Bruders, der roboterhaft ebenfalls nickte, obwohl er überhaupt nichts verstanden hatte. Jetzt begannen die eigentlichen sexuellen Handlungen, die sich anfangs auf manuelle Tätigkeiten beschränkten, im Laufe der Zeit aber intensiver, heftiger und brutaler wurden. War der Junge anfangs nur staunender und irritierter Zaungast, so wurde er in den kommenden Jahren immer mehr in das Geschehen einbezogen.

Genauso veränderte sich auch die Sichtweise der Kinder auf das Erlebte. War es zu Beginn irritierend, fremd, vielleicht Angst machend, so wurde es mit der Zeit immer schrecklicher, schmerzhafter und unerträglicher.

Interessanterweise richteten sich die wachsenden Aggressionen der Kinder auf unterschiedliche Zielpersonen. Während das Mädchen zunehmend versuchte, sich dem Vater und seinen Annäherungen zu entziehen und immer öfter dem Bruder gestand, sie hasse den Vater, blieb bei dem Jungen das Gefühl bestehen, die Übergriffe wären zwar äußerst unangenehm und schmerzhaft, aber doch für einen Vater normal. Er entwickelte hingegen eine zunehmende Abneigung gegenüber der Mutter, was daran lag, dass diese zweimal in solche Situationen hereinplatzte, das Geschehen scheinbar angeekelt zur Kenntnis nahm, um dann wortlos die Tür zu schließen. Dem Jungen sollte dieses Paradoxon sein ganzes Leben lang nicht bewusst werden. Auf der einen Seite sehnte er sich nach dem Einschreiten der Mutter und hasste sie für ihr Versagen, auf der anderen Seite respektierte er das Verhalten des Vaters als normal.

Der Alkoholkonsum der Mutter stieg seit dem Beginn des Missbrauchs deutlich an. Proportional dazu sank allerdings die Versorgung der Kinder, was das Leben für beide langsam unerträglich werden ließ.

Der Junge, dem zumindest das Schicksal seiner Schwester erspart geblieben war, bereits früh durch Alkohol ruhiggestellt worden zu sein, entwickelte in der Schule eine andere Strategie als seine Schwester. Welche Gene auch immer dahintersteckten, besaß er eine hohe Intelligenz, eine sehr schnelle Auffassungsgabe und ein diplomatisches Geschick, das ihm schon früh den Weg ebnete. Seine Zeugnisse waren voller Einser, was seinen Vater häufig zu herablassenden Äußerungen animierte, er wäre ein nichtsnutziger Streber und nur durch seiner Hände Arbeit solle man sein Brot verdienen, was den Jungen aber in keiner Weise von seinem fleißigen Lernen abbringen konnte.

Seine Mutter reagierte irritiert auf die guten Noten, in manchen klaren Momenten lobte sie ihren Sohn sogar, was dessen Ablehnung seiner Mutter gegenüber aber nicht schmälerte. Im Gegenteil: Der Zuspruch der Mutter brachte ihn noch mehr gegen sie auf. Nicht sie sollte ihn loben, sondern wenn schon der Vater.

Diese vertrackte Situation wurde wenige Jahre später durch ein unerwartetes Ereignis jäh zu Ende gebracht. Das Mädchen war mittlerweile im zweiten Jahr der Hauptschule, wo sie allerdings kaum zum Unterricht erschien. Es kam überhaupt immer öfter vor, dass sie nachts wegblieb und angeblich bei einer Freundin schlief, was sich aber nie verifizieren ließ. Allerdings interessierte es auch keinen. Bei dem Jungen stand der Schulwechsel kurz bevor, wobei klar war, dass er auf ein Gymnasium wechseln würde.

An einem Abend Mitte Juni, er hatte gerade seine Hausaufgaben beendet und sah sich im Fernsehen eine Nachrichtensendung an, klingelte es an der Haustür. Dies war ein so unerwartetes und unbekanntes Phänomen, dass der Junge vor Schreck ein Glas Wasser vom Wohnzimmertisch fegte, das er sich gerade aus der Küche geholt hatte. Seine Schwester war nicht zu Hause, seine Eltern auch nicht, und so sah er keine andere Möglichkeit, als selbst zur Wohnungstür zu gehen, um zu sehen, wer da störte. Besucher hatte es, soweit er sich erinnern konnte, jedenfalls noch nie gegeben.

Er öffnete die Tür und sah sich zwei uniformierten Polizisten gegenüber, die fragten, wie er hieße. Er antwortete brav, woraufhin ihm die beiden Männer erklärten, dass es ihnen schrecklich leidtäte, aber seine Eltern seien bei einem Autounfall ums Leben gekommen. Die erste Reaktion des Jungen war, den netten Polizisten zu erklären, dass dies nicht wahr sein könnte, da weder seine Mutter noch sein Vater einen Führerschein, geschweige denn ein Fahrzeug besäßen. Die beiden Männer schauten sich verständnisvoll an und erklärten bereitwillig, dass ihnen dieser Umstand bekannt wäre und dass genau das wahrscheinlich auch zu dem Unfall geführt hätte.

Wie der Junge dann erfahren musste, hatte sich der Vater in einer Gastwirtschaft, in der er und seine Mutter gewesen waren, mit einem anderen Mann gestritten, nachdem offensichtlich reichlich Alkohol geflossen war. Danach hatte der Vater die Autoschlüssel des Kontrahenten von der Theke genommen und war wutentbrannt mit seiner Frau nach draußen gestürmt, wo sie in das Fahrzeug des anderen Mannes gestiegen waren und mit Vollgas wegfuhren. Die Fahrt endete allerdings nach nur 400 Metern an der Mauerecke eines Einkaufszentrums.

Beide seien nicht angeschnallt und auf der Stelle tot gewesen. Ob es denn noch Verwandte gäbe. Der Junge sagte wahrheitsgemäß, dass er das nicht so genau wüsste. Gesehen hätte er noch keine Verwandten, es wäre aber einmal die Rede von einer Schwester seiner Mutter gewesen. Nein, einen Namen, Telefonnummer oder Adresse wüsste er nicht.

Die Beamten nahmen den Jungen mit, der das Geschehene vollkommen gelassen zur Kenntnis nahm, eruierten den Aufenthaltsort der Schwester, die sich erst am nächsten

Tag mit einem fürchterlichen Kater finden ließ, und recherchierten die Adresse der Tante. Diese Frau, verwitwet und recht wohlhabend, sah sich aber mit ihren bereits 50 Jahren außerstande, die missratenen Gören ihrer Schwester aufzunehmen und steckte beide direkt in zwei unterschiedliche Internate.

10. KAPITEL

Es war mal wieder spät geworden an diesem Montagabend im Juli. Meine Chefin, Frau Professor Ursula Hartmann, hatte kurzfristig eine Klinikkonferenz einberufen, bei der alle Oberärzte und Assistenzärzte verpflichtend teilnehmen mussten. Ich hatte noch versucht, mich herauszureden, aber nur den Kommentar einstecken müssen: »Lieber Herr Dr. Ulrich Beilstein. Darf ich Sie daran erinnern, dass Sie Leitender Oberarzt sind und mit dieser Funktion eine wichtige Vorbildfunktion innehaben.« Mehr war nicht nötig. Musste sie eigentlich immer meinen Namen so betonen? Es hörte sich jedes Mal an, als wäre ich in der vierten Klasse von meiner Klassenlehrerin Frau Basschneider gemaßregelt worden.

Da anschließend die allgemeinen Pflichten wie Visiten und Medikationen für den nächsten Tag zu erledigen waren, erreichte ich erst um halb neun müde und ein wenig frustriert von dem Tag meine Wohnung in der Arneckestraße im Dortmunder Kreuzviertel.

Zum zweiten Mal in dieser Woche fühlte ich mich nicht

in der Lage, meine Joggingrunde anzutreten, obwohl ich mir Anfang des Jahres fest vorgenommen hatte, mindestens vier Mal wöchentlich die fünf Kilometer im Rombergpark zu laufen. Ich freute mich nur darauf, Nora zu sehen. Meine Frau, mit der ich seit drei Jahren glücklich verheiratet war und die sicherlich schon zu Hause wartete.

Ich öffnete die Wohnungstür unserer Maisonettewohnung und mein Frust über den nicht sehr befriedigenden Tag und das Unvermögen, mich zum Joggen aufzuraffen, verflüchtigten sich sofort, als mir der wunderbare Duft einer Pfifferlingsoße in die Nase stieg. Mein Magen sendete prompt die dazu passende Nachricht, dass ich bis auf einen kleinen Snack am Mittag noch nichts zu mir genommen hatte.

»Schatz! Hast du etwa Bandnudeln mit deiner unglaublichen Pilzsoße gemacht?«, rief ich in den Flur hinein.

Ein leicht verschwitztes, mit dunklen, schulterlangen Haaren eingerahmtes Gesicht schaute um die Ecke unserer Küche und lachte mich an.

»Klar hab ich das! In 20 Minuten könnten wir essen. Oder willst du vorher noch deine Runde laufen?«

Musste sie denn so in meinen Eingeweiden bohren?

»Ich bin einfach zu kaputt«, antwortete ich etwas knapp. »Der Tag heute …«, ich vervollständigte den Satz nicht, sondern begab mich direkt in die Küche, um Nora anständig zu begrüßen.

»Wie schön, dich zu sehen. Geht es dir gut? Wie war dein Tag?«

»Alles normal«, antwortete Nora leichthin, drückte mir einen Kuss auf den Mund, während sie gleichzeitig etwas Pfeffer in die vor sich hinköchelnde Sauce streute.

»Willst du uns schon mal einen Wein aufmachen?«

Eine ausgezeichnete Idee. Ich hatte sowohl Durst als auch das Bedürfnis, meine Angespanntheit durch ein kaltes Glas Weißwein zu beruhigen. Ich ging zum Kühlschrank, öffnete ihn und fand alles, nur leider keinen Wein.

»Hast du keinen Weißwein kaltgestellt?«

Nora hielt inne und wieder einmal fiel mir auf, wie wunderschön sie war. Ihre Wangen waren vom Kochen leicht gerötet. Einige Locken fielen ungebändigt in ihr Gesicht. Ihre Augen schauten mich groß an, und in ihnen sah ich die tiefe Verbundenheit, die uns seit Jahren zusammenschweißte und unseren Alltag so lebendig hielt.

Gleichzeitig war mir die Zerbrechlichkeit unserer Beziehung bewusst, als ich sie da so stehen sah in ihrer Jogginghose, den grauen Filzpantoffeln und dem braunen Schlabbershirt, das sie so liebte: Wir waren nicht ganz ehrlich zueinander gewesen. Nicht dass wir uns belogen oder sogar betrogen hätten, aber ich hatte ihr längst nicht alles erzählt, was mir vor unserer gemeinsamen Zeit passiert war, und ich wusste auch von ihrer Vergangenheit sehr wenig …

Aber jetzt zählte erst einmal nur der Wein.

»Nein. Hab ich echt vergessen«, antwortete sie auf meine Frage verlegen, »das ist ja ärgerlich. Ich glaube, im Keller ist auch keiner mehr.«

»Na, dann muss wohl einer noch mal los«, meinte ich und sah mich schon kurz vor Ladenschluss mit diversen Jugendlichen, die sich mit den angesagten alkoholischen Getränken für den Abend versorgten, vor der Kasse stehen.

»Lass mal. Ich mach das schon. Du musst doch hundemüde sein. Ich flitze schnell zu der Tankstelle an der Hohenstraße. Da bekommt man einen recht guten Riesling. Auch wenn der Preis gigantisch ist«, fügte sie mit einem Grinsen hinzu.

»Das wär echt toll, wenn du das übernimmst«, antwortete ich. »Ich kann mich tatsächlich kaum auf den Beinen halten.«

Nora bat mich, das Nudelwasser anzustellen und den Tisch zu decken, zog ihre Turnschuhe und eine leichte Sweatshirtjacke an, griff sich das Portemonnaie von der Anrichte und spurtete los.

»Willst du nicht dein Handy …« Die Tür fiel ins Schloss, und weg war sie. Lächelnd holte ich einen großen Topf aus dem Küchenschrank und setzte Wasser auf. Am liebsten hätte ich mich sofort nach oben ins Wohnzimmer begeben, die Füße hochgelegt und durchs Fernsehprogramm gezappt. Aber ich wollte Nora nicht enttäuschen, und so stellte ich zunächst Teller, Besteck, zwei Gläser und den Weinkühler auf den Esstisch. Erst dann stieg ich die Treppe hoch in die zweite Etage unserer Maisonettewohnung, nahm ein Whiskeyglas aus der Vitrine im Wohnzimmer, füllte es mit einem daumenbreiten Schluck Jameson und machte es mir auf dem Sofa bequem.

Als die braune, weiche Flüssigkeit ihren Bestimmungsort erreichte, durchströmte mich eine wunderbare Wärme und wohlige Müdigkeit.

Uns ging es *so* gut. Wir konnten wirklich nicht klagen. Ein harmonisches, nein liebevolles Miteinander, im Bett ein Nehmen und Geben, wie man es sich nur wünschen konnte, lukrative und befriedigende Arbeitsstellen und eine perfekte Wohnung. Was will man mehr? Und die Aussicht auf den nächsten Urlaub machte das Leben noch entspannter. In diesem Sommer planten wir eine Rundreise durch Nordspanien, angefangen mit ein paar Tagen in Barcelona, um dann per Mietwagen gemütlich bis an den Atlantik zu fahren. Ich hörte schon die Brandung rauschen, während ich mir abends im Liegestuhl ein gutes Buch gönnte, neben mir Nora, die sich von den letzten Sonnenstrahlen die Haare trocknen ließ …

Ein unangenehmer Geruch stieg mir in die Nase. Hatten wir in unserem Ferienhaus den Ofen in der Küche angelassen? Ach ja, wir wollten baskisches Kaninchen zubereiten. Hm, lecker! Mit Rosmarin und Knoblauch … Moment mal. Das roch aber so gar nicht nach Kaninchen aus dem Backofen. Es roch eindeutig verbrannt.

Erschrocken fuhr ich hoch. Offensichtlich war ich eingeschlafen. Der Gestank kam von unten. Wie viel Zeit war wohl vergangen? Ich sprang auf und lief die Treppe hinunter. In der Küche konnte ich fast nichts mehr erkennen. Ein beißender Dampf stieg mir in die Nase, der mich husten und würgen ließ. Der Rauch kam direkt aus dem Topf für die Nudeln. Ich riss ihn vom Herd, öffnete das Fenster und lüftete zunächst einmal so gut es ging, während ich mich im Esszimmer prustend auf einen Stuhl niederließ.

Hatte ich in meiner Müdigkeit tatsächlich vergessen, Wasser in den Topf zu füllen, bevor ich ihn auf den Herd gestellt hatte? Ich dachte angestrengt nach. Nein, ganz klar: nein. So bescheuert war ich nun wirklich nicht. Aber das hieß ja, runde drei Liter Wasser waren verkocht! Erst jetzt schaute ich auf die Uhr. Wo war Nora? Sie war vor einer guten Stunde gegangen. Die Tankstelle war um die Ecke. Ein Einkauf von vielleicht zehn Minuten! Ich wollte sie gerade auf ihrem Handy anrufen, als mir einfiel, dass sie ihres nicht mitgenommen hatte. Völlig verwirrt sank ich auf meinen Stuhl. Das konnte doch einfach nicht sein! Nicht schon wieder!

11. KAPITEL

An Schlaf war so gut wie nicht zu denken. Ich hatte mir vorgenommen, bis zum Morgen mit weiteren Schritten zu warten.

Mein Gang zur Tankstelle am Abend hatte keine neuen Erkenntnisse gebracht. Die junge Frau an der Kasse hatte sich an keinen Kunden erinnern können, der Wein kaufen wollte. Überhaupt war ihr eine Frau nach meiner Beschreibung nicht erinnerlich. Auf dem Weg nach Hause hatte ich wahllos einige Passanten angesprochen, die mir aber nicht weiterhelfen konnten.

Jetzt lag ich schwitzend und mich unruhig hin und her wälzend in meinem Bett und versuchte verzweifelt, das Geschehene zu begreifen. Natürlich gab es die Möglichkeit einer einfachen Erklärung. Vielleicht hatte sie eine Freundin getroffen, mit der sie noch mal losgezogen war oder die ihre Hilfe brauchte. So einige logische Kausalitäten waren möglich, aber es blieb die Frage, warum sich Nora nicht gemeldet hatte. Das Telefon hatte ich sofort am Abend überprüft, es war in Ordnung. Auch die Liste eingegangener Anrufe zeigte keine mir fremde Nummer in den letzten Stunden. Nein, es gab nur zwei Möglichkeiten: Die eine war so fürchterlich, dass ich gar nicht daran denken konnte. Es war ihr etwas Schlimmes zugestoßen. Sie war entführt, ermordet oder verschleppt worden. Die andere Möglichkeit war zwar wesentlich harmloser und weniger grausam, aber für mich fast noch traumatisierender als die erste: Nora hatte mich verlassen. Sie war weg, gegangen, Ende. Aus.

Bilder huschten über meine Netzhaut. Bilder aus Zeiten, die ich meinte, längst verdrängt zu haben. Eine hübsche, junge blonde Frau. Frech, mitunter ein wenig frivol, immer lachend. Das pure Leben eben. Aufregend bis zur Erschöpfung und so verliebt in *mich*, dass mein Herz fast zersprungen wäre. Isabelle. Die Liebe meines damals noch jungen Lebens. Alle meine Freunde hatten mich um dieses Glück beneidet, zumindest bis zu jenem Tag im Februar …

Ich schüttelte den Kopf. Warum musste ich jetzt an Isabelle denken. Es ging hier um Nora, meine Nora! Wieder schmiss ich mich auf die andere Seite und kniff entschlossen die Augen zu. Ich musste schlafen. Morgen würde sich alles klären, und außerdem wartete ein anstrengender Tag auf mich. Die Klinik, die Patienten, meine Kollegen. Ruckartig setzte ich mich auf. Ich konnte doch unmöglich zur Arbeit gehen, wenn Nora nicht wieder zurück war. Ich musste dringend im Krankenhaus anrufen und Bescheid geben! Aber das konnte bis morgen früh warten. Ich legte mich hin und blinzelte auf den Radiowecker: 3:32 Uhr. Na toll!

Als ich das nächste Mal nachschaute, war es bereits 6:04 Uhr und Zeit aufzustehen. Gerädert und mit verkrampfter Muskulatur stand ich auf und tappte als Erstes durch die ganze Wohnung in der Hoffnung, Nora wäre doch noch nach Hause gekommen und hätte sich auf die Couch gelegt, um mich nicht zu stören. Aber alles war still und leer. Nur der Gestank des verbrannten Topfes hing noch in allen Räumen.

Ich rief in der Klinik an, ließ mich mit meiner Chefin verbinden, die immer als Erste auftauchte, und meldete mich krank. Ich duschte schnell, zog mich an und schnappte mir den Topf, um zumindest die Ursache des fürchterlichen Geruches zu beseitigen. Danach wollte ich bei einer Tasse Kaffee in Ruhe über die weiteren Schritte nachdenken. Vor dem Haus warf ich den Topf in die Restmülltonne, was mir den strafenden Blick eines Nachbarn einbrachte, der gerade seine Zeitung aus dem Briefkasten zog. Ich murmelte einen Gruß und öffnete meinerseits den Postkasten. Neben der Zeitung fand ich einen schlichten, unfrankierten Briefumschlag mit meinem Namen in Computerschrift darauf.

Neugierig ging ich zurück in die Wohnung, setzte mich an den Esstisch und öffnete den Brief. In letzter Sekunde fiel mir aus einschlägiger Belletristik und Fernsehkrimis ein, mir ein Paar Latexhandschuhe überzuziehen, die wir in der Küche zum Schneiden von Chilischoten parat liegen hatten. Aus dem Umschlag zog ich ein schlichtes Blatt DIN-A4-Papier mit einem so abgedroschenen Satz darauf, dass ich hysterisch anfing zu lachen:

»Wenn Sie Ihre Frau wiedersehen wollen, lassen Sie die Polizei aus dem Spiel!«

Der Brief war mit einem Laserdrucker gedruckt, so viel konnte ich erkennen. Aber was sollte das? Nora entführt? So ein Unsinn! Ich war wirklich zufrieden mit meinem Oberarztgehalt, und wir gönnten uns ein schönes, nicht ganz billiges Leben. Mein Erspartes belief sich auf etwa 12.000 Euro plus einem kleinen Aktienfonds, mehr nicht! Noras Vermögen war, soweit ich orientiert war, vielleicht halb so groß. Ihre Eltern waren beide tot und meine alles andere als reich. Also, was bitte sollte das?

Mein ungläubiges, gekünsteltes Lachen erstarb allerdings, als ich länger auf den Brief starrte. Was auch immer der oder die Entführer sich dabei gedacht hatten: Die Ansage war klar und unmissverständlich: keine Polizei! Oder wollte Nora nicht, dass ich sie suchte?

Was sollte ich jetzt machen? Hier rumsitzen, abwarten und Tee trinken? Das ging gar nicht. Ich musste etwas tun. Und langsam kam mir eine Idee. Ich wusste zwar nicht, ob es Sinn machte und überhaupt etwas bringen würde, aber besser, als nichts zu tun.

Den Tag verbrachte ich damit, alte und neuere Unterlagen und Bilder von Nora zusammenzusuchen. Da war ein Fotoalbum, das sie mir einmal gezeigt hatte. Es war in ihrer Studienzeit entstanden. Da waren einige offizielle Schreiben ihre Arbeit betreffend. Und ich fand in einer kleinen Dokumentenmappe sogar ihre Geburtsurkunde sowie ihren Reisepass.

Nachdem ich eine Kleinigkeit gegessen hatte, schaute ich auf die Uhr. Es wurde Zeit.

Mein Ziel war nicht weit von meinem Zuhause entfernt. Ich ließ den Wagen daher stehen und machte mich mit einer Aktentasche, in die ich Noras Unterlagen gepackt hatte, zu Fuß Richtung Große Heimstraße auf den Weg.

Wenn ich schon nicht zur Polizei konnte, wollte ich mir woanders Hilfe herholen. Und diese Hilfe erhoffte ich mir von drei Freunden, die ich im Januar 1991 während eines Urlaubs in Ägypten kennengelernt hatte.

Die drei waren mir anfangs überhaupt nicht aufgefallen. Ich hatte einen Trekkingurlaub gebucht. In der ersten Woche ging es mit einigen Beduinen und einem Reiseleiter auf Kamelen durch die Wüste Sinai. In der zweiten Woche war Tauchen in Sharm el-Sheikh angesagt. Die Gruppe war sieben Mann beziehungsweise Frau stark. Ich reiste alleine und hatte diese Entscheidung ganz bewusst getroffen, da ich mich voll auf die Natur konzentrieren wollte. Die Zeit auf dem Sinai wurde zu einer der schönsten Erlebnisse meines Lebens. Die Stille der Landschaft, die ständig wechselnden Fels- und Bergformationen, das Farbenspiel der Sonne auf den unterschiedlichen Gesteinen und Sanddünen sowie die Freundlichkeit der Beduinen, das einfache Essen am Lagerfeuer und die Wärme eines Kamelbauchs, an den man sich nachts schmiegte, wenn die Temperaturen unter null sanken. All dies war so ergreifend, dass die kleinen Reibereien innerhalb der Gruppe jedes Mal im Nichts versandeten, wenn ein neues »Oh!« oder ein »Guckt euch das mal an!« durch die Reihen ging. Die zwei jungen Männer und eine junge Frau waren mir kaum aufgefallen – bis zu diesem denkwürdigen Tag in der Mitte der Woche.

Unser Reiseführer war der Einzige, der durch ein kleines Radio mit der Außenwelt verbunden war. Jeden Morgen hörte Achmed nach dem Frühstück die Nachrichten eines ägyptischen Senders, während er zwei selbstgedrehte Zigaretten rauchte und ein Glas des heißen, stark gesüßten Pfefferminztees trank, der uns den gesamten Tag über begleitete. An diesem Morgen bemerkte ich, dass er, während er dem für mich unverständlichen Kauderwelsch lauschte, plötzlich innehielt, seine Zigarette vergaß, die ihm bald darauf die Finger verbrannte und dann aufgeregt seine Beduinenfreunde zusammenrief. Ein hektisches Geplapper begann, begleitet von wildem Gestikulieren und Fäusteschwingen Richtung Osten. Wir Deutschen verstanden kein Wort und warteten geduldig ab. Schließlich kam Achmed zu uns und erklärte den Sachverhalt: Wie aus den Nachrichten zu hören war, hatte Saddam Hussein dem Westen und Israel mit einem Giftgasangriff gedroht. Diese Tatsache betraf aus verständlichen Gründen auch den Sinai, und es ging letztendlich um die

Frage, ob wir unsere Tour aus Sicherheitsgründen abbrechen mussten oder nicht. Wir sieben konnten das nicht beantworten, hätten es aber sehr schade gefunden, wenn uns vor allem das noch ausstehende Highlight der Tour, nämlich die nächtliche Besteigung des Berges Sinai, auf dem wir den Sonnenaufgang genießen wollten, verwehrt worden wäre. Achmed hatte die Verantwortung für uns. Er konnte aber keinen Kontakt zu unserem Reiseveranstalter herstellen.

Und die Beduinen? Die hatten eine ganz eigene Meinung zu diesem Thema: Wie wir durch die Übersetzung von Achmed mitbekamen, waren sie Hussein gegenüber neutral eingestellt. Er war ihnen schlichtweg egal. Aber im Falle eines Giftgasangriffs hätten sie Kenntnis von tiefreichenden Höhlen in den Bergen der Wüste, wo sie mehrere Wochen überleben konnten. Ob wir denn nicht einfach mitkommen wollten, wir wären herzlich willkommen. Vier von uns, darunter ich, schauten uns ungläubig an und verneinten dankend. Dann lieber den Urlaub abbrechen, als sich auf ein solches Abenteuer einzulassen. Achmed gab alles an die Beduinen weiter, die unsere Ablehnung achselzuckend akzeptierten.

Die drei anderen hatten sich auch angeschaut, aber in keiner Weise ungläubig. Kein Wort war zwischen ihnen gefallen, und doch fasste einer der drei, ein etwa 19 Jahre alter, immer etwas ungepflegt und freakig herumlaufender Jugendlicher mit Rastalocken, zusammen, was sie offensichtlich gerade nonverbal beschlossen hatten: »Achmed, sag deinen Freunden bitte, dass wir das Angebot sehr gerne annehmen. Sollte es zu diesen Angriffen kommen, werden wir uns anschließen und uns mit ihnen in ihren Höhlen verstecken.«

Achmed übersetzte, und die Beduinen kommentierten diesmal mit einem zustimmenden Nicken und Gemurmel.

Glücklicherweise kam es nicht dazu, aber seit diesem Tag fühlte ich mich den drei jungen Freunden näher verbunden als dem Rest der Gruppe. Ihre Klarheit, ihre Kommunikation, die offenbar nur wenige Worte brauchte, und ihre Entschlossenheit, die so gar nicht zu ihrer Jugend passte, faszinierten mich. Immer häufiger kamen wir ins Gespräch, insbesondere an den Abenden, wenn man gesättigt und müde am Lagerfeuer zusammensaß, dem leisen Plappern der Beduinen lauschte oder sich am unendlichen Sternenhimmel berauschte. Auch in der anschließenden Woche in Sharm el-Sheikh blieben wir zusammen, waren in derselben Tauchschule und verbrachten nette Abende in den diversen Restaurants und Bars der Wüstenstadt. Als sich herausstellte, dass sie wie ich aus Dortmund kamen, war schnell klar, dass diese Freundschaft über den Urlaub hinaus halten würde. Und so kam es dann auch. Es gab zwar Wochen und sogar Monate, in denen wir uns nicht sahen, aber seit jetzt 20 Jahren war diese Freundschaft, in die Nora mittlerweile einbezogen war, gewachsen und ein fester Teil meines Lebens geworden.

Die drei wohnten seit Jahren in einer Wohngemeinschaft, waren jetzt Ende 30 bis Anfang 40, und jedes Mal, wenn ich sie besuchte, hatte ich das Gefühl, drei außergewöhnliche Menschen vor mir zu haben. Wobei diese Formulierung eher ein Euphemismus war, denn sie waren schon *anders* als andere.

Ein Philosophiegeschichtsdozent, eine Notfallmedizinerin und ein Informatiker, die zusammen wahrscheinlich einen IQ von 450 zuwege brachten.

Vorausgesetzt Nora wollte wirklich gefunden werden: Wer sonst sollte in der Lage sein, mir dabei zu helfen?

Ich war gerade im Begriff, den Klingelknopf zu der Altbauwohnung in der Großen Heimstraße zu betätigen, als mein Handy anfing zu klingeln. Sofort schlug mir mein Herz bis in den Hals, und eine Welle Adrenalin durchströmte meinen Körper. War das Nora? War der Spuk schneller vorbei als gedacht? Oder meldeten sich die vermeintlichen Entführer? »Unbekannte Nummer« erschien auf dem Display.

»Ja?«

»Äh. Hier ist Melanie König. Die Frau von der Tankstelle. Sie hatten mich gestern Abend gefragt, ob ich eine Frau bedient hätte, die Wein kaufen wollte.«

»Ja! Und? Ist Ihnen noch etwas eingefallen? Haben Sie sie doch gesehen?«

»Ich bin mir nicht ganz sicher. Aber heute Morgen ist mir eingefallen, dass ich etwa um halb zehn eine Frau bemerkt habe, auf die Ihre Beschreibung passen könnte. Sie kam auf die Tankstelle zu, und kurz bevor sie durch die Tür trat, wurde sie von einem Mann angesprochen.«

»Was war das für ein Mann? Können Sie ihn beschreiben?« Ich merkte, dass ich ungeduldig und ungnädig wurde. Aber konnte diese Melanie König nicht konkret und flüssig erzählen, was sie beobachtet hatte?

»Äh. Von dem Mann konnte ich so gut wie gar nichts erkennen. Es könnte theoretisch sogar eine Frau gewesen sein …«

Na ganz toll.

»Er oder sie trug so eine dunkle Sweatshirtjacke mit Kapuze, dunkle Jeans, und das war's auch schon. Mehr konnte ich wirklich nicht erkennen.«

»Ist ja schon gut, Frau König«, beruhigte ich die junge Frau, deren Stimme weinerlich wurde. »Können Sie mir erzählen, was die beiden gemacht haben? Wie kam es, dass die Frau nicht in Ihre Tankstelle hineingegangen ist?«

»Da bin ich mir nicht ganz sicher. Ich konnte nicht verstehen, was gesprochen wurde, außerdem ist der Winkel zur Tür von meinem Platz aus sehr ungünstig.«

Ich schwieg, und Melanie fuhr gnädigerweise fort: »Also: Es sah so aus, als würde der Mann sehr eindringlich auf die Frau einreden. Ich meine sogar, dass er sie am Arm packte und von der Tür wegzog. Nicht wirklich brutal, aber halt sehr bestimmend. Sonst fällt mir ehrlich nichts mehr ein, Herr Doktor. Ich dachte nur … Weil Sie mir doch Ihren Namen und Ihre Telefonnummer dagelassen hatten, dass das vielleicht wichtig sein könnte.«

Ich besänftigte sie und versicherte ihr, wie dankbar ich für diese Informationen wäre. Damit beendete ich das Gespräch und drückte nachdenklich und in keiner Weise beruhigt auf den Klingelknopf.

12. KAPITEL

Nora erinnerte sich, einmal gelesen zu haben, dass man aus einer Betäubung nur langsam, Stück für Stück aufwachte. Bei mir ist das aber ganz anders, war ihr erster Gedanke, während sie verzweifelt versuchte, den hell gellenden Kopfschmerz und die damit einhergehende Übelkeit niederzuringen.

Vorsichtig öffnete sie die Augen. Sie befand sich in einem rechteckigen, vielleicht drei mal vier Meter großen, fensterlosen Raum mit einer stabil wirkenden, eisenbeschlagenen Tür. An den Wänden standen mehrere Regale mit verschiedenen Schachteln, Kartons und Werkzeugen sowie mehrerer Paletten Einmachgläser mit undefinierbarem Inhalt. In einer Ecke spendete eine kleine Nachttischlampe ein schummriges Licht, das dem Raum eine unheimliche und düstere Atmosphäre verlieh. Eine Deckenbeleuchtung gab es nicht. Sie selbst lag auf einem wackeligen Feldbett, das in einer Ecke des Raumes aufgebaut worden war, unter sich eine nach uraltem Muff stinkende, graue Decke.

Nora richtete sich vorsichtig auf, wobei ihr eine neue Welle von Kopfschmerzen und Brechreiz fast die Sinne nahm. Sie musste dringend auf die Toilette, rechnete aber nicht damit, dass die Tür unverschlossen war. Trotzdem versuchte sie es. Abgeschlossen. Natürlich. Ein hysterisches Lachen kroch ihr die Kehle herauf. Dies hier war leider bitterer Ernst. Kein Albtraum, aus dem sie gleich erwachen würde und über den sie nach einer Tasse Kaffee lachen konnte. Aber sie *musste* jetzt sofort aufs Klo! Nora schaute sich erneut um und fand in der Ecke gegenüber der Pritsche einen Blecheimer. Darauf lag ein Brett und daneben stand – fast lächerlich in ihrer Einfachheit – eine Rolle Toilettenpapier. Welch ein Luxus, dachte sie und erledigte ihr Geschäft.

Danach hockte sie sich im Schneidersitz auf das Bett und versuchte, ihre Gedanken zu sortieren. Was war eigentlich passiert?

Sie war gestern Abend noch einmal los, um Wein an der Tankstelle zu kaufen. Gestern Abend? Sie hatte jegliches Zeitgefühl verloren. War das gestern gewesen oder lag sie schon länger bewusstlos in diesem Raum? Sie horchte in sich hinein. Ihrem Durstgefühl nach konnte das hinkommen. Mehr als ein Tag war sicherlich noch nicht vergangen.

Sie war schon fast in der Tankstelle angekommen, als plötzlich ein Mann auf sie zugetreten war und sie angesprochen hatte. Zunächst hatte sie ihn nicht erkannt, bis sie in seine Augen geschaut hatte. 30 Jahre hatte Nora diesen Mann aus ihrem Gedächtnis verbannt. Und 30 Jahre hatte sie immer wieder an jene schrecklichen Augenblicke denken müssen, die er ihr beschert hatte und die ihr ganzes Leben verändert hatten. Sie war so erschrocken, ihn so unvermittelt vor sich stehen zu sehen, dass sie unfähig war, adäquat zu reagieren. Und als sie schließlich aus ihrem Schreck erwacht war und weitergehen wollte, begriff sie erst, was er ihr schon eine ganze Weile eindringlich mitzuteilen versuchte. »Nora, es geht um deinen Sohn, hörst du? Er ist aufgetaucht und sucht dich. Nora, verstehst du mich?«

Sie war erneut vollkommen perplex stehen geblieben. »Was redest du denn da für einen Unsinn?«, hatte sie wütend geantwortet, aber der Mann hatte sie beschwörend am Arm gepackt und ein Stück von der Eingangstür weggezogen. »Es ist wahr, Nora. So glaub mir doch. Er ist in Bad Kreuznach. Ich habe mit ihm gesprochen und er will dich sehen. Er freut sich auf dich. Ich kann dich zu ihm bringen. Komm, wir setzen uns eben in mein Auto da drüben, dann kann ich dir alles in Ruhe erzählen.« Wie betäubt hatte sich Nora von ihm zu dem Wagen führen lassen, auf den er gezeigt hatte. Nur ganz am Rande hatte sie registriert, dass es sich um eine schwarze Limousine mit stark getönten Fenstern handelte.

Und hier brach alles ab. So sehr Nora sich anstrengte. Es fiel ihr nicht mehr ein. Dem widerlichen Geschmack in ihrem Mund, den Kopfschmerzen und der Übelkeit nach zu urteilen hatte er sie offensichtlich mit Chloroform oder Ähnlichem betäubt und anschließend in diesen Raum geschafft. Aber wo war sie überhaupt?

Sie hob die Nachttischlampe auf und leuchtete, so weit es das Stromkabel zuließ, in alle Winkel ihres Gefängnisses. In einem Regal entdeckte sie schließlich drei Flaschen Mineralwasser und ein Dutzend Müsliriegel. Nora hasste Müsliriegel, merkte aber sofort, wie hungrig sie war. Nachdem sie zwei heruntergewürgt und mit einer halben Flasche Wasser nachgespült hatte, fühlte sie sich wesentlich besser. Die Kopfschmerzen ließen langsam nach, und vor allem der ekelhafte Geschmack war verschwunden.

Sie setzte sich wieder auf die Pritsche. Was hatte er gesagt? Ihr Sohn suche nach ihr?

Eine Welle Schluchzer stieg in ihrer Kehle empor.

Ihr Sohn! Sie erinnerte sich gut an den Tag der Geburt. Die letzten Monate hatte sie bei einer Freundin in Kreuznach gewohnt. Bei ihren Eltern hatte sie es nicht mehr ausgehalten. Eine Abtreibung kam zwar auch für Mama und Papa nicht infrage, der Alltag war trotzdem für Nora das reine Grauen. Unablässig wurde nach dem Kindsvater gefragt, hinzu kamen die Nachbarn mit ihren neugierigen Blicken auf den langsam wachsenden Bauch und letztendlich die ständigen moralischen Vorwürfe des Vaters, mal offen, mal versteckt. Es ging nicht mehr. Daraufhin, sie war mittlerweile im siebten Monat, hatte sie Ramona angerufen. Ramona war vier Jahre älter als Nora, studierte in Mainz und wohnte in Bad Kreuznach. Sie hatten sich auf einer Ehemaligenparty im Internat kennengelernt. Sie war Single und hatte sich sofort bereit erklärt, die schwangere Nora aufzunehmen. Ihre Eltern waren mit dieser Lösung einverstanden, damit das Gerede der Nachbarn aufhörte, hatte Nora spekuliert. Sie kamen ein paarmal zu Besuch und regelten die wichtigsten Dinge mit der noch nicht volljährigen Nora beim Standesamt.

Am Tag der Entbindung, die Wehen kamen anfangs alle acht Minuten und konnten in ihrer Intensität nicht mehr ignoriert werden, rief Nora ihre Eltern und den Standesbeamten an und ließ sich von Ramona ins Krankenhaus bringen.

An die Schmerzen, die dann folgten, konnte sie sich nur vage erinnern. Die heftigen Wehen, die Nora an eine furchtbare Durchfallerkrankung in ihrer Kindheit erinnerten, das immer eindringlichere Insistieren der Hebamme, doch bitte nach unten zu pressen, das unangenehme Gefühl, als der anwesende Arzt sich mit seinem Unterarm und seinem ganzen Gewicht auf ihren Oberbauch legte und ihr die letzte Luft zum Atmen nahm. All das war schnell unwichtig geworden.

Was sie aber umso deutlicher vor sich sah, war das kleine verschmierte Bündel mit den vielen dunklen Haaren und den unsicher in der Luft herumwirbelnden Händchen, das schließlich aus ihr herauskam.

Nora hatte sich, seit ihr Entschluss feststand, das Kind zur Adoption freizugeben, tagtäglich bemüht, keinen inneren Kontakt zu dem in ihr wachsenden Lebewesen aufkommen zu lassen. Wie ein Mantra sagte sie sich fast täglich, dass dieses Wesen zwar nichts dafür könne, aber ein Produkt aus Gewalt, Gier und Krankheit sei. Schwerer wurde es, als die ersten Kindsbewegungen dieses Leben auch spürbar machten. Aber Nora war die Distanz einigermaßen gelungen.

In diesem Moment aber, als das Kind da war, die Schmerzen wie von Zauberhand verschwanden und sie die Einzelheiten des kleinen Jungen erkannte, schoss unaufhaltsam eine riesige Welle der Liebe und der Zusammengehörigkeit mit diesem Menschen über sie hinweg und durch sie hindurch.

Roswitha, eine ältere und erfahrene Hebamme, kannte dieses Phänomen offensichtlich. Resolut packte sie das kleine, mittlerweile kräftig schreiende Wesen am Nacken und den Füßen, hielt es Nora vor die Nase und sagte nur: »Na, da ist er ja. Ich soll dir von dem Standesbeamten ausrichten, du hättest ein paar Monate Zeit, es dir anders zu überlegen. Aber jetzt kommt er erst mal nach nebenan.« Und weg war er.

Das Verlustgefühl übermannte sie auf der Stelle genauso stark wie vorher das Gefühl der Zuneigung. Wie sollte sie das nur aushalten? Wochen und Monate vergingen, bis Nora mit dieser Situation einigermaßen fertiggeworden war. Allerdings war ihr bewusst, dass sie noch in keiner Weise damit abgeschlossen, sondern es im besten Fall verdrängt hatte. Bestes Zeichen dafür war, dass sie Uli bis heute nichts von dieser Schwangerschaft erzählt hatte.

Nora wischte sich mit dem Handrücken die Tränen vom Gesicht und putzte sich mit Toilettenpapier die Nase. Plötzlich nahm sie einen Geruch wahr, der ihr vertraut vorkam. Etwas süßlich, aber nicht unangenehm. Dieser Geruch, der nur ganz schwach in der Luft lag, löste Assoziationen an Ereignisse in ihr aus, die vor ihrer Schwangerschaft lagen. Aber sie konnte sich beim besten Willen nicht erinnern.

13. KAPITEL

Christoph Butzek hatte es nicht fassen können. Bereits der dritte Anruf, in einem Städtchen namens Bad Sobernheim, war erfolgreich. Er hatte es zunächst in Meisenheim und dann in Kirn versucht. Beide Male ohne Erfolg. Der dritte Anruf, an den er ohne große Hoffnung herangegangen war, galt dem Rathaus in Sobernheim. Nach einigen Warteschleifen und Vertröstungen wurde er schließlich mit einem Axel Ebel verbunden, der einigermaßen irritiert auf den Namen Nora Schreiner reagierte. Denn nachdem Christoph den Namen ausgesprochen hatte, war es einige Sekunden still am anderen Ende der Leitung, sodass Christoph beinahe meinte, sie wären getrennt worden. Die positive Antwort, die er dann, wenn auch unter Vorbehalt, bekam, hatte ihm den Atem geraubt. Noch lange Zeit danach saß er auf dem Bett seines Hotelzimmers und starrte ungläubig auf sein Handy. Ebel hatte ihm eine verbindliche Antwort für den kommenden Dienstag zugesagt. Warum brauchte er so lange? Egal. Das folgende Wochenende hatte sich ewig hingezogen. Christoph hatte versucht, sich die Zeit mit der Erkundung der Umgebung zu vertreiben. Er war nach Bad Sobernheim gefahren, hatte sich auf dem Internatsgelände umgeschaut und sogar einige Lehrer angesprochen und nach Nora gefragt, aber jedes Mal eine abschlägige Antwort bekommen.

Jetzt am Dienstagmorgen, Christoph hatte in der Nacht kaum ein Auge zugetan, saß er am Frühstückstisch und zwang zumindest ein halbes Brötchen und eine Tasse Kaffee in seinen viel zu aufgeregten Magen.

Gegen 9 Uhr, er ging davon aus, dass um diese Zeit alle Stadtangestellten im Rathaus eingetroffen waren, rief er erneut bei Axel Ebel an.

»Herr Butzek. Wie nett, wieder von Ihnen zu hören. Ja, also, ich glaube, dass ich Ihnen weiterhelfen kann. Wir müssten das allerdings persönlich machen, da ich Ihre Legitimationen überprüfen muss.«

Christoph fand diesen Ebel nicht sehr sympathisch. Er kam ihm reichlich aufgeblasen und wichtigtuerisch vor. Aber das war jetzt unwichtig. Sie verabredeten sich für 11 Uhr im Rathauscafé in Bad Sobernheim. In einem Café? Christoph verstand Ebel nicht. Es ging doch um eine offizielle Anfrage an die Stadt. Warum traf man sich dann in einem so privaten Ambiente? Zum wiederholten Mal fuhr er sich durch seine schulterlangen dunklen Locken. Es war eindeutig eine weitere Dusche fällig, auch wenn die letzte erst zwei Stunden her war. Er bekam seine Aufregung nicht in den Griff. Eigentlich schwitzte er selten. Sein Körper war muskulös und durchtrainiert. Die regelmäßigen Squashstunden mit seinem Kollegen Martin in Lörrach und seine fast täglichen Joggingrunden hielten ihn fit. Aber eine solche psychische Anspannung war ihm fremd.

Nachdem er sich frisch gemacht hatte, verließ er das Hotel und stieg in seinen Wagen. Die Julisonne schien heiß von einem strahlend blauen Himmel, und die gelben Äcker und verstreut liegenden Weinberge taten ihr Übriges. Hier konnte man es gut aushalten. Der Wein war lecker, wie Christoph bereits festgestellt hatte, das Essen war zwar deftig, aber schmackhaft, und außerdem gefiel ihm der spezielle Dialekt dieser Gegend. Er klang so bodenständig, ursprünglich und freundlich. Nach 30 Minuten Fahrzeit hatte er das Rathauscafé in Sobernheim erreicht und erkannte an dem abgesprochenen Zeichen – einem roten Aktenordner neben der Kaffeetasse – den Gesuchten. Axel Ebel saß trotz der Temperaturen in Hemd, Krawatte und Anzugjacke vor dem Café an einem kleinen Bistrotisch. Er erhob sich, als Christoph vor ihm stand. »Herr Butzek nehme ich an. Nehmen Sie doch Platz!«

Christoph setzte sich auf den zweiten schmiedeeisernen Stuhl Ebel gegenüber. »Guten Morgen, Herr Ebel. Ich war ein wenig irritiert, dass wir uns in einem Café und nicht im Rathaus treffen. Entschuldigen Sie meine direkte Frage, aber war Nora Schreiner hier gemeldet oder nicht?«

Ebel räusperte sich. »Es ist so: Sie haben zwar eine offizielle Anfrage an unser Rathaus gestellt, sind dabei aber an einen Mann geraten«, Ebel wies mit einem Finger auf sich, »der zufällig Nora persönlich gekannt hat. Daher dieses private Treffen. Nora war Schülerin auf dem Internat in Bad Sobernheim, und zwar bis 1980. Wir waren Klassenkameraden und besuchten dieselbe Jahrgangsstufe. In der Stadt war sie nicht als Einwohnerin registriert. Das wäre bei einem Internatsbesuch ungewöhnlich, nicht wahr?« Ebel lächelte nachsichtig. »Möchten Sie einen Kaffee, Espresso, Cappuccino? Sie sind eingeladen.«

»Sie kannten also meine Mutter persönlich?« Christoph ignorierte Ebels Einladung. Er wollte jetzt nichts trinken. »Können Sie mir mehr über sie erzählen? Ich meine, wie war sie so? Was hatte sie für Hobbys? Können Sie sich vorstellen, wer mein Vater war?« Die Fragen sprudelten nur so aus Christoph heraus.

Axel Ebel zögerte, seine Mundwinkel zogen sich ein wenig nach unten. »Also, ehrlich gesagt hatten Nora und ich nicht so viel miteinander zu tun. Es gab da andere …«

»Wen?« Christoph merkte, dass er nahe daran war, unhöflich zu werden, aber er wollte jetzt weiterkommen.

»Zunächst muss ich, wie gesagt, Ihre Legitimation überprüfen, Sie verstehen schon.« Ebel war ganz in seinem Element. »Haben Sie denn Papiere, die Sie als Noras Sohn ausweisen?«

Christoph zerrte ungeduldig alle Unterlagen aus seiner Aktentasche, einschließlich eines offiziellen Schreibens von Karsten Schmidt, das der ihm schnell angefertigt hatte.

»Gut, das ist ja alles in Ordnung.« Axel Ebel schien in Gedanken ganz woanders zu sein, während er die Papiere durchblätterte. »Dass wir das alle nicht mitbekommen haben«, murmelte er vor sich hin.

Christoph hob den Kopf. »Was haben Sie nicht mitbekommen?«

»Na ja. Wir sind damals alle davon ausgegangen, dass Nora ein halbes Auslandsjahr in Australien verbringt. Das war jedenfalls die offizielle Version, die uns erzählt wurde. Stattdessen muss sie hier in der Nähe gewesen sein, um dann in Kreuznach entbunden zu werden. Wenn sie zu Hause bei ihren Eltern gewesen wäre, hätte sie bestimmt dort ihr Kind, also Sie, zur Welt bringen können.«

Christoph dachte nach. Da war etwas dran. Oder ihr Zuhause war ebenfalls in der Nähe, sodass sich die Klinik in Bad Kreuznach anbot. Er musste herausbekommen, woher sie ursprünglich stammt. »Können Sie mir jemanden nennen, der sie besser gekannt hat?«, fragte er um Freundlichkeit bemüht. Er wollte Ebel nicht verärgern.

»Da gibt es zum Beispiel den Rechtsanwalt Stefan Burger. Er war viel mit Nora zusammen, obwohl er selbst kein Internatsschüler war, sondern aus der Stadt kam. Er war für die Organisation eines Klassentreffens letzten Samstag zuständig, hat also immer die aktuellsten Adressen, E-Mail-Daten und so weiter. An den sollten Sie sich wenden.«

Ebel gab Christoph die Adresse von Burgers Kanzlei, seine Telefonnummer und erklärte ihm auch den Weg zum Golfclub, dessen Vorsitzender Burger sei.

Nachdem sich Christoph verabschiedet hatte, versuchte er in seinem Wagen den genannten Rechtsanwalt direkt zu erreichen. Die Sekretärin erklärte ihm allerdings, ihr Chef sei im Moment nicht zu sprechen, er sei in einer Dringlichkeitssitzung im Club. Nach einigem Hin und Her und unter Einsatz all seiner Schmeichelkünste war sie schließlich bereit, Christoph die Handynummer zu überlassen. Zunächst war besetzt, dann meldete sich eine freundliche Stimme: »Stefan Burger? Guten Tag.«

»Hier spricht Christoph Butzek. Ich bin …«

»Ich weiß schon Bescheid, Herr Butzek. Axel Ebel hat mich angerufen und vorgewarnt.« Christoph konnte das Lächeln durchs Telefon hören. »Passen Sie auf. Die Zeit drängt. Ich bin gerade wegen einer, äh, delikaten Sache auf dem Golfplatz sehr beschäftigt, andererseits beginnen die Sommerferien bald und ich möchte Ihnen wirklich gerne helfen, Nora zu finden. Können wir uns in einer Stunde vor dem Sekretariat der Schule treffen? Ich erkläre Ihnen dann alles.«

Christoph war zu verdutzt, als dass er Fragen stellen konnte. Er bejahte, bedankte sich und legte auf. Erst ein Café, jetzt die Schule. Aber solange die Leute weiterhin so hilfsbereit waren, war das alles kein Problem für ihn.

Das Schulgebäude war ein klassischer Bau aus den späten 60er-, frühen 70er-Jahren des vergangenen Jahrhunderts. In einer zweistöckigen U-Form mit Flachdach gebaut zeigte es reine Funktionalität ohne jeglichen Anspruch auf Wohlbefinden oder Ästhetik für die darin arbeitenden und lernenden Menschen. Die regelmäßig und absolut parallel ausgerichteten Fenster waren allesamt mit in der Sonne glänzenden Aluminiumrahmen verkleidet. Immerhin hatte man nachträglich einige elektrische Jalousien angebracht – ebenfalls aus Aluminium. Christoph schmunzelte. Die deutsche Einheitsarchitektur dieser Zeit war wirklich himmelschreiend. Wenn er da an sein altehrwürdiges Gymnasium in Lörrach aus dem 19. Jahrhundert dachte: Damals hatten die Architekten andere Schwerpunkte gesetzt.

Er fand das Sekretariat in der ersten Etage. Stefan Burger wartete bereits auf ihn. Auf Anhieb fand ihn Christoph sympathisch. Der etwa 50 Jahre alte, schlanke Mann hatte kurzgeschnittenes leicht graumeliertes Haar, das ihm zerzaust, wie es gerade war, einen verwegenen Eindruck verlieh. Das Gesicht war offen, und ein herzliches Lächeln umspielte seine Lippen. Die Anzugjacke hatte er locker über die Schulter geworfen, der obere Kragenknopf stand offen. Na, der ist schon mehr nach meinem Geschmack, dachte Christoph, als er die dargebotene Rechte von Stefan Burger ergriff.

»Entschuldigen Sie, dass ich Sie so anstarre, Herr Butzek. Aber ein Sohn von Nora, das ist wie …«, Burger suchte nach dem richtigen Ausdruck. »Das ist wie, wenn man … Ach, es ist was ganz Besonderes. Herzlich willkommen in Sobernheim! Ich kann es gar nicht fassen, dass Nora tatsächlich einen Sohn zur Welt gebracht hat und keiner von uns Bescheid wusste.«

»Das scheint allen hier so zu gehen«, meinte Christoph. »Hat wirklich keiner eine Ahnung gehabt?«

»Na, einer wohl schon.« Burger grinste, wurde aber sofort wieder ernst und ergänzte etwas leiser: »Aber vielleicht auch der nicht … Aber lassen Sie uns später darüber reden. Ich habe in der Zwischenzeit mit dem jetzigen Direktor telefoniert. Ein guter Bekannter von mir.«

Hier lief offensichtlich einiges über Vitamin B. Sind halt ländliche und alte, kleinstädtische Strukturen, da ist das eben so, dachte Christoph.

»Der einzige Weg, Nora zu finden, geht meines Erachtens über ihr Zuhause. Und das ist in ihren Schulakten vermerkt. Ich bin diesen Weg nie gegangen, wenn ich versucht habe, sie ausfindig zu machen – für die Klassentreffen natürlich«, fügte er hinzu, als er Christophs erstauntes Gesicht sah. »Aber in Ihrem Fall ist dieser Weg durchaus gerechtfertigt. Der Schulleiter besteht allerdings auf eine lückenlose Legitimation.«

Christoph klopfte auf seine Aktentasche und nickte ergeben.

Der Direktor, ein Thomas Knaur, empfing die beiden freundlich, bot ihnen zu trinken an, schaute kurz in Christophs Papiere und öffnete dann eine graue Akte, die auf seinem Schreibtisch wartete. Christophs Puls, der sich seit dem Zusammentreffen mit Stefan Burger beruhigt hatte, beschleunigte sich erneut.

Der Direktor räusperte sich und begann vorzulesen: »Sie können sich ruhig Notizen machen, Herr Butzek. Nora Schreiner, geboren am 3. Februar 1962 in Mainz, wohnhaft Kellerstraße 85 in Mainz-Gonsenheim.« Christoph schrieb alles akribisch mit. »War auf unserer Schule – und soweit ich das sehen kann auch auf dem Internat – von 1971 bis 1980. Hat in der zwölften Klasse ein halbes Auslandsjahr in Australien absolviert.« Hier stutzte Knaur und schaute nachdenklich über seine tiefsitzende Lesebrille in Christophs Augen. »Na, das Auslandsjahr waren ja dann wohl Sie«, meinte er trocken und fuhr fort. »Eine Bescheinigung der fremden Schule fehlt bis heute. Der damaligen Schulleitung reichte schließlich eine formlose Bestätigung der Eltern. Das passt ja.« Der Mann war wirklich nicht aus der Ruhe zu bringen. »Zumal die Leistungen im Abiturjahrgang kaum schlechter waren als vorher. Nora Schreiner hat ihren Abschluss mit der Note 2,0 absolviert. Das war's. Abgesehen von ein paar unwichtigen Einträgen wegen kleinerer Schulspäße.« Er lachte laut und verständnisvoll, lehnte sich zurück und blickte fragend in die Gesichter von Christoph und Stefan Burger. »Konnte ich damit behilflich sein?«

Christoph bedankte sich herzlich und verließ, nachdem Burger noch einige persönliche Worte mit dem Direktor gewechselt hatte, mit seinem neuen Bekannten das Büro.

»Und jetzt gehen wir beide erst einmal Mittagessen. Was halten Sie davon?« Burger schlug Christoph freundschaftlich auf die Schulter, während dieser erst jetzt merkte, wie hungrig er war, nachdem er am Morgen so wenig gefrühstückt hatte. Gerne sagte er zu, und so verbrachten die beiden drei Stunden in einem netten Restaurant in der Sobernheimer Innenstadt, wo sie sich lokale Spezialitäten schmecken ließen. Zweimal wurde Burger in der Zwischenzeit angerufen und auf anstehende Termine hingewiesen, die er alle freundlich, aber bestimmt absagte, was ihm Christoph hoch anrechnete.

Er erfuhr viel von seiner Mutter. Burger erzählte von dem ausgelassenen, lebensfrohen Mädchen, das sich für keinen Scherz zu schade gewesen war. Viele Anekdoten und Geschichtchen aus der damaligen Zeit machten das Ganze für Christoph begreifbarer und dreidimensionaler.

Auch dass Nora, zumindest nach Stefans Einschätzung – man duzte sich inzwischen –, keinen Freund gehabt hatte, erfuhr er, und beide rätselten lange darüber, wer denn sein Vater sein könnte.

»Es kann keine glückliche Beziehung gewesen sein«, meinte schließlich Stefan. »Erstens waren wir beide *so* gut befreundet, dass sie entweder mir oder meiner Frau Susanne etwas gesagt hätte. Die beiden waren ebenfalls sehr eng miteinander. Und zweitens kommt diese Wesensveränderung hinzu, die wir alle nicht verstanden haben.«

»Was meinst du damit?«

»Nora war nach ihrem vermeintlichen Auslandsaufenthalt, also nach ihrer Schwangerschaft, wie wir jetzt wissen, wie ausgewechselt. Ihre ganze Unbekümmertheit, ihre Fröhlichkeit war wie weggeblasen. Sie war ein anderer Mensch, in sich gekehrt, still.«

Christoph schluckte und merkte, wie seine Hände feucht wurden. »Meinst du, dass sie vergewaltigt wurde?«

Stefan saß lange schweigend da und dachte nach. Schließlich gab er sich einen Ruck. »Wenn ich ehrlich bin, erscheint mir das im Moment als die einleuchtendste Erklärung. Aber sicher bin ich mir nicht. Es bleibt allerdings die Frage, warum sie dann nicht abgetrieben hat. Oh, entschuldige Christoph. Das war jetzt nicht gegen dich gerichtet, trotzdem ziemlich pietätlos, tut mir leid!«

»Kein Problem. Ich verstehe, was du meinst. Das kann nur sie selbst beantworten. Nach allem, was du mir erzählt hast, bin ich noch begieriger darauf, sie zu finden. Immerhin habe ich jetzt ihre Heimatadresse.«

Stefan Burger nickte und starrte einige Minuten lang schweigend auf sein leeres Glas Wasser. »Da ist noch etwas, was du wissen solltest.«

Christoph blickte neugierig in das ernste Gesicht seines Gegenübers.

»Es gab damals einen Jungen, mit dem Nora sehr vertraut war. Er hieß Andreas Karmann und war viel mit Nora zusammen. Da waren mal Gerüchte, die beiden wären ein Paar, aber das kann ich mir nicht vorstellen. Sie waren zu kumpelhaft miteinander. Einfach nur gute Freunde, verstehst du?«

Christoph nickte erwartungsvoll.

»Dieser Andreas jedenfalls ist kurz vor dem Abitur spurlos verschwunden. Einige Sachen hat er mitgenommen, andere blieben in seinem Zimmer im Internat. Sein Auto war ebenfalls weg. Soweit ich weiß, hat die Polizei damals nichts weiter herausgefunden. Eltern hatte er keine mehr, und seine Pflegeeltern, bei denen er aufgewachsen war, hatten den Kontakt zu ihm längst abgebrochen.«

»Und man weiß bis heute nicht, warum er weggegangen ist, und wohin?«

»Nein. Er war bereits volljährig. Von daher waren die Anstrengungen der Behörden, ihn zu finden, eher mäßig. Aber das Dramatische ist«, Stefan senkte die Stimme und rückte näher, »dass jetzt auf unserem Golfplatz die Leiche eines jungen Mannes aufgetaucht ist, der vor etwa 30 Jahren gestorben ist. Wahrscheinlich wurde er umgebracht, ich weiß noch nichts Konkretes. Aber wenn das tatsächlich Andreas sein sollte, finde ich, solltest du das wissen. Nora war wirklich sehr eng mit ihm befreundet.«

14. KAPITEL

»Uli, du alter Schwerenöter! Dass du dich mal blicken lässt. Komm rein!«

Friedrich Sachse, genannt *der Philosoph* oder einfach *Philo* hielt mir weit die Wohnungstür auf. Er war ein großer, leicht untersetzter, 38 Jahre alter Mann. Sein schütteres, hellblondes Haar hatte er stets streng links gescheitelt. Wie immer trug er konservative Kleidung, heute eine hellbeige Faltenhose, ein blaues Oberhemd über dem sich deutlich abzeichnenden klassischen Schießer-Feinripp. Die dicke Brille mit dem breiten, braunen Gestell verlieh ihm einen entrückten Eindruck, nur wenn man seinen Mund näher betrachtete, konnte man sein manchmal schelmisches Wesen erahnen, das er sich trotz seiner trockenen Arbeit als Dozent für Philosophiegeschichte an den Universitäten Dortmund und Bochum erhalten hatte.

Friedrich packte mich am Ärmel und zog mich in den wie immer chaotischen Hausflur. Überall lagen Taschen, Koffer und Schuhe herum. Die Einrichtung war so bunt aus Gelsenkirchener Barock, einem schwedischen Einrichtungshaus und einzelnen Designerstücken zusammengewürfelt, dass die Angabe einer Stilrichtung unmöglich wurde. Hier zeigte sich, wie auch in dem ähnlich aussehenden Wohnzimmer und der Küche, dass drei vollkommen verschiedene Menschen beschlossen hatten, ihre Dinge zusammenzuwerfen und das Leben gemeinsam zu verbringen. Und das schon vor über zehn Jahren.

»Wir sitzen gerade in der Küche, trinken Kaffee und diskutieren uns die Köpfe heiß, warum du uns so dringend sprechen wolltest.«

Das war eher untypisch. Normalerweise verstanden sie sich ohne viel Worte. Aber wenn es um andere ging, vor allem um Freunde, konnte das anders sein. Da wurde dann diskutiert und hinterfragt, dass sich die Balken bogen. Für mich wäre ein Leben mit den dreien zu anstrengend gewesen, aber durch ihre faire und nachsichtige Art des Umgangs miteinander hatte dieses viele Diskutieren etwas ausgesprochen Reizvolles und Belebendes. Außerdem mochte ich sie einfach.

Wir traten durch die zweite Tür links in die große Wohnküche, wo es herrlich nach frischem Kaffee und Kuchen duftete.

»Hat etwa einer von euch gebacken?«, fragte ich erstaunt.

»Geht's noch?«, antwortete der rastagelockte Hans Schultz, der sich am Küchentisch herumlümmelte. »Du kennst doch den super Bäcker gleich gegenüber. Wir dachten zur Feier des Tages …« Hans, von allen einfach *Raster* genannt (die eigentlich richtige, weibliche Endung verabscheute er zutiefst), ließ den Satz unvollendet. Eine Angewohnheit, die bei vielen, die ihn nicht gut kannten, zu Irritationen, wenn nicht gar zu Aggressionen führen konnte. Wenn Raster meinte, der begonnene Satz sage genug aus, ließ er den Rest weg. Es gab Schlimmeres. Zum Beispiel, dass man ihn am liebsten sofort zum nächsten Herrenausstatter gezerrt hätte. Man musste sich ja beileibe nicht so konservativ anziehen wie Friedrich. Aber löchrige Jeans und ein uraltes T-Shirt mit der Aufschrift »Tell Me The MB OF Your HD, And I Tell You, Who You Are« gingen so gar nicht. Raster war Informatiker, programmierte frei für verschiedene Firmen Computerspiele und betreute nebenher Netzwerke, unter anderem das der Dortmunder Stadtwerke und das des Bochumer Rathauses.

Die Dritte im Bunde, Dr. Sabine Funda, war Kollegin. Sie arbeitete allerdings weder in einem Krankenhaus noch in einer Praxis, sondern fuhr als Notfallmedizinerin einige Male im Monat einen Rettungswagen der Stadt Dortmund. Sie war 39 Jahre alt, bildhübsch mit ihren blonden, immer unordentlichen Locken, die ein schmales ebenmäßiges Gesicht umspielten. Sie hatte eine ausgesprochen sportliche Figur, was bei den vielen Tennis-, Jogging- und Fitnesseinlagen kein Wunder war. Auf beiden Wangen fanden sich kleine Grübchen, die ihrem Gesicht den Anschein eines Lächelns verpassten. Die großen, blauen Augen konnten allerdings sehr ernst und nicht selten richtig wütend werden.

»Hi Uli! Setz dich doch. Was möchtest du? Wir haben Bienenstich, Kirschkuchen und … Käsekuchen gehabt. Mensch Raster, wir hatten vereinbart, von allen Sorten ein Stück für Uli übrig zu lassen.«

Der gelassen das letzte Stück Käsekuchen kauende Raster ließ sich nicht aus der Ruhe bringen. »Ist noch genug anderes Zeug da, Uli. Nimm dir, was du willst!«

»Lass mich raten«, meinte Philo, der an den Küchenschrank gelehnt, den Kopf ein wenig schräg haltend beobachtet hatte, wie Sabine mir eine Tasse Kaffee und ein Stück Bienenstich reichte. »So wie du aus der Wäsche guckst, ist in der Klinik etwas vorgefallen, womit du moralische, ethische oder andere Probleme hast, stimmt's?«

»So ein Quatsch, Philo!« Raster schaute empört auf. »Der Uli hat mal wieder – wahrscheinlich durch einen Bedienungsfehler – seinen Rechner zu Hause zerschossen und will mich jetzt fragen, was er sich Neues kaufen soll.« Triumphierend blickte er in die Runde.

Ich sagte nichts.

Wir schwiegen eine Zeitlang, in der mich Sabine musterte. Schließlich seufzte sie. »Ich glaube, es ist etwas mit Nora.«

»Wie kommst du darauf?«, fragte ich erstaunt.

»Du bist bedrückt. Auf eine Weise, die ich bei Männern nur in Zusammenhang mit Frauen erlebt habe.«

»Dann weißt du auch, warum ich immer bedrückt bin, wenn ich mit dir zusammen bin, Sabine-Schatz.« Rasters schmachtender Ton ließ mich schmunzeln. Seit ich die drei kannte, war Raster schmerzlich in Sabine verliebt, die ihn aufs Neue deutlich, aber freundschaftlich in die Schranken wies.

»Quatsch! Ich meine es ernst. Du strahlst so eine gewisse Unsicherheit und Hilflosigkeit aus. Ist Nora dir weggelaufen?«

Die Formulierung traf mich wie ein Blitz. War sie mir vielleicht tatsächlich weggelaufen? Hatte sie das Schreiben mit der Warnung nur fingiert, damit ich sie nicht verfolge? Wieder und wieder kamen Zweifel in mir hoch. Aber ohne Handy? Im Jogginganzug? Vielleicht wollte sie keinen Verdacht aufkommen lassen und war deshalb in einer alltäglichen Situation verschwunden. Aber hätte sie das nicht viel einfacher haben können, morgens, wenn ich in der Klinik war? Meine Verunsicherung stieg ins Unermessliche.

Endlich bemerkte ich, dass meine drei Freunde aufgehört hatten zu essen und mich stumm und abwartend anstarrten.

»Okay, Leute. Sabine hat gewissermaßen recht«, begann ich und erzählte ihnen von Anfang an, was am Abend vorher passiert war. Sie hörten mir bis auf ein paar Detailfragen schweigend zu, und als ich schließlich zu dem Anruf der Tankstellenangestellten kam, den ich ja gerade erst entgegengenommen hatte, pfiff Raster durch die Zähne. »Hört, hört!«, und auch die anderen beiden blickten erschrocken auf.

»Ich weiß, was ihr jetzt denkt«, beendete ich meinen Vortrag. »Ich möchte euch nur um eure Hilfe bitten, weil ich nicht weiß, an wen ich mich sonst wenden könnte. Aber da ist noch etwas. Ich bin mir nicht sicher ...« Ich zögerte. Würden sie mich verstehen können?

»Wobei bist du dir nicht sicher, Uli?« Philo schaute mich erwartungsvoll an.

»Na ja. Ob sie wirklich entführt wurde oder ob sie abgehauen ist und das alles fingiert hat, damit ich ihr nicht hinterherspioniere.« Jetzt war es raus.

Ein Sturm der Entrüstung brandete mir entgegen. Raster sprang so heftig von seinem Stuhl auf, dass dieser umkippte, Philo begann, unruhig hin und her zu tigern, und beide redeten lauthals auf mich ein. Nur Sabine war ruhig sitzen geblieben und schaute mir mit einem prüfenden Blick ins Gesicht.

»Schluss jetzt, Jungs!«, brachte sie die beiden anderen schließlich zum Schweigen. »Sag mal, Uli. Willst du uns noch was erzählen?« Stumm schüttelte ich den Kopf. Ich wollte und konnte nicht. Jedenfalls jetzt nicht.

»Egal!« Unbekümmert fuhr Sabine fort. »Diese Variante kannst du dir sofort aus dem Kopf schlagen. Nora ist nie und nimmer abgehauen. Ich kenne sie gut genug, um zu wissen, dass sie so etwas nie tun würde. Wenn ihr Probleme hättet oder sie ein Problem mit dir, hätte sie mit dir darüber gesprochen. Auf keinen Fall würde sie eine Konfrontation mit dir scheuen und das Weite suchen. Vergiss das, okay?«

Ich hatte den Blick gesenkt und starrte auf den Bienenstich auf meinem Teller. War das wirklich so einfach? Tief in mir bohrten Zweifel und Fragen, aber ich schämte mich auch. Sabine hatte sicherlich recht. Dann jedoch war das Ganze noch schrecklicher.

»Ihr meint also, dass Nora tatsächlich entführt wurde?«, fragte ich in die Runde.

Alle drei nickten stumm.

»Aber was können wir jetzt tun?«

»Zunächst einmal müssen wir uns überlegen, ob wir die Warnung auf dem Brief ernst nehmen oder die Polizei einschalten.« Friedrich Sachse war ganz bei der Sache.

»Und wenn nicht, müssen wir einen Plan machen, wie wir systematisch an die Suche herangehen. Das Schlimmste wäre in dieser Situation ein unkontrollierter Aktionismus«, meinte Raster.

»Und damit das alles auch konstruktiv wird«, überlegte Sabine, »schlage ich vor, dass wir uns eine Stunde Zeit nehmen und das Gehörte sacken lassen. Nein, jeder für sich, ganz alleine, Raster!« Der Angesprochene verzog schmollend die Mundwinkel. »Dann treffen wir uns wieder und reden weiter. Einverstanden?«

15. KAPITEL

Der Kontakt der beiden Kinder brach von diesem Zeitpunkt an fast vollkommen ab. Nur an manchen Weihnachtstagen der ersten Folgejahre sah man sich im Haus der Tante, aber bald erschien das Mädchen auch zu diesen Treffen nicht mehr.

Dem Jungen gefiel das Internatsleben ausgesprochen gut. Er lernte fleißig, fühlte sich befreit vom Joch der Eltern, die ihm in keiner Weise fehlten, und integrierte sich trotz seiner schwierigen Kindheit schnell in das eigenartige Sozialnetz, das ein Internat mit sich bringt.

Mit zwölf Jahren musste er jedoch feststellen, dass mit ihm etwas nicht stimmte. In seiner Klasse und bei seinen Freunden wurde immer häufiger über das andere Geschlecht gesprochen. In diesem Zusammenhang ging es sowohl um konkrete Schwärmereien gegenüber Klassenkameradinnen als auch um das Erwachen der eigenen sexuellen Gefühle.

Im engeren Kreis seiner Clique kam so auch bald die Sprache auf Masturbation, wobei die Freunde andere Worte dafür benutzten. Bei diesem Thema allerdings stutzte der Junge regelmäßig, denn er hatte so etwas noch nie gemacht. Er verspürte zwar auch eine wachsende Unruhe, die ihn manchmal ergriff, nächtliche Ergüsse aber oder eigene Handlungen waren ihm bis dahin fremd. Er hörte aufmerksam seinen Freunden zu, wenn sie darüber sprachen, lieh sich sogar einmal eine BRAVO und wollte so normal sein wie alle anderen auch.

Aber es klappte nicht. So sehr er sich anstrengte, so sehr er versuchte, den Bildern in der Zeitschrift einen Reiz abzugewinnen, er kam nicht zu einer befriedigenden Lösung. Dieses Unvermögen machte ihn zunehmend unzufrieden und reizbar. Die Schulnoten und seine Freundschaften litten massiv darunter, aber er konnte andererseits nicht seine diesbezüglichen Anstrengungen einstellen. Je frustrierter er war, desto häufiger und verzweifelter suchte er einen Ausweg.

Eines Nachmittags saß er mit hochrotem Kopf auf seinem Bett. Seine Bewegungen waren heftig und unkontrolliert, wobei er aus Versehen ein gerahmtes Foto seiner Eltern anstieß, das auf seinem Nachttisch stand – die Tante hatte darauf bestanden. Es segelte zu Boden und zerbarst mit einem lauten Knall auf dem Laminatfußboden seines Zimmers. Die Sprünge im Glas bildeten ein spinnennetzähnliches Muster, dessen Zentrum sich genau über dem Gesicht seiner Mutter gebildet hatte. Und bei diesem Anblick erfuhr er zum ersten Mal die Erleichterung und Entspannung, auf die er so lange gewartet hatte.

Dieses Erlebnis wurde zu einem Schlüssel seines Lebens. Er machte sich oft Gedanken darüber und stellte bald darauf fest, dass, wenn er sich nicht, wie seine Freunde, sexuellen Fantasien hingab, sondern sich Mädchen mit Verletzungen vorstellte und später, dass er Frauen Verletzungen zuführte, es ein Leichtes war, Befriedigung zu erlangen.

Zu der ersten Vergewaltigung kam es, als er 17 war. Ein Mädchen aus seiner Jahrgangsstufe hatte es ihm angetan. Das Problem war, dass sie ausgesprochen freundlich und offen mit ihm umging. Eine Tatsache, die ihn eher hemmte und wütend machte. Trotzdem fühlte er sich zunehmend zu ihr hingezogen. Eines Abends im Frühsommer ergab es sich, dass beide gleichzeitig die Kneipe verließen, die von so vielen Schülern des kleinen Städtchens frequentiert wurde. Sie gingen eine Weile schweigend nebeneinanderher. Schließlich versuchte sie mit ihm ein lockeres Gespräch zu beginnen, indem sie ihn freundlich und interessiert nach einigen Schulinterna fragte und fröhlich ein paar Anekdoten über gewisse Lehrer preisgab.

Das explosive Gemisch aus Wut über die Freundlichkeit

einerseits und seinem starken sexuellen Verlangen andererseits führte schließlich zu den ersten handgreiflichen Aktionen in seinem Leben. Sie passierten gerade einen kleinen Park, der hinunter zum Flussufer führte. Die Nacht war lau. Es war halb zwölf, als er das Mädchen am Arm packte, hinter ein paar Büsche zog und es mit grober Gewalt auf den Boden zwang. Seine eigenen harten und brutalen Worte brachten ihn genau wie das Wimmern des Mädchens immer mehr in Rage. Schließlich vergewaltigte er sie und verließ sie mit den schlichten Worten, er würde sie umbringen, sollte sie jemandem von dem Geschehenen erzählen.

Während der Schul- und Internatszeit war dies die einzige Vergewaltigung. Er beherrschte sich, da ihm das Kollektiv zu klein und die Gefahr erwischt zu werden zu groß erschien. Anders war das in den Folgejahren an den Universitäten Mainz, Bochum und Regensburg. Die Campus waren groß, die Studentenzahl unüberschaubar und vor allem sein Vorgehen ausgeklügelter und weniger impulsiv. Es gab einige Anzeigen der Frauen gegen unbekannt, und einmal wurde er in Regensburg von der Polizei in den Kreis der Verdächtigen eingeschlossen. Doch nie konnte ihm etwas nachgewiesen werden.

Parallel dazu verlief seine Universitätslaufbahn vorbildlich. In Rekordzeit absolvierte er ein Jura- und ein Politikwissenschaftsstudium parallel. In den nächsten Jahren arbeitete er als Wirtschaftsberater für einige renommierte Firmen in Hessen und Nordrhein-Westfalen, bevor er sich schließlich der Politik zuwandte.

Er lebte die ganze Zeit über ausgesprochen sparsam. Keine Luxuswohnung, keine großen Autos. Dafür leistete er sich drei gefälschte Pässe und begann ein Doppelleben zu führen:

In seinem Alltag war er ein angesehener, fachkompetenter Mitarbeiter und später Politiker, der still, bescheiden und zurückgezogen lebte, unnötige soziale Kontakte und Events vermied, aber immer freundlich und hilfsbereit war. In seiner Freizeit erschien er unter falschem Namen in den verschiedensten Städten Deutschlands, nie mit seinem eigenen Wagen, sondern immer mit öffentlichen Verkehrsmitteln reisend. Er wechselte häufig die Hotels, in denen er unterkam, besuchte dann einschlägige SM-Clubs und gönnte sich teure Callgirls, die in gewissem Maße auch Gewalt tolerierten. Die Vergewaltigungen waren weniger geworden, und schließlich hatte er sich mit seinem Doppelleben so arrangiert, dass er meinte, diese gefährliche Phase seines Lebens ganz beenden zu können. In seiner beruflichen Umgebung ahnte niemand etwas von seinem zweiten Ich. Alles erschien gut. Alles funktionierte. Bis zu diesem schicksalshaften Tag, an dem sein Sohn, von dem er bis dahin nichts gewusst hatte, auftauchte. Und mit ihm die Angst, das ganze Kartenhaus könnte in sich zusammenstürzen.

16. KAPITEL

Für Gunther Hoffmann waren die letzten Tage seit dem Klassentreffen die schlimmsten seit seiner Kindheit.

Er konnte sich kaum vorstellen, dass keiner seiner Mitabiturienten gemerkt haben sollte, wie bestürzt er war, als Axel Ebel erzählte, dass Noras Sohn aufgetaucht war. Was hieß hier Noras Sohn? Sein Sohn, ihr gemeinsames Kind!

Sie hatte ihn all die Jahre im Ungewissen gelassen. Natürlich hatten sie nach der Vergewaltigung – Gunther nutzte für sich einen anderen Ausdruck – noch einmal über das Geschehene gesprochen. Und Nora hatte ihm versichert, dass sie alles für sich behalten würde. Warum sie das tat, wusste er bis heute nicht genau. Waren es seine unmissverständlichen Drohungen? War es Scham?

Aber jetzt diese Offenbarung! Sie hatte ihm doch tatsächlich ein Kind vorenthalten! Sie hatte ihn nicht einmal gefragt, was sie tun sollten. Schließlich wäre ja auch Abtreibung eine Option gewesen. Oder *er* hätte das Sorgerecht übernehmen und das Kind großziehen können. Es wäre ihm doch gut gegangen bei ihm.

Kurz schweiften Gunthers Gedanken in seine eigene Kindheit zurück. Aber wie immer in solchen Momenten verdrängte er sie, bevor sie durch die Oberfläche brechen konnten.

Das Allerschlimmste war die Gefahr, die von seinem Sohn ausging. Auch wenn er hauptsächlich nach seiner Mutter suchte, würde die Frage sehr bald laut werden, wer denn der Vater wäre. Und dann? Was war mit seiner Karriere? Was war mit seinem so perfekt funktionierenden Doppelleben? Sollte er all dies aufs Spiel setzen? Panik brandete in ihm hoch, als er nach dem Ehemaligentreffen zu seiner Wohnung in Mainz zurückfuhr. Ihm war bewusst, dass er für diese Fahrt zu viel getrunken hatte und welches Risiko das für sein berufliches Leben barg. Aber eine weitere Nacht in Sobernheim und womöglich ein gemeinsames Frühstück mit den anderen war für ihn undenkbar. So hatte er einen Anruf auf seinem Handy vorgetäuscht und war mit der Entschuldigung einer dringenden privaten Angelegenheit um 2 Uhr morgens aufgebrochen.

Nach drei Stunden unruhigen Schlafs zwang sich Gunther dazu, seine Gefühle in den Griff zu bekommen und konkrete Pläne zu schmieden. Er konnte und wollte die Sache nicht sich selbst überlassen. Je länger er jedoch über mögliche Schritte nachdachte, desto deutlicher wurde ihm, dass nur eine radikale Lösung infrage kam. Und hier gab es zwei Alternativen:

Entweder sein Sohn musste verschwinden, und zwar endgültig, oder Nora. In beiden Fällen würden die Fragen nach seiner Vaterschaft in den Hintergrund treten, und er wäre aus dem Schneider. Fieberhaft wägte er beide Möglichkeiten gegeneinander ab, während er eine Tasse Kaffee nach der anderen trank und unruhig wie ein Tiger im Käfig in seiner Wohnung herumstrich.

Schließlich kam er zu einem Ergebnis: Christoph Butzek war im Moment zu sehr im Fokus seiner ehemaligen Mitschüler. Sollte er verschwinden, wäre Gunther selbst automatisch mit im Visier der Polizei. Bei Nora sah das anders aus. Keiner wusste, wo sie sich zurzeit aufhielt. Ein Zusammenhang mit ihm würde kaum nachweisbar sein. Andererseits bestand hier das Problem, das auch er nicht wusste, wo sie wohnte, und eine Suche nach ihr durfte auf keinen Fall auffallen. Also konnte er keine Subalternen in diese Aufgabe einbeziehen, sondern musste selbst aktiv werden.

Er zog sich eine Jacke über, nahm die Schlüssel der Staatskanzlei aus dem Sideboard im Flur und machte sich auf den Weg.

Der Pförtner schaute nur kurz auf, als der Staatssekretär den Gebäudekomplex betrat, murmelte ein »Guten Morgen« und widmete sich seiner Sonntagszeitung. Es war nicht ungewöhnlich, dass sonntags einige der hohen

Herren und Damen für Meetings oder andere Arbeiten ihre Büros aufsuchten.

Gunther fuhr in seinem Büro den PC hoch, loggte sich in das entsprechende Programm ein und wurde nach zehn Minuten fündig: Dortmund. Wie gut, dass er als Staatssekretär des Inneren Zugang zu BKA- und geheimdienstlicher Software hatte. Eine Recherche dieser Art war da kein Problem. Er notierte sich die Adresse sowie alle anderen relevanten Daten, löschte die Suchanfrage aus seinem Account und fuhr den Rechner herunter. Das Gebäude verließ er diesmal durch die Tiefgarage. Der Pförtner sollte ihn möglichst schnell vergessen.

Was jetzt folgte, war für Gunther Routine. Er zog sich in seiner Wohnung um, nahm einen der mittlerweile vier Personalausweise sowie ein bestimmtes Prepaidhandy aus seinem Safe und begab sich zum Mainzer Hauptbahnhof. Dreieinhalb Stunden später klingelte er an einer schäbigen Wohnungstür im Bochumer Norden. Ein kahlköpfiger Mann in Fliegerseide öffnete ihm.

»Hast du alles?«

Der Mann nickte und gab Gunther eine kleine abgewetzte Ledertasche. »Ist alles drin. Der Wagen steht dort hinten. Der schwarze.« Der Mann wies mit dem Kopf auf eine dunkle Audi-Limousine, die 20 Meter weiter am rechten Straßenrand parkte. »Wird aber nicht billig diesmal.«

»Das lass mal meine Sorge sein. Danke, dass es so schnell geklappt hat.« Gunther nickte dem Mann zu und stieg in den Wagen.

Eine gute halbe Stunde später parkte er den Audi in der Kaiserstraße in Dortmund, checkte unter seinem falschen Namen in einer kleinen Pension ein, wo er sich schließlich aufstöhnend auf sein Bett fallen ließ.

Die nächsten Schritte waren schwieriger. Er hatte zwar Noras Adresse, aber keine Ahnung, wie er möglichst bald ihrer habhaft werden konnte. Allzu viel Zeit hatte er nicht. Er musste damit rechnen, dass Christoph ebenfalls die Adresse herausbekäme und hier auftauchte. Ob und wie es in dem Fall weitergehen konnte, war ihm schleierhaft. Er breitete einen Stadtplan von Dortmund auf seinem Bett aus und studierte ihn gründlich. Er musste Geduld und Glück haben, anders ging es nicht. Nachdem er sich für ein Vorgehen entschieden hatte, ließ er sich erneut auf das Bett sinken. War ihm eigentlich klar, was er hier plante? Konnte er einen Menschen und dazu jemanden, der ihm einmal sehr nahe gewesen war, kaltblütig umbringen? Er drängte alle Zweifel beiseite und dachte an die Alternativen. Wichtig war eine ausreichende Zeitverzögerung zwischen dem Verschwinden Noras und der eigentlichen Tat, damit nicht zu schnell die richtigen Schlüsse gezogen werden konnten. Aber da hatte er schon vorgesorgt.

Entschieden erhob er sich, packte das braune Täschchen unter seinen Arm und verließ die Pension.

Er parkte seinen Wagen auf einem öffentlichen Parkplatz neben einer Tankstelle. Dann ging er die paar Schritte zum Haus der Beilsteins, wo er sich hinter Büschen einer kleinen Parkanlage direkt gegenüber verbarg. Jetzt hieß es warten und Glück haben.

An diesem Sonntag passierte nichts mehr. Kein Bewohner des Mehrfamilienhauses, in dem das Ehepaar Beilstein wohnte, ließ sich blicken. Um Mitternacht gab Gunther schließlich seinen Posten auf und fuhr in seine Pension.

Am nächsten Morgen rief er früh in seinem Büro in Mainz an und meldete sich krank. Danach fuhr er erneut ins Kreuzviertel. Der Parkplatz war frei, nur das Versteck in dem kleinen Park eignete sich nicht mehr so gut. Mütter mit ihren Kindern zogen ihre Runden, Hundebesitzer führten ihre Tiere Gassi. Gunther musste den ganzen Tag über seinen Standort wechseln. Mal spazierte er die Arneckestraße herauf und herunter, mal joggte er eine Runde durch den Park, immer in Angst, den entscheidenden Moment zu verpassen. Früh um acht hatte er Nora das erste Mal gesehen.

Es hatte ihn wie einen Blitz getroffen. Sein linkes Augenlid zuckte ununterbrochen. Er erkannte sie sofort. Sie war noch schöner als vor 30 Jahren. Seine Nora. Erinnerungen kamen an die Oberfläche wie Luftblasen aus einem Unterwassergeysir. Der Geruch ihrer Haut war ihm plötzlich so präsent, als läge sie neben ihm. Er meinte, das weiche Haar zu spüren, das durch seine Finger glitt. Am liebsten wäre er aufgesprungen, hätte sie gepackt und mit ihr das Gleiche gemacht wie damals vor über 30 Jahren …

Offensichtlich fuhr sie zur Arbeit. Sie war aus dem Haus getreten, aber sofort in einen davor parkenden roten Nissan Micra gestiegen. Kam sie zur Mittagspause nach Hause? Er musste Geduld haben. Abends kam sie wieder. Nur leider war direkt vor dem Haus ein Parkplatz frei, den sie nutzte, und Sekunden später war Nora im dunklen Hausflur verschwunden. Um 21 Uhr überlegte Gunther, auch diesen Tag abzuhaken, und wollte sich gerade auf den Weg machen, als die Haustür geöffnet wurde und Nora Beilstein herauskam. Bekleidet nur mit einer Jogginghose und einem weiten T-Shirt. Sie ignorierte ihren Wagen und ging schnellen Schrittes Richtung Hohe Straße. Frohlockend folgte ihr Gunther unauffällig.

17. KAPITEL

Wir trafen uns in selber Runde eine Stunde später wieder. Raster und Philo hatten sich auf ihre Zimmer verzogen, während Sabine und ich getrennt voneinander spazieren gegangen waren.

Sabine begann. Überhaupt hatte ich den Eindruck, sie hätte unausgesprochen die Leitung unserer kleinen Gruppe übernommen. Einen Widerspruch von uns gab es nicht.

»Ich bin der Meinung, wir lassen die Polizei tatsächlich aus dem Spiel, zumindest, bis wir mehr wissen. Gibt es da Einwände?« Allgemeines Kopfschütteln.

»Außerdem habe ich mir überlegt, dass wir unsere Fähigkeiten und unterschiedlichen Talente durch eine gewisse Aufgabenteilung besser nutzen können, als wenn wir ständig zusammenhocken und uns die Köpfe heiß palavern.«

»Das habe ich mir auch überlegt«, warf Philo ein. »Wir müssten nur gut überlegen, wer was macht.«

»Wie schlau«, meinte Raster und setzte sich verkehrt herum auf seinen Stuhl.

»Also, mir ist auf meinem Spaziergang klar geworden, dass ich unheimlich wenig aus Noras Vergangenheit weiß«, begann ich zögerlich. »Ihr werdet das vielleicht nicht glauben, aber außer der Tatsache, dass sie aus Mainz stammt und ihre Eltern verstorben sind, weiß ich so gut wie nichts; bis zu dem Zeitpunkt, an dem wir uns kennenlernten.«

»Kannst du noch mehr herausbekommen?«, fragte Sabine, ohne auf die erstaunliche Tatsache meiner Unwissenheit näher einzugehen.

»Es gibt einen kleinen Sekretär in Noras Zimmer. Der ist wie ein Heiligtum für sie. Es war immer klar, dass ich da nichts zu suchen habe. Den sollte ich mir jetzt etwas genauer ansehen.«

»Okay. Und ich werde in ihrem beruflichen Umfeld meine Fühler ausstrecken«, erbot sich Philo. »Ist das in Ordnung?«

»Hast du denn Kontakte zu dieser Firma, in der sie arbeitet?«, hakte Sabine nach.

Philo grinste über beide Ohren. »Sie arbeitet doch als Geologin bei der Deutschen Rohstoffexplorations GmbH, der DRE, in Dortmund-Hörde?«

Ich nickte.

»Nun. Der Chef ist ein alter Studienfreund von mir. Ist das Kontakt genug?«

»Das wär ja dann geklärt«, meinte Raster trocken. »Was soll ich machen? Bits und Bytes zählen, während ihr Kriminalpolizei spielt?«

Wir überlegten angestrengt.

»Sag mal, Raster. Wie weit gehen eigentlich die Daten im Internet zurück? Ich meine, wenn man etwas sucht, muss das *nach* Einführung des World Wide Web passiert sein oder sind auch ältere Dinge zu finden?« Ich war mir nicht sicher, ob diese Frage albern war, aber das schallende Gelächter Rasters bestätigte meine Unsicherheit.

»Das kommt natürlich darauf an, wer, wann, was, von wann eingegeben hat. Denk doch mal an Wikipedia. Da findest du Daten aus dem tiefsten Mittelalter. Weil das eben jemand dort eingespeist hat. Genauso ist das mit persönlichen Daten. Es kommt immer darauf an, welchen Nutzen das hat. Hier gibt es allerdings eine Besonderheit«, Raster blickte wissend in die Runde. »Es gibt ja nicht nur das Internet, sondern auch Tausende von Intranets.«

»Was ist das denn?« Philo war genauso irritiert wie ich.

»Ach, ihr Hirnis. Wenn du in deiner Uni zum Beispiel auf Daten zurückgreifen willst, die dein Kollege XY vor einem Jahr eruiert hat, dann gehst du doch nicht ins Internet, sondern auf euren Uniserver, stimmt's?«

Philo nickte.

»Siehst du, und das ist euer Intranet. Worauf ich hinauswill: Wenn Nora in so einem Intranet gespeichert wurde, zum Beispiel, weil sie 1986 eine Knieoperation hatte, kann man sie gegebenenfalls im Intranet des entsprechenden Krankenhauses finden. Immer vorausgesetzt, die Daten wurden mittlerweile digitalisiert und wir wissen, wo wir suchen sollen und last, but not least, man kommt in das Intranet hinein.«

Nach dieser für Raster ungewöhnlich langen Rede musste er sich zuerst etwas zu trinken holen. »Noch jemand?« Wir schüttelten den Kopf.

»Wir sind ganz am Anfang und müssen breit suchen«, sagte Sabine langsam, während sie nachdenklich Krümelreste des Kuchens über den Küchentisch hin und her schob. »Wir haben keine Ahnung, aus welchem Umfeld der oder die Entführer kommen. Dazu kommt, dass, wie du sagst, Uli, eine Entführung wegen Erpressung ausfällt.« Ich nickte zustimmend. »Dann könntest du als Erstes versuchen, den Uniserver zu knacken, wo Nora studiert hat. Vielleicht findest du was.«

Rasters Gesicht zeigte eine bemerkenswerte Veränderung. Aus dem immer eher cool und lässig wirkenden Hans Schulz wurde mit einem Mal ein lachendes Kind, das sich wie verrückt über ein neues Spielzeug freut. »Na klar mache ich das. Ich fang sofort an, Uli. Wann, wo und was?«

Ich brauchte einen Moment, bis ich verstand, was er meinte. »Äh, das muss von 1981 bis 1987 gewesen sein. Soweit ich weiß, hat sie nur in Marburg studiert, und zwar Geologie und Umweltwissenschaften. Ihr damaliger Name war Nora Schreiner.«

Ich zögerte einen Moment. »Leute, hört mal! Wie soll denn das alles gehen? Ihr habt eure Arbeit. Ich kann doch nicht von euch verlangen, dass ihr zusätzlich diese Mühen auf euch nehmt.«

Sabine, Raster und Philo schauten sich verständnislos an.

»Das ist längst geklärt«, erwiderte Sabine gelassen. »Wir haben alle noch Urlaub in diesem Jahr, und der wird jetzt genommen. Punkt.«

»Wann habt ihr das denn besprochen? Ich war doch immer dabei!«

»Das mussten wir nicht besprechen«, antwortete Philo nur – und plötzlich sah ich die drei wieder vor mir, damals in der Wüste Sinai, und musste trotz meiner Sorgen lachen.

18. KAPITEL

Am nächsten Morgen begab ich mich als Erstes früh um halb acht in die Städtischen Kliniken, wo ich meine Chefin wie gewohnt bereits an ihrem Schreibtisch vorfand.

Ich erklärte ihr, dass meine Krankmeldung vom Vortag nur vorgetäuscht gewesen war und in Wahrheit meine

Frau entführt worden sei. Ich kannte Frau Professor Hartmann gut genug, um zu wissen, dass sie auf meine Bitte hin das Gehörte für sich behalten würde und weder die Polizei einschalten noch anderen Kollegen etwas erzählen würde. Auch sonst hatte ich mich in der Erwartung ihrer Reaktion nicht getäuscht. Bei aller Brummigkeit, die sie im Alltag an den Tag legte, war sie bei persönlichen Problemen ihrer Mitarbeiter äußerst sensibel, ja fast mütterlich. Sie stellte mich frei, solange ich bräuchte, um die Sache zu klären, versprach, mit niemandem darüber zu sprechen und bot mir wiederholt ihre Hilfe an, die ich aber dankend ablehnte.

Zu Hause zog ich mir eine bequeme Jogginghose über, betrat Noras kleines Zimmer und setzte mich vor ihren Sekretär.

Es hatte nie eines Wortes bedurft, dass dies Noras Reich war. Eigentlich hatte ich hier nichts verloren. Aber die Umstände ließen diesen Respekt vor der Privatsphäre meiner Frau in den Hintergrund treten. Seufzend nahm ich den Schlüssel aus der Olivenholzschale, die auf dem Schreibtisch stand, und öffnete die Schreibplatte. Bevor ich mich auf die Suche machte, hielt ich abermals inne und betrachtete die braune, wunderbar marmorierte Schale, in der immer der kleine, vergoldete Schlüssel lag. Irgendwie passte das gut zusammen: die Tatsache, dass Nora mir uneingeschränkt vertraute, dass ich auch im Wissen über den Verwahrungsort den Schlüssel im Normalfall nie benutzen würde, und die Herkunft des Schälchens selbst. Es stammte aus Rhodos, wo wir beide – jeder für sich und alleine – Urlaub gemacht hatten, uns kennengelernt und sofort ineinander verliebt hatten. Gerne dachte ich an die herrlichen zwei Wochen zurück. Vier Jahre war das jetzt her, aber jeder Tag war tief in meinen Erinnerungen eingebrannt. Nora hatte eine hässliche Trennung hinter sich, ähnlich wie ich, nur dass wir praktisch ausschließlich über ihr Erlebtes sprachen und nicht über meines. Sie hatte nie nachgehakt, nie gedrängelt, doch mehr über diese Frau zu erfahren, die mich so tief verletzt hatte. Und so blieb es dabei, bis zum heutigen Tag.

Ich seufzte erneut und begann, systematisch die Fächer und Schubladen zu durchsuchen.

Da ich keine Ahnung über den Inhalt und die dahinterliegende Ordnung hatte, fing ich oben links an, arbeitete mich nach rechts durch, um in der zweiten Reihe weiterzumachen.

Die meisten Unterlagen waren wenig ergiebig. Ich fand Arbeitsverträge, Diplomurkunden, alte Universitätsbescheinigungen, Mietverträge aus Marburg und etliche Aufzeichnungen über unsere gemeinsamen Urlaube. Sie hatte tatsächlich nach jedem Urlaub ein kleines Tagebuch angefertigt, in dem sie Tag für Tag akribisch festgehalten hatte. Welche Ausflüge wir gemacht hatten, was und wo wir essen waren, selbst die Streitgespräche, aber auch besonders romantische Momente waren vermerkt. Beim Durchblättern dieser Heftchen konnte ich meine Tränen nicht mehr zurückhalten und begann, hemmungslos zu weinen. Es war nicht nur die Rührung über das Gelesene, sondern endlich brach der Schmerz über Noras Verschwinden aus mir heraus. Und es gab noch etwas, das diese Tränen unterstützte: Warum hat es bei all diesen Gefühlen, dieser tiefen Verbundenheit zwischen uns keine offene Ehrlichkeit gegeben? Waren wir zu sehr Individualisten und Egoisten, dass wir uns trotz der Liebe nicht in die Karten schauen lassen wollten? Oder war es schlicht und ergreifend Angst, sich dem anderen komplett auszuliefern, mit allen Schwächen und Verletzlichkeiten? Ich wusste nicht, was Nora mir verheimlicht hatte, aber dass da etwas Großes, Dunkles in ihrem Leben mitschwang, hatte ich schon nach einer Woche auf Rhodos gespürt.

Wie dumm wir doch waren, dachte ich. Vielleicht wäre all das jetzt nicht passiert, wenn wir offener zueinander gewesen wären. Gut, das war sicherlich ein wenig naiv, aber zumindest würde ich jetzt nicht mit einem schlechten Gewissen in ihrer Vergangenheit herumschnüffeln.

Ich legte die Aufzeichnungen zurück und öffnete die nächste Schublade. Noch mehr Tagebücher. Sie hatten ein ähnliches Format wie die zuvor gesichteten, schienen aber älter zu sein.

Neugierig nahm ich sie heraus und begann zu lesen.

19. KAPITEL

»Herr Dr. Burger! Darf ich kurz stören?« Stefans Anwaltsgehilfin Monika Kusel steckte ihren Kopf durch die Bürotür.

»Monika!«, seufzte Stefan genervt, aber nicht unfreundlich, »hatten wir nicht erst gestern über das Anklopfen gesprochen?«

»Entschuldigen Sie, Chef, aber da ist jemand von der Polizei, der Sie dringend sprechen möchte.«

Es war Donnerstagnachmittag und Stefan war mit seinen Pflichten für den heutigen Tag sowieso durch. »Ja, okay. Soll reinkommen.«

Er schloss den Aktendeckel und schaute erwartungsvoll auf die Tür, in der in diesem Moment der Beamte erschien.

Kriminalhauptkommissar Schreiber von der Kripo in Kirn streckte Stefan seine große Hand entgegen und schüttelte sie freundlich. »Wir haben uns ja schon kennengelernt«, meinte er mit einem Lächeln. »Darf ich?«

Stefan wies auf den Stuhl ihm gegenüber und musterte den Polizisten. Er hatte ihn bisher nur kurz auf dem Golfplatz gesprochen, wo er in der ganzen Aufregung keinen Sinn dafür gehabt hatte, sein Gegenüber näher einzuschätzen. Schreiber war ein sicherlich 1,80 Meter großer, schwerer Mann mit schütterem, leicht ergrautem Haar. Sein rundliches, braun gebranntes Gesicht war übersät mit Fältchen und Falten, die ihn eher wie einen Jäger oder Förster aussehen ließen als wie einen Kriminalbeamten, der wahrscheinlich sein halbes Leben im Büro verbracht hatte. Insgesamt machte er einen durchaus sympathischen Eindruck auf Stefan, der sich gespannt nach vorn beugte. »Gibt es etwas Neues?«, fragte er.

»Durchaus«, erwiderte Schreiber. »Da ist zunächst das Alter der Leiche. Wir haben einen anthropologischen Rechtsmediziner aus Frankfurt hinzugezogen. Der meint, dass wir mit unserer ersten Schätzung richtig lagen. Die Leiche ist etwa 30 Jahre alt.«

Aufgeregt rückte Stefan etwas näher. »Und? Was ist mit unserem Verdacht, den wir Ihnen gegenüber geäußert hatten? Sie wissen schon, diesen Andreas Karmann betreffend. Sind Sie da weitergekommen?«

»Allerdings«, sagte Schreiber ernst. »Wir konnten anhand des Zahnprofils, das wir mit der Röntgenaufnahme eines Zahnarztes in Sobernheim abgeglichen haben, eindeutig feststellen, dass es sich um die Leiche von Andreas Karmann handelt.«

»Gibt es diesen alten Zahnarzt noch?«, fragte Stefan überflüssigerweise, wobei seine Gedanken ganz woanders waren.

»Nein, aber den Nachfolger, der die Unterlagen seines Vorgängers übernommen hat. Sagen Sie, Herr Dr. Burger, können Sie mir mehr über diesen Andreas Karmann erzählen? Wir kommen nicht weiter.«

Stefan war so geschockt von der Gewissheit, dass es sich um Andreas handelte, dass er sich zunächst sammeln musste. »Nun. Was gibt es da zu sagen? Andreas war einer von uns.« Was für einen Schwachsinn erzählst du denn da?, dachte er und konzentrierte sich. »Also, Andreas war ein richtig Netter, wenn Sie verstehen, was ich meine. Er war kein Streber, er nahm keine Drogen, hatte viele Freunde im Internat und auf der Schule, sehr hilfsbereit. Ein richtig guter Kumpel.«

»Gab es denn keine Feinde? Auf einem Internat sind doch immer Cliquenbildungen an der Tagesordnung. War er in einer besonderen Gruppe, die wiederum mit einer anderen im Streit lag?«

»Nein. Da gab es nichts. Eigentlich verstand er sich mit allen gut. Was ich noch weiß, ist, dass er aus Alzey stammte. Beide Eltern sind früh gestorben, und die Pflegeeltern haben ihn hier ins Internat gesteckt. Zwischen denen und ihm war so gut wie kein Kontakt mehr. Hat er mir jedenfalls mal erzählt«, fügte Stefan hinzu.

»Und andersherum gefragt.« Schreiber ließ nicht locker. »Gab es einen besonders engen Freund oder eine Freundin?«

Stefan überlegte und erinnerte sich plötzlich an das

Gespräch mit seiner Frau vom letzten Freitag. »Er hat sehr viel Zeit mit einer Nora Schreiner verbracht. Aber nicht als Paar, sondern als gute Kameraden, da bin ich mir sicher.«

»Können Sie mir sagen, wo ich diese Nora finden könnte? Vielleicht kann die uns mehr erzählen.« Schreiber hob erwartungsvoll den Kugelschreiber über sein Notizheft, in dem er die ganze Zeit mitgeschrieben hatte.

»Tja, da muss ich passen«, meinte Stefan. »Aber Sie können sich hinten anstellen. Sie sind nicht der Einzige, der Nora sucht.«

»Wer denn noch?« Schreiber wurde hellhörig.

»Noras leiblicher Sohn, den sie mit«, Stefan rechnete kurz, »etwa 17 zur Adoption freigegeben hat, sucht sie ebenfalls. Er ist vor wenigen Tagen hier aufgetaucht. Die Adresse ihrer Eltern in Mainz haben wir schon ausfindig gemacht. Ich vermute, er ist jetzt auf dem Weg dorthin.«

Schreibers Augenbrauen waren bei den letzten Ausführungen mindestens einen halben Zentimeter höher gewandert. »Das ist ja alles interessant«, murmelte er und machte sich einige Notizen. »Aber kommen wir zu etwas anderem. Können Sie mir Genaueres von dem Tag erzählen, an dem Sie Andreas Karmann zuletzt gesehen haben. Das muss meinen Informationen zufolge im Sommer 1979 gewesen sein. Ich weiß, das ist schrecklich lange her, aber vielleicht erinnern Sie sich an das eine oder andere.«

»Ich weiß das noch, als wäre es gestern gewesen«, meinte Stefan. »Das liegt daran, dass die Polizei uns alle vernommen hat und wir immer wieder die Ereignisse durchgegangen sind. Ja, es war im Sommer. Das genaue Datum weiß ich allerdings nicht mehr.«

»Das macht nichts, das finden wir heraus«, half ihm Schreiber weiter.

»Auf jeden Fall war es ein sehr heißer Tag und wir, das heißt die halbe Schule, wollten im Silbersee schwimmen gehen.«

»Silbersee?«, fragte der Kommissar irritiert nach.

»So nannten wir einen Baggersee in der Nähe von Feilbingert, wo jetzt der Golfplatz ist …«

»Und wo jetzt die Leiche gefunden wurde?«, insistierte Schreiber.

Stefan nickte. »Genau. Jedenfalls waren da auch Andreas und Nora. Ich erwähne die beiden in einem Atemzug, da sie den ganzen Nachmittag zusammengesessen hatten. Sie sprachen intensiv miteinander. Ich habe keine Ahnung worüber. Sie waren auch noch da, als wir anderen am Spätnachmittag aufbrachen.«

»Moment mal!« Schreibers Stimme war um eine Spur schärfer geworden. »Sie sagen, alle seien bereits aufgebrochen, nur diese Nora und unser Toter blieben zurück. Und dann finden wir Andreas Karmann vergraben an dem Platz, an dem Sie ihn zuletzt mit Nora Schreiner gesehen haben? Wissen Sie eigentlich, was Sie da sagen?«

»Nein, das stimmt so nicht«, beeilte sich Stefan einzuhaken. Ihm wurde gerade bewusst, dass er mit dieser Aussage Nora schwer belastet hätte. »Beide sind dann etwa eine Stunde später ebenfalls im Internat aufgetaucht. Das weiß ich nicht aus persönlicher Erfahrung – ich wohnte ja in der Stadt, aber viele andere Internatler haben beide gesehen. Sie können das nachprüfen.«

»Das werden wir auch«, brummte Schreiber, dem es offensichtlich nicht passte, dass eine einfache Lösung des Falles gerade wieder zunichtegemacht worden war. »Gut. Und dann? Wie ging es weiter?«

»Da müssen Sie besser die Lehrer und Erzieher fragen. Ich kann Ihnen das nur vom Hörensagen weitergeben.«

Schreiber nickte aufmunternd.

»Also, nach den Aussagen, die ich am nächsten Tag mitbekommen habe, wurde zunächst festgestellt, dass Andreas nicht im Unterricht erschienen war, was sehr ungewöhnlich für ihn war. Danach wurde von den Erziehern sein Zimmer durchsucht, wo einige Sachen fehlten. Kleidung, Kulturzeug, so was eben. Dann bemerkte man das Fehlen seines Renaults. Er hatte einen blauen R5. Die örtliche Polizei, die man mittlerweile eingeschaltet hatte, hat das alles aufgenommen. Nach einem Gespräch mit den Pflegeeltern wurde die ganze Sache aber bald zu den Akten gelegt. Schließlich war Andreas 18 und konnte tun und lassen, was er wollte.«

»Aber was haben Sie sich denn gedacht? Sie und Ihre Freunde? War es Ihnen auch egal, was mit einem Mitschüler, der offensichtlich beliebt war, passiert war?«

»In keiner Weise. Uns Schüler hat das noch lange beschäftigt. Es wurde viel diskutiert und spekuliert. Einige waren traurig, andere meinten plötzlich, Andreas wäre nur äußerlich so ein netter Kerl gewesen, in Wirklichkeit aber auf die schiefe Bahn geraten. Ich persönlich habe das nie geglaubt. Am schlimmsten hat es Nora getroffen. Sie war total niedergeschlagen, weil Andreas plötzlich weg war. Die beiden waren eben gute Freunde, verstehen Sie?«

Kriminalhauptkommissar Schreiber erhob sich von seinem Stuhl. »Ich danke Ihnen herzlich, Herr Dr. Burger, für Ihre Zeit und Mühe. Wir werden das eine oder andere überprüfen und uns dann auf die Suche nach dieser Frau Schreiner machen. Ich darf Sie erneut behelligen, wenn es noch etwas gibt?«

Stefan nickte und wollte sich verabschieden, als ihm etwas Wichtiges einfiel. »Ach, Herr Schreiber! Ich habe Sie noch gar nicht nach der vorläufigen Todesursache gefragt.«

»Nun, so wie es aussieht – und Ihnen als Anwalt darf ich das sicher sagen –, wurde er mit einem stumpfen Gegenstand erschlagen.«

»Von vorn oder von hinten?«, fragte Stefan neugierig.

»Von hinten. Theoretisch hätte er auch unglücklich gefallen sein können. Aber das Grab, fehlende Autoschlüssel … Nein, nein. Das ist eindeutig Fremdeinwirkung. Machen Sie es gut, Herr Dr. Burger!«

Der Kommissar war gerade durch die Bürotür getreten, als er sich umdrehte. »Ach, jetzt habe ich auch fast etwas vergessen.« Er kramte in seiner linken Jackentasche und zog einen kleinen Plastikbeutel hervor.

Das ist ja fast wie bei Peter Falks Columbo, dachte Stefan amüsiert.

»Das hier haben wir direkt neben der Leiche gefunden. Können Sie damit etwas anfangen? Wissen Sie, ob die Karmann gehörte?«

Schreiber nahm eine einfache, schwarze Armbanduhr aus dem Tütchen und reichte sie Stefan. Dieser betrachtete die Uhr genau. Es war eine Digitaluhr, wie sie in den 70er-Jahren modern gewesen war. Sie hatte zwei Knöpfe an jeder Seite, mit denen offensichtlich Stoppuhrfunktionen bedient werden konnten.

»Nein. Tut mir leid. Ich weiß weder, ob Andreas eine solche Uhr besessen hat, noch, ob sie einem anderen, den ich kenne, gehört hat. Das ist Massenware aus den 70ern. Tut mir wirklich leid.«

Als Stefan die Uhr zurück in die Tüte gleiten lassen wollte, blieb diese an seinem rechten Hemdsärmel hängen. »Ups«, meinte er nur und löste einen Faden seines Hemdes, der sich an dem rechten unteren Knopf der Uhr verfangen hatte. Dabei bemerkte er, dass an diesem Knopf ein kleines Stück herausgebrochen war, was ihn scharf und kantig machte. Ganz kurz blitzte eine Erinnerung auf. Ein Bild aus seiner Jugendzeit. Es war wichtig, aber Stefan konnte es nicht festhalten. Als Kommissar Schreiber sich verabschiedete, war es bereits verblasst.

20. KAPITEL

Zwei weitere Tage und Nächte – so schätzte sie jedenfalls – war sie in diesem Loch eingesperrt. Die Müsliriegel waren aufgegessen, und sie hatte entsetzliche Bauchschmerzen. Ob das vom Hunger oder der einseitigen Ernährung kam, konnte Nora nicht sagen. Eine halbe Flasche Wasser war übrig und sie hatte begonnen, auch ihren Durst zu ignorieren. Wer wusste schon, wie lange sie noch damit auskommen musste? Immer wieder gingen ihre Augen zu den alten Einmachgläsern auf dem Regal. Irgendwann würde sie nicht umhinkommen, den Inhalt zu kosten, dachte sie bitter.

Es stank mittlerweile erbärmlich nach Kot und Urin in dem schlecht belüfteten Raum, doch ihre Scham darüber war einer unbändigen Wut gewichen. Überhaupt hatte sich ihre Gemütslage vollkommen gewandelt. War sie anfangs verzweifelt und tief besorgt gewesen, spürte sie jetzt einen brennenden Hass auf diesen Mann, der ihr nun auch dies angetan hatte.

Mehrfach hatte sie den Raum nach einer Fluchtmöglichkeit abgesucht, aber außer der Tür, die allen Öffnungsversuchen widerstand, war da nichts. Auch wildes Trommeln gegen das stählerne Türblatt und lautes Schreien hatten keinen Erfolg gebracht.

Nun saß sie auf ihrer Pritsche und rätselte zum tausendsten Mal über den Sinn dieser Entführung nach.

Plötzlich hörte sie etwas. Es klang wie ein leises Brummen eines großen Insekts, das sich langsam näherte. Nora sprang auf und presste ihr Ohr gegen die Tür. Das Brummen verstummte. Aber bald waren da Schritte, die wohl eine Treppe heruntergingen. Nora hielt den Atem an und wich von der Tür zurück. Ein Schlüssel wurde ins Schloss gesteckt und umgedreht. Ein paar Sekunden verstrichen. Dann eine Stimme: »Nora, ich komme jetzt rein. Mach keine Dummheiten!«

Auf die Idee war sie gar nicht gekommen. Zu spät. Die Tür öffnete sich und Gunther Hoffmann betrat den Raum. Als Erstes verzog er angewidert das Gesicht, als ihm der Gestank in die Nase stieg. Wortlos ging er zu Nora, nahm ihre Hände und fesselte sie mit einem Kabelbinder an eines der in der Wand fixierten Regale. Dann griff er sich den Eimer und verschwand schnellen Schrittes durch die Tür, die er offen ließ. Nora hörte leise Wassergeräusche, bevor Gunther mit dem gereinigten Eimer und einer Tüte wieder eintrat.

»Die Tür lassen wir besser ein wenig offen«, meinte er. Er zog eine Pistole aus seiner Jackentasche. »Denk gar nicht dran zu fliehen, hast du verstanden?«

Mit einem Messer löste er den Kabelbinder und ließ sich anschließend auf einer Kiste nieder. Nora blieb stehen. Schweigend schauten sich beide an, bis Gunther schließlich den Blick senkte und sagte: »Tut mir leid mit dem Gestank. Hab ich nicht dran gedacht.«

»Das tut dir leid?« Noras Stimme überschlug sich fast. »Was soll überhaupt dieser ganze Mist hier? Kannst du mir das erklären?« Sie brüllte mittlerweile, und ihr Gesicht war hochrot angelaufen.

»Beruhige dich doch bitte, Nora!«, versuchte Gunther zu beschwichtigen. »Ich erkläre dir gleich alles.«

»Ich warte. Bist du überhaupt bei Sinnen? Erst vergewaltigst du mich, drohst mich umzubringen, wenn ich etwas sage, versuchst es später sogar noch einmal. 30 Jahre danach entführst du mich mal eben so und lässt mich fast verhungern, während ich hier zu allem Überfluss in meiner eigenen Scheiße sitzen darf!« Erschöpft setzte Nora sich auf die Liege. Einen kurzen Augenblick dachte sie über ihre Chancen nach, zur Tür zu stürmen und einfach abzuhauen, aber Gunther saß zwischen ihr und dem Ausgang. Außerdem hielt er die Pistole in seiner Hand.

»Also. Was ist los?«, fragte sie, diesmal ruhiger.

»Das, was ich dir in Dortmund erzählt habe, ist wahr«, erwiderte Gunther, den Blick auf den Boden gesenkt. »Dein Sohn, er heißt übrigens Christoph Butzek, ist aufgetaucht und sucht seine leiblichen Eltern.«

Nora verspürte einen kaum zu beherrschenden Drang, Gunther nach Einzelheiten zu fragen. Wie sieht er aus, was macht er, wo lebt er und so weiter. Aber sie kämpfte dieses Gefühl nieder. Niemals wollte sie diesem Schwein eine Blöße zeigen. Stattdessen fragte sie, so unbeteiligt es eben ging: »Und? Daraufhin musst du mich mal eben entführen?« Sie lachte, so verächtlich es ihr möglich war.

Gunther hielt seinen Blick unverändert gesenkt. »Versteh doch, Nora! Wenn er dich finden würde, käme die Frage nach dem Kindsvater auf. Und damit wäre alles aus. Ich konnte nicht zulassen, dass ihr beide euch trefft. Nie im Leben würdest du seine Frage, wer ihn erzeugt hat, ignorieren können. Eines Tages würdest du sprechen.«

Nie im Leben. Nora lief es eiskalt den Rücken herunter. Was hatte Gunther vor? Er wollte sie doch nicht etwa umbringen oder noch schlimmer: hier in diesem Loch verhungern lassen? Sie musste herausbekommen, was Gunthers Plan war, wenn er überhaupt einen hatte. Dann würde sie weitersehen.

»Gut. Vielleicht hast du recht. Es könnte sein, dass ich meinem Sohn Christoph gegenüber einmal erzählen würde, dass er ein Vergewaltigungskind ist. Ja und? Das heißt noch lange nicht, dass ich deinen Namen preisgeben würde.«

»Doch, das würdest du.« Gunther blickte jetzt auf und schaute traurig in Noras Augen. »Das würdest du«, wiederholte er. »Da bin ich mir sicher.«

»Und was heißt das jetzt? Du kannst mich nicht ewig hier festhalten. Mein Mann und jetzt auch Christoph werden die Polizei suchen lassen. Das funktioniert so nicht, Gunther!« Nora hatte sich etwas vorgebeugt und sprach eindringlich, jedes Wort betonend.

»Dein Mann hält hoffentlich die Füße still«, antwortete Gunther. »Ich habe ihm einen entsprechenden Brief geschrieben. Aber du hast natürlich recht. Ewig ginge das nicht gut. Wir müssen langfristig eine andere Lösung finden.« Wieder schaute er auf seine Fußspitzen, während sein linkes Augenlid wie wild zuckte.

Nora bekam Angst. Eine Angst, wie sie sie zuletzt höchstens bei der Vergewaltigung erlebt hatte. Er wollte sie tatsächlich umbringen! Was konnte sie nur machen? Betteln? Unsinn, das brachte nichts. Seine Argumente waren leider schlüssig – aus seiner Sicht jedenfalls. Also blieb ihr nur eins: Sie musste Zeit gewinnen, sie musste reden, reden und nochmals reden.

»Was heißt denn langfristig?«, fragte Nora vorsichtig.

»Das weiß ich noch nicht«, kam die prompte Antwort. Gunther schaute Nora wieder traurig in die Augen. »Manchmal lieber heute als morgen, dann wieder …«, er ließ den Satz unvollendet. »Weißt du Nora, es ist ja nicht so, dass mir das Spaß machen würde. Mir ist bewusst, dass mein Sexualleben nicht eurer Norm entspricht. Aber das hat nichts mit Mord zu tun. Es ist auch für mich schwer, glaub mir!«

Nora hätte fast laut aufgelacht. Beherrsch dich, ermahnte sie sich. Nimm ihn ernst, das ist deine einzige Chance.

»Hast du mich eigentlich jemals geliebt, Gunther?«

Gunther schaute verdutzt auf. Sein Augenlid, das sich in den letzten Minuten etwas beruhigt hatte, flatterte nervös. »Geliebt? Wie meinst du das?«

»Na ja. Wie man sich eben so verliebt. Gefühle halt. Schmetterlinge im Bauch, so was eben.«

Er dachte lange nach. »Ja. Damals schon«, sagte er leise. »Aber ich kann das nicht«, fügte er noch leiser hinzu.

»Was kannst du nicht?«, insistierte Nora.

Gunther sprang auf. »Was sollen diese Fragen überhaupt?« Jetzt war es an ihm zu schreien. »Hör auf damit!«

Er nahm die Tüte und schleuderte sie Nora vor die Füße. »Hier. Das ist für dich. Ich komme wieder, Nora, und zwar schon bald. Und dann wird nicht mehr geplaudert. Dann wird die Sache zu Ende gebracht.«

Wütend eilte er hinaus, knallte die Tür ins Schloss und verschwand, nachdem er gründlich abgeschlossen hatte.

21. KAPITEL

Mittlerweile war es Freitagnachmittag. Seit nun fast vier Tagen war Nora verschwunden. Der Entführer hatte sich bis jetzt nicht wieder gemeldet, und die Angst um sie ließ mich kaum einen klaren Gedanken fassen. Was, wenn er sie umgebracht hatte? Was steckte dahinter? Ich schämte mich dafür, dass nach wie vor der Gedanke aufkam, sie könnte das alles selbst inszeniert haben. Aber ich konnte nichts dagegen tun. Das versteht man wohl unter einem gebrannten Kind, dachte ich zerknirscht.

Wir trafen uns diesmal bei mir. Die drei kamen nachmittags um 16 Uhr, und wir setzten uns um den Esstisch. Philo und Raster sahen bedrückt aus, während Sabine wie immer freundlich lächelte.

»Also, was haben wir, Leute?«, begann Sabine und schaute erwartungsvoll in die Runde. Offensichtlich hatten sie sich untereinander auch noch nicht ausgetauscht. »Philo! Was gibt es an der Arbeitsfront?«

Philo schaute bedröppelt aus der Wäsche. »Ich habe mit dem Geschäftsführer der Firma gesprochen, den ich wie gesagt …«

»Ja, den du vom Studium her kennst. Sagtest du schon«, maulte Raster mit eindeutig schlechter Laune dazwischen.

»Genau«, fuhr Philo unbeirrt fort. »Er hat mir viel über Nora erzählen können. Ich habe so getan, als planten wir eine Geburtstagsüberraschung für sie.« Philo bog seinen Rücken durch und hob sein Kinn. »Ich weiß jetzt alles über ihr Arbeitsfeld, ihre Aufgaben und das meiste über ihre Kollegen. Aber etwas Verwertbares war leider nicht dabei. Keine Feinde, keine Streitigkeiten, keine Neider, keiner, der sie belästigt hat. Tut mir echt leid.« Er war mittlerweile auf seinem Stuhl zusammengesackt.

»Okay, dann haken wir das Arbeitsumfeld zunächst einmal ab. Das ist auch was wert. Super Arbeit, Philo!« So war Sabine. Alles positiv darstellen, wenn es irgendwie ging.

»Und was ist mit dir, Raster?«

»Ehrlich gesagt, das Gleiche. Ich habe nur wenige Informationen. Und das, was ich herausbekommen habe, bringt uns nicht weiter. Da waren ein paar offizielle Angaben über Einschreibung, Scheine, Seminarbelegung. Das war lückenlos. Makelloses Studium, kann ich nur sagen. Aber nichts, was uns …«

»Gut, dann war das eben auch eine Sackgasse. Kommen wir zu den persönlichen Dingen. Hast du etwas finden können, was uns weiterbringt?« Sabine schaute mich fragend an.

Ich räusperte mich. Es war eine Sache, als Ehemann, Tagebücher seiner Frau zu finden und zu lesen. Sie Dritten weiterzugeben, war eine andere Hausnummer. Aber in diesem Fall hatte ich keine Wahl, zumal mir einiges nicht klar war.

»Ich habe in Noras Schreibtisch Unmengen kleiner Tagebücher gefunden.«

Sabine zog die Augenbrauen hoch. »Das ist das Beste, was uns passieren konnte«, meinte sie interessiert.

»Mag sein«, antwortete ich. »Aber die Hälfte sind Urlaubsaufzeichnungen von gemeinsamen Ferien, die wir verbracht haben. Da stehen nur persönliche Dinge über uns. Die andere Hälfte allerdings sind Tagebücher aus ihrer Jugend. Aus der Zeit dazwischen gibt es nichts.«

»Und gibt es interessante Details aus ihrer Jugendzeit?«, fragte Philo.

»Was ganz klar wird und was ich nicht wusste, ist, dass sie auf einem Internat war.«

»Und zwar in Bad Sobernheim«, ergänzte Sabine zum allgemeinen Erstaunen.

»Woher weißt du das, meine allwissende, superschlaue und phänomenale Freundin?«, wollte Raster wissen.

»Das erkläre ich euch gleich«, meinte Sabine, Rasters Schmeicheleien ignorierend. »Mach du erst einmal weiter, Uli!«

»Also Internat, meinetwegen in Bad Sobernheim. Sie schreibt vieles, was wir alle in unserer Schulzeit auch erlebt haben. Lästert über Lehrer, andere Schüler, schwärmt von einem Andreas, mit dem aber offensichtlich nichts lief, und erzählt von einigen derben Späßen, die sie sich damals geleistet haben. Interessant und für mich nicht wirklich nachvollziehbar wird es zum Schluss. Am besten zeige ich euch das mal.«

Ich hatte mir das betreffende Buch herausgelegt und schlug es auf einer bestimmten Seite auf.

»Hier. Bis dahin hatte Nora nur ab und zu kleine Zeichnungen eingefügt. Ihr wisst schon: Herzchen, Sterne, Mond und Sonne.« Sabine nickte wissend bei meinen Worten. »Aber hier hat sie das Cover eines damals angesagten Albums kopiert, verkleinert und eingeklebt.«

»›The Wall‹ von Pink Floyd«, ergänzte Raster nachdenklich.

»Genau. Und danach«, ich schlug ein paar Seiten weiter, »nur noch Obszönes und Brutales. Passt überhaupt nicht zu ihrem vorherigen Stil. Da zum Beispiel: ›Du Schwein, kannst schon mal dein bestes Stück verwetten.‹ Oder hier: ›Eines Tages zahl ich dir alles heim‹ und so weiter.«

»Und was ist das hier?« Philo hatte bis zum letzten Eintrag weitergeblättert.

»Keine Ahnung«, sagte ich achselzuckend. Auf der ganzen Seite war übergroß nur der Name Andreas geschrieben, umringt von Tränen, Sternchen und Herzchen.

»Kommen wir mit den Daten weiter?«, fragte Sabine.

»Das Ganze hat sich zwischen 1978 und 1979 abgespielt«, antwortete ich ihr, »also etwa ein Jahr vor ihrem Abitur.«

Raster war in den letzten Minuten auffällig still geblieben. Jetzt sagte er: »Macht ihr mal weiter, Leute. Uli, kann ich mal deinen PC benutzen?«

»Na klar. Steht nebenan im Arbeitszimmer und ist eingeschaltet. Hast du eine Idee?« Doch Raster winkte nur ab und verschwand im Nachbarzimmer.

»Was hast du eigentlich gemacht? Woher wusstest du das mit dem Internat?« Philo schaute neugierig zu Sabine hinüber.

»Kennt ihr noch Klicktel?«, fragte sie. Philo und ich schüttelten den Kopf.

»Klicktel war eine Software der 80er-Jahre mit dem Telefonverzeichnis aus ganz Deutschland. Supereinfach zu bedienen, nur ständig veraltet. Als das Internet dann Verbreitung fand, hatte sich Klicktel überlebt. Es hatte aber einen genialen Vorteil, den es heute meines Wissens nirgendwo mehr gibt. Man konnte sich die Namen und Daten der Einwohner einer Straße geordnet nach Hausnummern auswerfen lassen. Und so habe ich in null Komma nichts die Nachbarn der Schreiners aus den 80er-Jahren gefunden und angerufen. Deren Adresse hatte ich von Uli.«

»Stimmten die Nummern noch?«, fragte ich skeptisch. Die waren immerhin über 20 Jahre alt.

»Größtenteils ja. Einige wenige haben mittlerweile auf ISDN mit DSL umstellen lassen, da hatte ich keine Chance.

Aber guckt euch mal das Wohngebiet an, wo die Schreiners gewohnt haben. Da sind hauptsächlich Häuser aus den 60er-Jahren. Die Leute, die damals dort gebaut haben, sind jetzt alle um die 70. Die haben oft keinen Internetanschluss und so einen Schnickschnack.«

»Hab ich gehört!«, tönte es von nebenan. Wir lachten.

»Und was haben dir nun die Nachbarn erzählen können? Spann uns nicht weiter auf die Folter!« Ich wurde langsam unruhig. So richtig weitergekommen waren wir noch nicht.

»Ich hatte mir als Strategie überlegt, nach Noras jetzigem Aufenthalt zu fragen, weil wir ein Ehemaligentreffen der Erstsemestergruppe von der Uni planen würden. Was anderes ist mir nicht eingefallen. Jedenfalls waren nur zwei Telefonate entscheidend. Das erste war mit einem netten Ehepaar, die sich gut an die Schreiners erinnern konnten. Sie erzählten, dass die Tochter in Bad Sobernheim auf dem Internat war. Viel mehr wussten sie nicht. Ich sprach mit dem Mann. Plötzlich rief die Frau aus dem Hintergrund etwas. Ich fragte nach, und der Mann sagte nur, dass Nora zwischendurch einige Zeit zu Hause gewesen sei. Ich nahm zunächst an, sie meinte die Ferien. Der zweite Anruf war allerdings wesentlich interessanter.« Sabine machte eine kleine Pause. »Es war eine alte Dame, offensichtlich verwitwet. Sie redete immer wieder von ihrem Mann, Gott hab ihn selig, ihr wisst schon. Sie sprach ziemlich verworren. Es war schwer, ihr zu folgen. Jedenfalls erzählte sie mir, Nora sei mit 17 einige Monate zu Hause gewesen. Es kann sich also nicht um die Schulferien gehandelt haben. Dabei sagte sie immer wieder so etwas wie ›Die Arme‹ oder ›Die arme Kleine‹. Ich weiß nicht, was sie damit sagen wollte. Wir hatten uns gerade voneinander verabschiedet, da sagte sie etwas Eigenartiges.« Sabine schaute mir ernst in die Augen. »Du musst jetzt echt stark sein, Uli.«

Mir schlug das Herz bis in den Hals. Ich sagte aber nichts.

»Die Dame fragte mich, warum sich denn plötzlich alle Welt für die kleine Nora interessieren würde. Ich fragte nach, was sie damit meine, und sie antwortete mir, gestern erst wäre Noras Sohn bei ihr gewesen und habe ihr fast dieselben Fragen gestellt.«

Mir blieb der Mund offen stehen. »Wie, was, ihr Sohn? Nora hat keinen Sohn. Das wüsste ich«, stammelte ich unbeholfen.

In diesem Moment kam Raster aus dem Nebenzimmer herübergelaufen.

»Ich hab es doch gewusst. Gut, dass ich mich ein wenig in der Rock- und Popszene auskenne.«

Wir drei schauten ihn entgeistert an.

»Spinnst du jetzt völlig, Raster?«, war Philos Reaktion. »Hast du nicht mitbekommen, was Sabine gerade erzählt hat?«

»Doch. Eben. Und das passt.« Raster schien vollkommen ungerührt.

»Dann klär uns bitte endlich auf!« Sabine war offensichtlich verärgert, dass sie sich in diesem Moment nicht um meine Befindlichkeiten kümmern konnte. Der Schock war mir sicherlich anzusehen.

»Ihr erinnert euch an das Cover von ›The Wall‹ in Noras Tagebuch? Ich hatte ein vages Gefühl und hab das nachgeprüft. Ihr wisst wahrscheinlich nicht, wovon dieses großartige Werk handelt?«

Wir schüttelten alle den Kopf.

»Ich will das nicht zu weit ausbreiten. Es geht hauptsächlich um die Selbstfindung eines jungen Mannes, der in einer Welt voller Grausamkeiten, Bordelle, Gangs, Drogen und Gewalt aufgewachsen ist. Und ein Thema, das bei der Beschreibung dieser Lebensumstände auch eine Rolle spielt, ist Rape.«

»Vergewaltigung«, flüsterte ich entsetzt.

22. KAPITEL

Mit einem lauten Seufzer ließ sich Christoph auf sein Bett fallen. Er war mittlerweile von Bad Kreuznach in den Ratshof in Bad Sobernheim umgezogen.

Es ging einfach nicht weiter.

Die Fahrt nach Mainz hätte er sich sparen können. Da er nicht wusste, wie das Verhältnis von Nora zu ihren Eltern war, hatte er sich nicht getraut, vorher anzurufen. Er wollte lieber persönlich Kontakt aufnehmen. In dem Haus an der angegebenen Adresse stellte er schnell fest, dass die Familie Schreiner dort nicht mehr lebte. Ein etwa 50 Jahre alter Herr Kubitschek, der jetzt dort wohnte, konnte ihm allerdings mitteilen, dass die Vorbesitzer schon vor vielen Jahren gestorben seien. Mehr wusste er nicht. Anders die direkten Nachbarn. Natürlich kannten sie Nora, ja, die hatte hier mit ihren Eltern gewohnt, allerdings war sie auf ein Internat gegangen – alles Dinge, die er bereits wusste. Keiner kannte Noras jetzigen Aufenthaltsort, geschweige denn ihren Nachnamen, sollte sie den mittlerweile geändert haben. In einigen Gesichtern konnte er Erstaunen erkennen, wenn er erzählte, dass er Noras Sohn sei. Eine alte Frau aber strich ihm nach dieser Eröffnung über den Kopf und murmelte vor sich hin: »Ach, das arme, kleine Ding. Die arme, kleine Nora.« Mehr war aber aus ihr nicht herauszubekommen.

Nun saß er also in seinem Hotelzimmer in Sobernheim und hatte keine Ahnung, wie er weiter vorgehen sollte. Die Zeit wurde knapp. Er hatte mit seinem Freund und Kollegen Martin ausgemacht, dass er zehn Tage für seine Recherche bräuchte. Am kommenden Montag müsste er demnach wieder in Lörrach sein und pünktlich zur Arbeit erscheinen. Wenn er wenigstens wüsste, welche Ausbildung seine Mutter absolviert hatte oder ob und, wenn ja, wen sie geheiratet hatte. Aber all das waren Informationen, die nur über offizielle Kanäle zu erfahren waren. Und Karsten Schmidt hatte ihm deutlich gemacht, dass er da keine Hilfe zu erwarten hätte. Die Polizei oder die Einwohnermeldeämter sahen sich – leider mit Recht – nicht verpflichtet, solchen Anfragen Beachtung zu schenken. Er beschloss, bis zum morgigen Freitag zu warten. Vielleicht ergab sich noch etwas. Schmidt hatte ihm zugesagt, sich ebenfalls zu bemühen. Vielleicht hatte er mehr Glück. Dann würde er noch einmal mit dem netten Stefan Burger sprechen, und wenn das alles nichts brachte, musste er eben seine Suche abbrechen.

In dieser Nacht schlief Christoph unruhig und wurde durch einen Albtraum geweckt, der sich ständig wiederholte, auch wenn er zwischendurch aufstand und sich frisch machte. Sobald er in den Schlaf hinüberglitt, erschienen dieselben Bilder aufs Neue.

Nora, seine Mutter, mit dem Gesicht eines Teenagers, so wie er es auf einem Bild von Stefan gesehen hatte. Aber dieses Gesicht lachte nicht fröhlich wie auf dem Foto, sondern war seltsam verzerrt. Als hätte sie schreckliche Angst. Sie befand sich in einem fensterlosen, engen Raum mit glatten, unmöblierten Wänden, wanderte von Ecke zu Ecke, strich über den kalten Beton und schrie immer wieder seinen Namen.

Am nächsten Morgen stand Christoph früh auf. Er war vollkommen gerädert und verwirrt. Was sollte dieser Traum? Hatte er sich zu viel mit der Suche beschäftigt? Aber warum solch ein Albtraum? Er bemühte sich, die Erinnerung daran zu verdrängen und ging hinunter in den Frühstücksraum.

Nachdem er sich am Buffet bedient hatte, suchte er sich einen Platz am Fenster des großzügigen Speisesaals. Als er sich setzte, sah er plötzlich, dass nur zwei Tische weiter Stefan Burger vor einer Tasse Kaffee saß. Christoph wollte schon aufspringen, um ihn zu begrüßen, als er bemerkte, dass Stefan in Begleitung war. Zwei Herren saßen an seinem Tisch. Alle drei hatten sehr ernste Mienen und unterhielten sich angeregt. Stefan strich sich dabei über den Kopf. Etwas schien ihn massiv zu beschäftigen. Offensichtlich war etwas Dramatisches passiert. Jedenfalls wollte Christoph in dieser Situation nicht stören. Er beendete sein Frühstück, machte einen ausgiebigen Spaziergang, wobei er darauf achtete, über sein Handy erreichbar zu sein, und kam erst gegen 15 Uhr zurück in sein Hotel. Kein Anruf, keine Nachricht. Es war zum Verzweifeln.

Schließlich beschloss er, es bei Burger zu versuchen. Er wählte die Handynummer, die dieser ihm gegeben hatte. Stefan meldete sich sofort: »Burger hier. Hallo!«, kam es atemlos aus Christophs Lautsprecher.

»Hallo Stefan, ich bin's, Christoph. Ich wollte nur …«

»Ach, du bist es. Ich dachte, es wäre … Ach, ist auch egal. Alles klar bei dir?«

Das war nicht der freundliche, nette und stets hilfsbereite Stefan, den Christoph kennengelernt hatte. Dieser Stefan hier war fahrig, unkonzentriert, bemüht, aber nicht wirklich bei der Sache. Was war nur los mit ihm? »Hör mal, Stefan, wenn es im Moment ungünstig ist, können wir später sprechen. Ich will dich nicht stören.«

»Ja. Ja, es wäre in der Tat besser, wenn wir später sprechen könnten«, meinte Stefan zögernd. »Sei mir nicht böse, Christian.«

Jetzt weiß er schon nicht einmal mehr meinen Namen, dachte Christoph und beendete das Gespräch.

Den Rest des Nachmittags verbrachte er in seinem Zimmer, wo er unruhig hin und her ging und seine verbliebenen Optionen überschlug, was eine glatte Null erbrachte. Er rief Schmidt an, der ihm nichts Neues sagen konnte, telefonierte mit Martin in Lörrach, der ihm die Möglichkeit einräumte, ein paar freie Tage dranzuhängen, wenn er sie denn bräuchte, bis er sich schließlich frustriert auf sein Bett fallen ließ. Warum kam ihm bloß ständig dieser verflixte Albtraum in den Sinn? Grübelnd lag Christoph da und starrte an die Zimmerdecke.

Er war offensichtlich eingeschlafen, denn er wurde unsanft vom Klingeln seines Handys geweckt. Benommen griff er danach, musste sich orientieren und drückte dann auf die Taste mit dem grünen Hörer. Auf dem Display stand »Unbekannter Anrufer«.

»Hallo?«

»Spricht dort ein Christoph Butzek?« Die Stimme war ihm vollkommen fremd.

»Ja. Wer ist denn da?«

»Mein Name ist Ulrich Beilstein, und ich glaube, meine Frau ist Ihre Mutter. Nora Schreiner.«

23. KAPITEL

Peter Bach war hundemüde. Sein Tag hatte wie immer morgens um 7 Uhr mit einem kleinen Frühstück zusammen mit seiner Frau Heike begonnen. Danach erwartete ihn die übliche Arbeit in seiner Steuerberaterkanzlei, die ihm an diesem Donnerstag nicht einmal Zeit für ein Mittagessen ließ. Nachmittags gab es eine Sondersitzung im Golfclub, in der zu klären war, wie man das nach wie vor gesperrte Fairway sieben umgehen könnte, um den Platz wieder bespielbar zu machen. Man entschied sich schließlich für eine Doppelbespielung des elften Lochs, das der Sieben am ähnlichsten war. Nach der Sitzung hatte ihn Stefan zur Seite genommen und ihn über die neuesten Entwicklungen den Leichenfund betreffend informiert.

Am Abend schließlich waren Heike und er zu einem gemütlichen Essen in einer ihrer Stammkneipen in der Stadt zusammengekommen.

Jetzt lag er mit einem Glas Whiskey in der Hand auf dem Sofa, der Fernseher lief leise im Hintergrund, während Peter den Tag Revue passieren ließ. Beim Essen hatte er Heike erzählt, dass es sich bei dem Toten tatsächlich um Andreas Karmann handelte. Was für ein schreckliches Ende, dachte Peter und nahm einen Schluck aus seinem Glas. Sie alle hatten damals wild spekuliert, was aus Andreas geworden sei, aber auf die Idee, er könnte umgebracht worden sein, war keiner gekommen. Aber wer hätte ein Motiv für einen solch unsinnigen Mord? Peter ging in Gedanken die alten Klassenkameraden durch. Ihm fiel keiner ein, der infrage kam. Konnte es denn ein Fremder sein? Aber warum? Andreas war zu allen immer nett und hilfsbereit gewesen und hatte definitiv keine Feinde. Es war müßig, sich weiter darüber den Kopf zu zerbrechen. Er hatte mit Heike alles wieder und wieder durchgekaut. Auch Stefan hatte keine zündende Idee. Hoffentlich fand die Polizei einen Hinweis.

In diesem Augenblick klingelte das Telefon. Verwundert über eine so späte Störung rief Peter seiner Frau, die am Esstisch Klassenarbeiten korrigierte, zu: »Ich geh schon, Schatz.«

Heike hatte dennoch ihren Stift niedergelegt und lauschte Peters Worten:

»Hallo?«

»Ach, du bist's.«

»Äh, ehrlich gesagt bin ich ziemlich kaputt, können wir uns nicht morgen treffen?«

»Ja. Gut. Wie du meinst. Dann sehen wir uns gleich.«

»Ja, mach ich. In Ordnung. Tschüss.«

»Wer war denn das, Peter?«, fragte Heike. »Musst du etwa noch mal los?«

»Ja, Liebling, entschuldige! Ein alter Spezi von mir. Hat wohl ein dringendes Steuerproblem, das er nicht am Telefon erörtern möchte. Dauert aber nicht lange. Ich schätze, ich bin in einer halben Stunde zurück.«

»Du Armer!« Heike meinte es ernst. Sie wusste, wie müde Peter nach solchen Tagen war. Und die Geschehnisse um Andreas Karmann nahmen ihn mehr mit, als er sich selbst eingestehen wollte. »Komm bald wieder!«

Peter nahm eine leichte Windjacke vom Garderobenhaken und verließ das Haus. Draußen empfing ihn eine laue Sommernacht. Ein paar Sterne waren sogar zu sehen, was in der hell beleuchteten Straße eher selten vorkam. Er nahm die übliche Abkürzung durch die Altstadt, um zu dem verabredeten Treffpunkt zu gelangen. Eigenartig, dass sein Gesprächspartner ihn gebeten hatte, vor Heike seinen Namen zu verschweigen. Es wäre ihm peinlich wegen dieser Steuersache. Alle seine Kunden, vor allem die alten Freunde, wussten doch genau, dass Heike ebenso der Schweigepflicht unterlag wie er selbst. Aber gut. Das war seine Sache.

Er bog gerade um eine Häuserecke, als er fast mit einem Mann zusammenstieß.

»Ach, hallo! Ich dachte, wir wollten uns im ›Alten Hirschen‹ treffen?«

»Nun, bei dem warmen Wetter war mir mehr nach einem kleinen Spaziergang, wenn es dir recht ist.«

Peter nickte, und die beiden Männer gingen Richtung Nahe, wo sie am Flussufer gemächlich unter den lang herunterhängenden Ästen der Trauerweiden entlangschlenderten. Ab und zu hörte man ein Auto auf der nahen Durchfahrtsstraße, sonst war es still. Nur das Plätschern der Strömung sowie leises Rascheln im trockenen Wegesrand begleiteten sie.

»Nun erzähl mal. Was ist dein Problem?« Peter wollte die Sache schnell hinter sich bringen.

»Okay. Du weißt ja, dass ich ein nicht unerhebliches Einkommen habe.«

Peter nickte. Sein Gegenüber war erst vor wenigen Monaten zu seiner Kanzlei gewechselt.

»Dein Vorgänger«, fuhr sein Gesprächspartner fort, »hat mich über Jahre mit immer neuen Ansparanschreibungen vor zu hohen Steuerlasten bewahrt. Das geht ja nun nicht mehr, wie du weißt. Ich habe zwar durch ein paar Stundungsanträge das Ganze Desaster herauszögern können, aber jetzt macht das Finanzamt ernst. Die Forderung, die heute Morgen auf meinen Schreibtisch flatterte, beläuft sich auf eine Viertelmillion Euro. Und das innerhalb eines Monats. Ich habe das Geld aber nicht flüssig, Peter!« Die Stimme des Mannes war eindringlich geworden.

»Entschuldige bitte!«, unterbrach Peter ärgerlich und blieb stehen. »Und damit kommst du mir jetzt, mitten in der Nacht? Ich brauche dafür deine Unterlagen. Das hätte dir doch klar sein müssen. Was erwartest du denn von mir?«

»Ich dachte, du hättest einen spontanen Einfall«, meinte der andere Mann kleinlaut. »Aber gut. Dann mache ich gleich morgen einen Termin mit deiner Sekretärin und bringe alle relevanten Unterlagen mit, einverstanden?«

»Ist ja schon gut«, lenkte Peter ein und klopfte dem anderen auf die Schulter. »Wir kriegen das geregelt.«

Schweigend gingen sie weiter.

»Hat Stefan mit dir über die neuesten Erkenntnisse der Polizei gesprochen?« Peter hatte das Gefühl, das Gespräch auf anderes Terrain führen zu müssen.

»Ja, erst heute Morgen. Wir hatten zusammen Abschlagtraining. Ist dir dabei etwas auf- oder eingefallen?«

Peter schüttelte den Kopf. »Nein. Der Kommissar möchte nur, dass wir uns alle diese Uhr genauer anschauen. Stefan hat sie mir bereits beschrieben. Du, das ist komisch.

Sie hatte offensichtlich den gleichen kleinen Schaden, wie die, die ich dir zum 16. Geburtstag geschenkt habe, erinnerst du dich noch? Ich hatte mich total geschämt, als du die Ecke an dem einen Knopf entdeckt hast und sofort wusstest, dass die Uhr doch nicht neu war, wie ich es behauptet … Hey! Was soll das denn?«

Der Mann hatte Peter brutal vom Weg ins Gebüsch gedrängt. Seine Stimme klang nun hart und in keiner Weise mehr freundlich. »Das war das, was ich wissen wollte. Hast du irgendjemandem davon erzählt?«

»Nein!« Peter zitterte vor Angst. »Aber was willst du denn. Du kannst doch nicht der …«

Heike, die schon lange mit ihren Korrekturen fertig war, wurde immer unruhiger. Peter war bereits über zwei Stunden weg. Es war 1 Uhr morgens und absolut untypisch für ihn, einen Termin länger als nötig auszuweiten. Sie rief die gängigen Gaststuben in der Stadt an, wobei nur noch der »Alte Hirsch« offen hatte. Nein, Peter wäre den ganzen Abend nicht da gewesen, antwortete ihr der Wirt. Schließlich wählte sie die Nummer der Polizei und brachte ihre Besorgnis vor. Der diensthabende Beamte war äußerst mitfühlend und verständnisvoll, vertröstete sie aber auf den nächsten Tag. So kurzfristig könnten und dürften sie nicht tätig werden.

An Schlaf war nicht zu denken.

Dreieinhalb Stunden später wurde Peters Leiche von den ersten Joggern am Naheufer gefunden, und eine weitere halbe Stunde später klingelte die Polizei an Heikes Haustür.

24. KAPITEL

Gunther wachte früh in seiner Wohnung in Mainz auf. Das Aspirin, das er vor dem Schlafengehen genommen hatte, hatte weder am Abend noch jetzt eine lindernde Wirkung gezeigt. Sein Kopf fühlte sich an, als wäre die Schädeldecke zu eng und würde jeden Moment platzen. Er nahm zwei Tabletten, duschte ausgiebig und kochte sich anschließend einen starken Kaffee.

Er hatte das Gefühl, die ganze Sache gleite ihm aus den Händen. Gestern Abend erst hatte er Susanne auf ihrem Handy angerufen, um angeblich Informationen über Silvia Krombach zu bekommen. Hierbei hatte er sie vorsichtig ausgefragt und erfahren, dass Noras Mann aus Dortmund mit Stefan Kontakt aufgenommen hatte. Er war immerhin schon auf Bad Sobernheim gekommen, was Gunther gar nicht gefiel. Das bedeutete nämlich, dass sich Christoph und Noras Mann über kurz oder lang zusammentun würden, und das musste er herauszögern, bis die Sache endgültig geklärt wäre.

Gunther überlegte und hatte plötzlich eine Idee. Er griff zum Telefon und wählte eine Bochumer Nummer.

Als er eine Stunde später in dem unter falschem Namen gemieteten Seat Richtung Sobernheim fuhr, verflog seine anfängliche Euphorie. Wenn er ehrlich zu sich war, verspürte er eine schreckliche Angst vor dem bevorstehenden Treffen mit Nora. Sie hatte bei ihrem letzten Mal so abgeklärt gewirkt. Was hatte sie ihn gefragt? Ob er schon mal in sie verliebt gewesen sei? Was sollte das? Wie konnte sie so etwas fragen? In einer solchen Situation!

Gunthers Erregung, die am letzten Montag durchaus sexueller Natur gewesen war, hatte sich längst in Luft aufgelöst. Er fühlte sich stattdessen bedroht, konnte aber nicht genau sagen, von was oder wem. Ein Zustand, der ihm absolut fremd war. Seit Jahrzehnten hatte er alles unter Kontrolle. Sein perfekt aufgebautes Doppelleben, seine Karriere, alles. Was war das nur?

Gunther fuhr auf den nächsten Rastplatz, schaltete den Motor aus und legte seinen Kopf auf das Lenkrad. Er musste nachdenken und die Situation wieder in den Griff bekommen. Wenn bloß die Kopfschmerzen nachlassen würden. Wieder und wieder ging er alle Alternativen durch. Es blieb dabei: Er durfte Nora nicht am Leben lassen. Sie musste sterben, und zwar heute.

Er startete erneut und fuhr mit grimmig aufeinandergepressten Lippen weiter.

Wie jedes Mal, wenn er das einsame Haus besuchte, fuhr er dreimal um die große Obstwiese herum, um sicherzugehen, dass ihn keiner beobachtete. Erst dann bog er in den kleinen Waldweg ein, der ihn zu dem alten Haus führte, das kaum zu erkennen am Waldrand lag. Es war sicher riskant gewesen, ein Versteck auszusuchen, das so nahe an Sobernheim lag, aber es war sein Eigentum inklusive der Wiesen und des angrenzenden Waldstücks. Keiner hatte hier etwas zu suchen. Außerdem war ihm bekannt, dass viele in der Umgebung nichts von der Existenz dieses Hauses wussten. Zu lange war es nicht mehr bewirtschaftet worden.

Er parkte den Seat hinter dem Haus und wappnete sich innerlich auf das erneute Zusammentreffen mit Nora.

Auf alles war er vorbereitet, nur nicht auf das, was dann kam.

»Hallo Gunther! Schön, dass du es wieder einrichten konntest.« Nora strahlte ihn munter an. »Übrigens. Das Essen, das du mir letztens hiergelassen hast, war spitze. Nicht so wie die Müsliriegel vorher.« Nora lachte.

Gunther fiel auf, dass es kaum unangenehm roch. Eher süßlich, nach Obst. Was hatte Nora gemacht?

»Ach, du merkst wahrscheinlich, dass es nicht mehr so stinkt«, schien Nora seine Gedanken zu erraten, »ich habe den Inhalt dieser Einmachgläser als – sagen wir mal – Geruchsisolation benutzt. Du sollst doch gerne herkommen. Es war mir so peinlich das letzte Mal. Setz dich doch.« Nora klopfte einladend auf die Kiste, auf der Gunther wenige Tage zuvor gesessen hatte. Diesmal jedoch lag die Wolldecke von der Liege sorgfältig gefaltet darauf und bildete einen weichen Sitz.

Gunther nahm Platz. Kein Wort war bisher über seine Lippen gekommen. Er sah Nora entgeistert an, während sein Augenlid wie verrückt zuckte.

Nora schien Gunthers Verwunderung nicht zu bemerken und plapperte munter weiter: »Wo waren wir stehengeblieben? Du musstest ja letztens so schnell aufbrechen.« War da Häme in ihrer Stimme? Nein. Nora klang ganz natürlich, fast ein wenig naiv. Was ging hier vor?

Gunther fühlte sich zunehmend unwohl.

Nora war verstummt und blickte Gunther ernst und ein wenig traurig in die Augen. Ruhig und nicht mehr so aufgedreht wie noch Minuten vorher sagte sie schließlich: »Hör zu! Ich mache dir einen Vorschlag. Wir lassen die Geschichte mit meiner, das heißt unserer, Vergangenheit einen Moment aus dem Spiel und sprechen ganz offen über dich. Wäre das in Ordnung?«

Noras freundliches Gesicht, ihre ruhige und ernste Stimme begannen, Gunther einzulullen. Wie gerne würde er alles vergessen, sich neben Nora auf die Pritsche legen, einfach seinen Kopf auf ihre Brust betten und ihrer Stimme lauschen, egal, was sie erzählen würde. Mit aller Gewalt riss er sich zusammen.

»Jetzt hörst du mir genau zu, Nora!« Gunther zwang sich zu eindringlichen und lauten Worten. »Was fällt dir ein …« Weiter kam er nicht.

»Nein, du hörst mir zu!« Noras Stimme war weiterhin freundlich, nur eine Idee intensiver. »Du hast deine Chance gehabt. Du hast mich hierhin verschleppt. Du hast mir zum wiederholten Mal Gewalt angetan. Da ist es doch nur fair, wenn ich zumindest einen Moment mit dir sprechen darf, wie ich es möchte und worüber ich möchte, oder?«

Das war einleuchtend. Wenn sein Gegenüber irgendwer gewesen wäre, hätte Gunther nur gelacht. Aber bei Nora war das etwas anderes. Natürlich hatte sie das Recht dazu. Gunther war ein wenig schwindelig. »Darf ich einen Schluck von deinem Wasser haben?«, fragte er sie.

Sie nickte und reichte ihm eine Flasche. Gunther merkte nicht, dass ein kleines Lächeln über Noras Gesicht huschte.

»Also gut«, murmelte er unsicher, nachdem er einen großen Schluck aus der Flasche genommen hatte. »Was willst du wissen?«

Nora setzte sich entspannt im Schneidersitz auf ihre Liege. Erst jetzt fiel Gunther auf, dass die Kellertür nur angelehnt war und die Pistole gesichert tief in seiner Jackentasche steckte. Auch egal, dachte er nur müde.

»Ich möchte dich dasselbe noch einmal fragen«, begann Nora. »Warst du jemals richtig in mich verliebt?«

Schon wieder diese verrückte Frage. Wann hörte sie endlich damit auf? »Ich bin mir nicht sicher«, antwortete er, während sein Blick unruhig etwas suchte, an dem er sich festhalten konnte. »Damals in der Schule.« Er stockte. »Ja, da war so etwas. Ich war jedes Mal schrecklich aufgeregt, wenn ich dich gesehen habe oder wir zusammen waren.«

»Und warum hast du mir das nie gesagt?«, fragte Nora ruhig, ständig den Blick auf Gunther gerichtet.

»Ich konnte einfach nicht.« Der Schwindel nahm zu, dafür waren die Kopfschmerzen weg.

»Und stattdessen musstest du mir mit Gewalt zeigen, was du für mich empfindest?« Noras Stimme war unverändert sachlich und objektiv. Kein Vorwurf, keine Anschuldigung.

»Das ist das, was ich kenne, was mir Spaß macht. Anders geht es nicht.« Gunthers Stimme war so leise geworden, dass Nora sich anstrengen musste, ihn zu verstehen.

»Gunther, sieh mich bitte an. Bitte!«

Er hob die Augen und sah Nora ins Gesicht.

»Ich bin sicherlich nicht die Einzige, bei der du auf diese Weise deine Gefühle ausgelebt hast. Du wirst dafür deine Gründe haben. Ich kenne sie nicht. Aber meinst du nicht, dass es zumindest überlegenswert ist, ob das wirklich der richtige Weg ist? Du hast mir wehgetan, Gunther, sehr weh.« Noras Blick schien immer eindringlicher zu werden. Er spürte ihn tief in seinem Kopf. Nicht brennend, nicht schmerzhaft, auf eine gewisse Weise sogar angenehm. Warum war ihm nur so schwindelig?

»Gleichzeitig sagst du, dass du mich geliebt hast. Passt das zusammen?« Nora machte eine Pause.

»Pass auf!«, sagte sie schließlich. »Du fährst jetzt nach Hause. Ich freue mich wirklich, wenn du wiederkommst, und dann reden wir weiter. Aber tu mir den Gefallen und mach dir ein paar Gedanken über das, was ich dir gesagt habe, okay?«

Gunther nickte nur und stand auf. Für einen Moment drehte sich alles um ihn herum und er musste sich abstützen. »Okay, Nora. Bis zum nächsten Mal.« Kam es ihm nur so vor oder lallte er tatsächlich ein bisschen? »Hast du noch genug zu essen und zu trinken?«

Nora nickte lächelnd. »Ja, das reicht schon. Komm bald wieder und … gute Heimfahrt!«

Gunther verließ das Haus und atmete tief durch. Innerhalb weniger Sekunden ließ der Schwindel nach und er fühlte sich deutlich besser. Was zurückblieb, war eine komplette Verwirrung. Er musste nach Hause. Das war heute so gar nicht nach Plan gelaufen.

Nora klappte eilig die 20 Einmachgläser zu und verschloss sie luftdicht. Dann sammelte sie die Obstreste, die sie überall in dem kleinen Raum versteckt hatte, zusammen, schmiss sie in ihren Eimer und bedeckte das Ganze mit einem Stapel Pappe. Lange hätte sie das nicht mehr ausgehalten.

Sie war ein großes Risiko eingegangen. Erstens wusste sie nicht genau, ob Gunther heute kommen würde, zweitens konnte sie die Wirkung der Alkoholdämpfe auf sich selbst nur schlecht einschätzen. Sie hatte zwar vorher viel gegessen und getrunken, aber wer wusste schon, wie stark solche Dämpfe wirkten. Bei Gunther hatten sie offensichtlich gewirkt, dachte sie lächelnd. Hoffentlich die kleine Gehirnwäsche auch.

Durch puren Zufall war ihr die Idee gekommen. Sie hatte neugierig eines der Einmachgläser geöffnet. Vielleicht war doch etwas Essbares darin. Eine Wolke reinen Alkohols war ihr aus dem Glas entgegengeschlagen. Sie hatte ein zweites versucht: dasselbe Ergebnis. Gleichzeitig war ihr eingefallen, woher sie den leicht süßlichen Geruch kannte, der ihr bereits zu Anfang ihrer Gefangenschaft aufgefallen war. Er erinnerte sie an ein Haus auf einer großen Obstwiese, wo sie als Zwölf- und 13-Jährige oft gespielt hatten. Es lag etwa zwei Kilometer südlich von Sobernheim, recht einsam und wurde damals nur noch sporadisch von dem Besitzer zum Einlagern des Obstes benutzt. Dass das Haus einen Keller hatte, hatte sie nicht gewusst, machte aber natürlich bei Obstlagerung Sinn.

Immerhin war ihr jetzt klar, wo sie sich befand. Es machte die prekäre Lage etwas einfacher, ohne dass sie hätte sagen können, warum.

Beim Einatmen der Dämpfe aus den samt und sonders umgeschlagenen Obstgläsern war ihr schließlich die Idee gekommen. Da sie mittlerweile herausbekommen hatte, dass sie bei ausgeschaltetem Licht durch einen kleinen Schlitz unter der Tür erkennen konnte, ob es Tag oder Nacht war, hatte sie im Morgengrauen dieses Tages – es musste Samstag sein – ihre Vorbereitungen getroffen.

Ein kleiner Aufschub, dachte sie und trank einen großen Schluck Wasser, um ihren eigenen Schwindel niederzukämpfen.

25. KAPITEL

Nachdem ich den Wecker, den ich am Vorabend auf 7 Uhr eingestellt hatte, zum Schweigen gebracht hatte, lag ich noch einige Zeit wach in meinem Bett und starrte an die Decke.

Die Erkenntnisse des letzten Tages begannen erst jetzt langsam in mein Bewusstsein zu sickern, als gehörten sie dort nicht hin. Erst der Verdacht, dass Nora als Jugendliche vergewaltigt worden war, dann das Vorhandensein eines Sohnes, ganz offensichtlich Produkt dieses schrecklichen Ereignisses. Und innerhalb weniger Minuten sogar der telefonische Kontakt zu diesem, meinem Stiefsohn.

Wir hatten zunächst im Internat angerufen, wo man mich nach hartnäckigem Drängen mit dem Direktor verband, der noch in der Schule war. Dieser hatte um Verständnis gebeten, keine weiteren Aussagen machen zu können, dann aber die Nummer eines ehemaligen Klassenkameraden Noras herausgerückt, der in die ganze Sache involviert wäre, wie sich der Direktor ausdrückte. Dr. Stefan Burger wiederum hatte mir schließlich die Handynummer von Christoph Butzek überlassen, nachdem er sich durch einige persönliche Fragen versichert hatte, dass meine Angaben der Wahrheit entsprachen.

Das Gespräch mit Christoph war eigenartig. Ich spürte seine unbändige Freude darüber, dass er offensichtlich am Ziel seiner Bemühungen angelangt war. Schon bald kam die Frage »Kann ich Nora, also meine Mutter, jetzt sprechen?«

Ich wusste nicht, wie ich mit dieser Situation umgehen sollte. Alles war so schnell gegangen. Dass keiner außer uns hier in Dortmund von Noras Entführung wusste, hatte ich mir vorher nicht klargemacht.

Ich stotterte unverständliches Zeug in den Hörer, räusperte mich schließlich und sagte: »Hören Sie, Christoph! Im Moment geht das leider nicht. Nora ist nicht hier.« Ich hatte das Gefühl, Christophs Enttäuschung durch das leichte Hintergrundrauschen des Handys zu hören. »Aber ich würde gerne mit Ihnen persönlich sprechen. Was halten Sie davon, wenn wir uns morgen in Ihrem Hotel treffen?«

Christoph stimmte zu. »Ist etwas passiert?«, fragte er unsicher.

»Lassen Sie uns morgen in aller Ruhe reden. Machen Sie sich keine Sorgen.« Hohl und leer klangen die Worte in meinen Ohren, bei Christoph würden sämtliche Alarmglocken klingeln. Aber mehr wollte ich am Telefon nicht preisgeben.

Nach dem frustrierenden Gespräch hatte ich mich mit Sabine, Raster und Philo für den nächsten Morgen um 9 Uhr in meiner Wohnung verabredet. Wir wollten das weitere Vorgehen in Ruhe besprechen.

Es war jetzt acht, und müde schwang ich meine Beine aus dem Bett, als es an der Haustür klingelte.

Erstaunt ging ich zur Wohnungstür, betätigte den Knopf für die Freisprechanlage und fragte: »Wer ist da?«

Keine Antwort. Ich dachte zunächst an spielende Kinder, die sich einen Streich geleistet hatten, wurde dann aber doch unruhig. Ich zog mir schnell ein paar Sachen über und ging hinunter zur Haustür. Keine Menschenseele. Aber aus meinem Briefkasten lugte ein weißer Umschlag hervor. Für die Post war es noch zu früh. Vorsichtig zog ich den Brief heraus und stürmte die Treppe nach oben in meine Wohnung. Sicherheitshalber wieder bewaffnet mit den Latexhandschuhen öffnete ich das Kuvert und zog ein weißes Blatt heraus. Wie das erste Schreiben war auch dieses auf einem Laserdruck ausgedruckt. Ich tippte auf Times New Roman. Der Inhalt war allerdings ungewöhnlich:

»Ich verlange 100.000 Euro in kleinen, gebrauchten, nicht marckierten Scheinen. Die Übergahbe erfolgt in Kassel.

Begeben sie sich dorthin, quartieren Sie sich im Hotel »Excelsior« ein. Wir werden Sie dort kontacktieren.«

Das wurde immer verrückter. Erst meldeten sich die Entführer tagelang nicht, dann plötzlich eine Geldforderung, die weit über das Mögliche hinausging. Andererseits waren 100.000 Euro eine lächerliche Summe, wenn es um Menschenraub ging.

Ich legte den Brief zu dem ersten auf die Anrichte im Esszimmer, machte mich im Bad fertig und bereitete mir ein kleines Frühstück zu.

Pünktlich um 9 Uhr kamen meine Freunde, und ich setzte sie als Erstes von dem neuen Brief in Kenntnis.

»Den musst du ernst nehmen«, meinte Sabine mit sorgenvoller Miene. »Du kannst die Anweisungen nicht ignorieren. Stell dir vor, der Entführer versucht, in Kassel mit dir Kontakt aufzunehmen, und du bist gar nicht da. Nicht auszudenken, was das für Nora bedeuten könnte.«

»Ich kann Sabine nur recht geben«, schaltete sich Philo ein. Er stand neben Raster an der Anrichte und schaute auf das neue Schreiben. »Das hört sich für mich ziemlich kompromisslos an.«

»Ich wär mir da nicht so sicher.« Raster hatte sich die Handschuhe übergezogen, die ich neben den Briefen deponiert hatte. Er hielt beide Blätter in den Händen und begutachtete sie eingehend.

»Diese Briefe sind nicht nur von zwei verschiedenen Personen geschrieben worden, sondern wurden auch mit zwei unterschiedlichen Computern und Druckern hergestellt.«

»Wie kommst du darauf?«, fragte Sabine und stellte sich hinter Raster, um ihm über die Schulter blicken zu können.

»Zum einen sind da diese unglaublichen Rechtschreibfehler im zweiten Brief: kontacktieren, marckierten, Übergahbe und einmal Sie kleingeschrieben. Dieser Autor sollte dringend einen Rechtschreibkurs besuchen. Ganz anders beim ersten Brief. Der ist zwar wesentlich kürzer, aber fehlerlos. Zum anderen ist dieser hier«, Raster hielt den ersten Brief hoch, »in Arial zehn geschrieben, der andere in Times New Roman elf. Und zum guten Schluss ist es anderes Papier, und der Laserdrucker, mit dem der zweite Brief gedruckt wurde, braucht dringend einen neuen Toner.«

Erschöpft ließ sich Raster am Esstisch nieder. »Hast du was zu trinken, Uli?«, fragte er.

Ich verteilte Gläser mit Orangensaft.

»Aber selbst wenn es zwei Schreiber sind, dürfen wir die Aussage nicht unterschätzen«, begann Sabine von Neuem. »Ich möchte mir nachher nicht den Vorwurf gefallen lassen müssen, etwas getan zu haben, was Nora Schaden zugefügt hat.«

»Das wollen wir alle nicht«, beruhigte ich Sabine. »Aber in diesem Fall gebe ich Raster recht. Das Ganze passt nicht zusammen. Im zweiten Brief steht eindeutig ›Ich verlange …‹, ein Einzeltäter also. Dann die Forderung: 100.000 Euro. Wenn er sich einigermaßen erkundigt hätte, und das macht man doch normalerweise, wenn man jemanden erpressen will, müsste derjenige wissen, dass ich so viel Geld nicht habe. Und selbst wenn ich es mir bei meiner Bank leihen könnte, wäre es doch verrückt, mich aus Dortmund wegzulocken. Nur hier hätte ich die Chance auf einen solchen Kredit, aber nicht in Kassel.«

Wir schwiegen eine Zeitlang, in der jeder sich seine eigenen Gedanken machte.

»Wisst ihr was, Leute?«, meldete sich Philo als Erster zu Wort. »Ich glaube, da hat jemand mitbekommen, dass wir in Noras Vergangenheit herumgeschnüffelt haben. Fragt mich nicht wie. Aber dieser jemand will uns aufhalten, diese Spur weiterzuverfolgen.«

»Wie kommst du denn jetzt darauf?« Sabine schaute irritiert zu Philo.

»Ich denke, dass Uli recht hat. Hier stimmt zu vieles nicht. Aber was würde denn passieren, wenn wir dem Schreiber brav gehorchen würden? Wir fahren also nicht wie geplant nach Sobernheim, sondern nach Kassel. Warten da auf weitere Instruktionen. Und dann? Nichts würde passieren, außer dass viel Zeit vergeht. Nur weg von Rheinland-Pfalz, das steckt dahinter. Und das heißt für mich: Es riecht danach, dass wir Noras Entführer auf der Spur sind.« Triumphierend blickte Philo in die Runde. Er begegnete nur skeptischen Gesichtern.

»Also, das geht mir zu weit«, meinte Raster. »Aber zu dem ersten Teil kriegst du mein Okay. Jemand will uns veräppeln.« Seine Meinung auf diesen einfachen Nenner gebracht ging Raster in die Küche und bediente sich, so wie es sich anhörte, an meinem Kühlschrank.

Wir schauten uns an. Ich merkte, dass es an mir lag, eine Entscheidung zu treffen.

»Also gut«, sagte ich vorsichtig. »Sabine, ich übernehme die volle Verantwortung für das, was ich jetzt sage. Ich werde nicht vergessen, dass du anderer Meinung warst.« Ich holte tief Luft.

»Wir werden diesen zweiten Brief ignorieren. Ich glaube auch, dass uns jemand nur von der echten Spur abbringen will. Damit hat er aber einen Fehler gemacht. Er bestätigt uns geradezu in unserer bisherigen Suche«, fügte ich grimmig hinzu. »Wir fahren wie besprochen alle nach Bad Sobernheim, treffen uns dort mit Christoph und gegebenenfalls auch mit diesem Stefan Burger. Der scheint Nora gut gekannt zu haben. Danach sehen wir weiter.«

26. KAPITEL

Die Nacht von Freitag auf Samstag wollte für Stefan kein Ende nehmen. Er wälzte sich von einer Seite auf die andere, während quälende Gedanken sein Herz rasen ließen. Susanne war mehrfach neben ihm aufgewacht und hatte versucht, ihn zu beruhigen. Schließlich nahm er sein Bettzeug und legte sich auf die Wohnzimmercouch, um zumindest ihr ein wenig Schlaf zu gönnen. Aber auch hier fand er keine Ruhe. Um 5 Uhr stand er auf, machte sich einen Kaffee und setzte sich an seinen Schreibtisch.

Wie konnte das nur passieren? Sein bester Freund Peter, hinterrücks erstochen. Warum? Wem hatte dieser Mord genützt? Nach Angaben der Polizei, die ihn am Freitagmorgen aufgesucht hatte, war nichts gestohlen worden. Seine Brieftasche war nicht angetastet, selbst seine recht wertvolle Armbanduhr war noch da. Heike, die Peter am späteren Vormittag zusammen mit Susanne besucht hatte, erzählte nur von einem Klienten, der ihn unbedingt treffen wollte. Kein Name, nichts. »Er sprach von einem alten Kumpel«, hatte sie nur geschluchzt, während Susanne sie tröstend im Arm hielt.

Welch ein deprimierender Besuch. Stefan war sich in diesen Minuten des Weinens, Tröstens und Schweigens gar nicht sicher, wer mehr Trost brauchte: Heike oder er. Und dabei fühlte er sich schrecklich egoistisch. Aber Peter war seit der Schulzeit immer an seiner Seite gewesen. Sie hatten sich nur während ihrer Ausbildung seltener gesehen. Danach, beide wieder in Sobernheim, hatten sie nahezu alles miteinander geteilt. Die Leidenschaft für den Golfsport, das gemeinsame Joggen im Sommer, viele Abende mit ihren Frauen, die sich glücklicherweise auf Anhieb gemocht hatten und vieles mehr. Jetzt war Peter weg, einfach aus seinem Leben gerissen. Stefan wusste, dass es für Heike ungleich schwerer war. Die beiden hatten sich sehr geliebt, waren aber wie die Burgers auch kinderlos geblieben. Umso mehr hatten sie ihre Hobbys geteilt und sich in ihren Begabungen und Schwächen ergänzt. Heike als Lehrerin an »ihrem« Gymnasium und Peter als Steuerberater. Heike mit ihrer freundlichen Ernsthaftigkeit. Peter, der oft lustige und gern herumalbernde Junggebliebene.

Bei ihrem Besuch saß Heike zusammengesunken mit strähnigen Haaren, die ihr ins Gesicht fielen, auf dem Sofa, lehnte sich an Susanne, die ihr immer wieder sanft über den Kopf streichelte. Die Tränen waren vorerst versiegt, und nur ab und zu kam ein tiefer Seufzer aus ihrer Kehle.

Stefan schaute aus dem Fenster, die Hände hinter dem Rücken verschränkt, hinaus in den hübschen Garten, der zu dieser Jahreszeit in voller Blüte stand. Wie viele schöne Grillabende sie hier schon verbracht hatten! Stefan spürte, dass er seine Tränen nicht zurückhalten konnte. Er wischte sich verstohlen mit dem Handrücken über die Augen und drehte sich um. »Heike. Gibt es etwas, das dir noch eingefallen ist, nachdem die Polizei hier war? Irgendeine Bemerkung von Peter, die dir entfallen war? Eine Geste, die dir komisch vorkam, eine Kleinigkeit, der du keine Bedeutung beigemessen hast?«

Heike schaute auf und sah Stefan lange an. »Ach Stefan!«, seufzte sie. »Ich weiß doch, dass du dich nur ablenken willst. Dir geht es mindestens so schlecht wie mir. Du hast schließlich deinen besten Freund verloren.« Sie schluchzte auf und putzte sich die Nase. Dann fuhr sie fort. »Aber glaub mir. Da war nichts von Bedeutung. Ich habe mich deutlich an alles erinnern können und ausführlich der Polizei beschrieben, wie der Abend abgelaufen ist. Lass es gut sein. Komm setz dich zu uns. Und wenn du weinen musst, dann tu es.« Heike brachte tatsächlich ein Lächeln zustande, was Stefans schlechtes Gewissen verstärkte. Er setzte sich auf einen Sessel und vergrub sein Gesicht in den Händen. Es war ein schrecklicher Freitag, den er am liebsten komplett aus seinem Leben gestrichen hätte.

Jetzt saß er an seinem Schreibtisch und erinnerte sich, dass am späteren Nachmittag Christoph angerufen hatte. Stefan hatte ihn ziemlich brüsk weggedrückt. Er war zu mehr nicht in der Lage gewesen. Aber jetzt tat es ihm leid. Auch Christoph hatte sein Päckchen zu tragen. Die Suche nach Nora gestaltete sich offensichtlich schwieriger als gedacht. Er nahm sich vor, ihn am Vormittag anzurufen. Vielleicht ergab sich ein Besuch, mal sehen.

Auch Christophs Nacht war unruhig und geprägt von Albträumen, Visionen und beunruhigenden Gedanken.

Nach all der Enttäuschung, die er in Mainz erlebt hatte, dann doch so schnell Kontakt zu Noras Zuhause bekommen zu haben, kam ihm fast absurd vor. Aber trotzdem schien etwas nicht zu stimmen. Warum konnte dieser Beilstein ihn nicht mit Nora verbinden oder wieso konnte ihm keiner sagen, wo Nora sich im Moment aufhielt?

Schon früh, um halb sieben, stand er auf, machte sich im Bad fertig und ging in den Frühstücksraum. Die Kellner des Frühstücksdienstes huschten umher, bauten das Buffet auf und deckten die restlichen Tische ein. Mit einem großen Becher Kaffee, den er sich aus der ersten fertiggestellten Thermoskanne eingeschenkt hatte, setzte er sich an einen Fenstertisch und starrte hinaus auf die Straße, auf der erst langsam das Leben erwachte. Bereits nach wenigen Minuten erkannte er Stefan. Der stand zögernd vor dem Hotel, als würde er abschätzen, ob es nicht noch zu früh war, den Frühstücksraum zu betreten.

Christoph öffnete kurzerhand ein Fenster: »Hallo, Stefan! Willst du dich nicht zu mir setzen?«

Der Angesprochene blickte auf. Wortlos betrat er das Hotel und setzte sich Christoph gegenüber. »Guten Morgen! Wie geht es dir?« Stefans Stimme klang traurig und resigniert.

»Danke. Mir geht es ganz gut«, antwortete Christoph. »Aber du scheinst ja echte Sorgen zu haben. Gestern wirktest du schon so niedergeschlagen. Ist was passiert?«

Stefan schaute aus müden, rotgeränderten Augen auf die Straße. Sein Blick war leer, und Christoph hatte das Gefühl, dass Stefan ganz woanders war, als dieser schließlich antwortete.

»Es ist im Moment alles ein bisschen viel.« Stefans Blick suchte Christophs Augen. »Es tut mir wirklich leid, dass ich mich nicht so um dich kümmern kann, wie ich es eigentlich wollte, aber erst der Tod von Andreas, dann der Mord an Peter und zusätzlich du – Noras Sohn!« Stefan seufzte auf. »Das ist alles zu viel auf einmal.« Er verstummte und blickte gedankenverloren auf die mittlerweile belebtere Straße.

Die ersten Gäste fanden sich am Frühstücksbuffet ein, und ein stetig zunehmendes Stimmengewirr erfüllte den Raum.

»Wovon sprichst du, Stefan?«, fragte Christoph. »Ich habe keinen blassen Schimmer, was du meinst.«

Aber Stefan reagierte nicht.

»Ich habe Nora gefunden.« Christoph versuchte das Thema zu wechseln. Offensichtlich war mehr aus Stefan nicht herauszubekommen. »Sie ist verheiratet und lebt in Dortmund. Ihr Mann kommt noch heute Mittag her. Verstehst du? Stefan?«

Stefans Blick wurde langsam klarer, und er schien sich wieder auf das Hier und Jetzt konzentrieren zu können.

»Eh, ja, ich weiß. Entschuldige bitte! Ihr Ehemann hat mich bereits kontaktiert. Aber warum kommt sie nicht selbst?«

»Gute Frage. Ich habe keine Ahnung. Er sprach davon, sie sei momentan nicht da, wollte das aber persönlich erklären. Vielleicht ist sie verreist?«

In diesem Augenblick klingelte Stefans Handy.

»Ja? Hallo? Burger hier.«

»Hier spricht Ulrich Beilstein. Guten Tag, Herr Burger. Wir haben gestern bereits kurz telefoniert. Hätten Sie gegebenenfalls heute Mittag Zeit, sich mit mir, Herrn Butzek und ein paar Freunden von mir zu treffen? Es geht um Nora.«

»Ja, sicher. Aber nun sagen Sie schon: Was ist denn in Gottes Namen los?«, Stefan wollte sich nicht länger hinhalten lassen.

»Sie ist verschwunden. Entführt, wie wir vermuten. Wären Sie um 14 Uhr im Hotel bei Herrn Butzek? Ginge das?«

27. KAPITEL

Stefan hatte für unser erstes Zusammentreffen einen kleinen Konferenzraum im Ratshof gemietet. Der Raum war rechteckig, vollkommen funktional eingerichtet ohne Bilder an den Wänden oder farbige Vorhänge vor den Fenstern. Dafür war er klimatisiert, und auf den in Hufeisenform aufgestellten Tischen waren einige Tassen, Thermoskannen mit Kaffee und Tee sowie Gläser und Wasserflaschen aufgebaut.

Verwirrt und etwas misstrauisch beäugte ich Christoph Butzek, der mir gegenübersaß. Das war also Noras Sohn? Der Gedanke wollte nicht in meinen Kopf. Er passte nicht in mein bisheriges Leben mit meiner Frau. Plötzlich merkte ich, dass alle mich anstarrten. Raster räusperte sich auffällig und nickte mir zu. Offensichtlich sollte ich den Anfang machen. Ziemlich skurrile Zusammensetzung, dachte ich. Aber was uns verband, war Nora. Und die galt es zu finden!

»Ich danke euch und Ihnen allen für die viele Zeit und Energie, um Nora zu finden«, begann ich reichlich hölzern.

»Vielleicht fangen wir damit an, uns gegenseitig vorzustellen. Mein Name ist Ulrich Beilstein, ich komme aus

Dortmund und bin mit Nora – und damit wir sicher wissen, dass wir von derselben Nora sprechen: Nora Beilstein, geborene Schreiner – seit drei Jahren verheiratet.«

Als Nächstes folgte Sabine, die Raster und Philo gleich mit vorstellte, die das mit einem dankbaren Augenzwinkern quittierten.

Stefan Burger, ein alter Schulfreund von Nora, war mir auf Anhieb sympathisch, obwohl er an diesem Nachmittag einen müden, ja traurigen Eindruck machte. Trotzdem merkte man ihm an, wie sehr ihn Noras Schicksal umtrieb. Neben ihm saß Christoph Butzek. Ein stiller, junger Mann, der viel von Noras Gesichtszügen hatte, wie mir jetzt auffiel. Auch die dunklen Haare waren die gleichen. Ein tiefer Seufzer arbeitete sich in meiner Kehle empor, und ich musste kräftig schlucken. Sentimentalität brachte uns jetzt überhaupt nicht weiter. Wir sollten keine Zeit verlieren.

Ich bedankte mich noch einmal bei allen und fasste möglichst genau die Ereignisse der vergangenen Woche zusammen. Hierbei ließ ich nichts aus, auch nicht unseren Fund in Noras Tagebuch, der uns auf eine mögliche Vergewaltigung in ihrer Jugendzeit gebracht hatte. Erschrocken schaute Christoph auf.

»Ich weiß, Christoph. Es tut mir schrecklich leid, Sie so brutal damit konfrontieren zu müssen. Aber wenn wir weiterkommen wollen, müssen wir alles auf den Tisch legen. Und zwar jetzt.«

Christoph sah mich wütend an. »Wissen Sie eigentlich, wie das ist, innerhalb von 24 Stunden zu erfahren, wer seine Mutter ist, dann, dass sie entführt worden ist, und jetzt mal eben so, dass man wahrscheinlich das Produkt einer Vergewaltigung ist?«

Er sprang so heftig auf, dass sein Stuhl gegen die Wand knallte und umfiel. Mit hochrotem Kopf riss er die Tür auf, stürzte hinaus und knallte sie mit solcher Wucht zu, dass die Lamellen an den Fenstern klapperten.

Bestürzt schauten wir uns an.

»Macht schon mal weiter. Ich kümmere mich um ihn.«

Das war Sabine. Sie lief hinaus, und ich konnte ganz sicher sein, dass sie im Gegensatz zu mir die richtigen Worte finden würde.

»Ich verstehe das noch nicht so ganz. Wieso kamen Sie jetzt auf die Idee einer Vergewaltigung?« Stefan schaute mich zweifelnd an.

»Also, Leute. Bevor ich dazu etwas sage, mal eben was ganz Grundsätzliches: Wir halten hier kein wissenschaftliches Seminar ab, ja? Es geht um eine gemeinsame Freundin, oder? Also lasst uns bitte dieses dumme Siezen beenden, okay?«

Raster, wie ich ihn kannte, aber das konnte ich ihm so nicht durchgehen lassen.

»Hör mal, Raster. Gerade Herr Burger ist freundlicherweise bereit, uns zu helfen. Das macht ihn aber nicht gleich zu deinem Kumpel.«

Ich wollte eigentlich weiterreden, als Stefan Burger dazwischenging. »Nein, ist schon gut. Du hast ja recht.« Er grinste Raster und mich an. »Wir haben was sehr Persönliches miteinander zu tun, und da können wir uns ruhig duzen. Also, Ulrich, erklär das noch einmal mit dem Tagebuch.«

Raster und Philo übernahmen das und erklärten ausführlich die Hintergrundgeschichte des Pink Floyd-Werkes »The Wall« sowie die dazugehörigen Tagebucheinträge.

»Das heißt also«, Stefan rieb sich über die Augen, »Nora wurde etwa ein Jahr vor dem Abitur vergewaltigt und hat mit keinem von uns gesprochen. Dann, bevor wir etwas merken konnten, ist sie angeblich zu einem Austausch nach Australien gegangen. In Wirklichkeit hat sie, wie wir jetzt wissen, in Bad Kreuznach, hier direkt um die Ecke, ihr Kind bekommen. Und keiner wusste etwas.« Stefans Stimme war immer lauter geworden. »Ich fasse es nicht! Warum hat sie sich keiner Freundin anvertraut? Warum ist sie nicht zur Polizei gegangen?«

»Stefan! Beruhige dich!« Ich berührte ihn leicht am Arm. »Überleg mal! Sie hat sogar mir nichts davon gesagt. Von keiner Schwangerschaft, geschweige denn von einer Vergewaltigung. Sie muss sich ganz schrecklich geschämt haben. Allerdings. Damals in der Schule – du hast schon recht. Gab es da wirklich keinen, mit dem sie so eng war, dass sie ihm oder ihr etwas gesagt haben könnte; und den wir jetzt fragen könnten?«, fügte ich noch hinzu.

Stefan stand auf und trat ans Fenster. Nachdenklich schaute er auf den Brunnen am Marktplatz. »Da könnte es doch jemanden gegeben haben.«

Aufgeregt sprang ich auf. »Wer? Sag schon! Wie können wir ihn erreichen? Vielleicht weiß er, wer der Vergewaltiger war, und schon haben wir den Entführer!«

»Da gibt es ein kleines Problem.« Stefans Stimme war immer nachdenklicher und ruhiger geworden, als wäre er eigentlich ganz woanders und würde nur in zweiter Reihe mit uns sprechen. »Andreas Karmann. Eigentlich damals der beste Freund von Nora. Wenn sie mit jemandem gesprochen hat, dann mit ihm. Aber der ist seit 30 Jahren tot.« Plötzlich drehte Stefan sich um. Die Lethargie, die er in den letzten Minuten ausgestrahlt hatte, schien von ihm abgefallen zu sein. Seine Augen blitzten vor Energie, und ich sah in seinem Gesicht eine Mischung aus Wut und Entschlossenheit.

»Hört mal her! Ich würde euch bitten, dass wir jetzt abbrechen und uns heute Abend wieder treffen. Gerne bei mir zu Hause. Ich muss bis dahin ein paar Sachen überprüfen und fände es wichtig, dass Christoph und Sabine mit von der Partie wären. Einverstanden?«

Wir nickten, obwohl ich gerne mehr erfahren hätte. Andererseits machte ich mir langsam Gedanken über Sabine und Christoph, und so verabredeten wir uns für 20 Uhr bei Stefan, der uns kurz den Weg zu seinem Haus erklärte und dann verschwand.

28. KAPITEL

Gunther war sauer. Unruhig lief er in seiner Wohnung in Mainz auf und ab, wobei er sich ständig mit der linken Hand durch die Haare strich. Sein Augenlid zuckte unablässig.

Wie konnte sein Plan nur so danebengehen? Nicht nur, dass seine Verzögerungstaktik nicht geklappt hatte, nein, im Gegenteil: Offensichtlich hatte er die Dortmunder Bande geradezu ermutigt, nach Sobernheim zu fahren und dort nach Nora zu suchen. Wenn er nur wüsste, was Noras Mann und die komischen drei Vögel herausgefunden hatten.

Gunther hatte einen Angestellten im Ratshof, der ihm einen Gefallen schuldete, gebeten, darauf zu achten, ob eine Gruppe aus Dortmund eintreffen und mit wem sie sich zusammensetzen würde. Als ihn die Nachricht um 14 Uhr erreichte, hätte er die Wände hochgehen können.

Noras Mann musste die Konsequenzen davon spüren, dass er die Aufforderung nach Kassel zu fahren, ignoriert hatte.

Wenn Gunther Noras Mann allerdings in Sobernheim kontaktieren würde, wüsste dieser sofort, dass der Entführer auch hier war, dachte Gunther besorgt.

Er blieb stehen. »Nein! Er weiß dann nur, dass ich ihn im Visier habe. Und das ist auch gut so!« Gunther verzog das Gesicht. Er musste die Sache mit Nora endlich zu Ende bringen, und langsam kam ihm auch ein Gedanke wie. Gleich morgen sollte es losgehen. Nein, er war kein Mörder! Es gab auch andere Mittel und Wege. Sein Plan gefiel ihm immer besser. Für Nora tat es ihm leid. Ihr hätte er etwas anderes gegönnt. Aber so konnte es nicht weitergehen. Die ständige Bedrohung, dass alles aufflog. Und das nur, weil Noras Sohn unbedingt auftauchen musste. Sein Sohn! Gunther musste kräftig schlucken. Egal, das war jetzt zweitrangig. Morgen würde er den Anfang vom Ende einläuten. Das musste gefeiert werden.

Gunther beschloss, ein kleines Risiko einzugehen, aber das war es ihm wert.

Er zog sich um, setzte sich eine seiner schwarzen Perücken auf, die ihn verwegen und ein wenig brutal aussehen ließen, und steckte sich den dazu passenden Personalausweis in die Jackentasche. Dann verließ er seine Wohnung, ging etwa zwei Kilometer zu Fuß und bestieg dann einen Bus. Nach mehrfachem Umsteigen und fast zwei Stunden später erreichte er einen Frankfurter Club, den er wegen der Nähe zu seinem Arbeitsplatz seit Jahren nicht mehr besucht hatte. Heute aber wollte er nicht an das Risiko denken, erkannt zu werden, sondern nur seinen Spaß haben.

Es war früh am nächsten Tag, als er zufrieden in seiner Wohnung ankam und müde ins Bett fiel.

29. KAPITEL

»Ich erzähl euch jetzt mal eine Geschichte«, begann Stefan, dessen Müdigkeit wie weggeblasen schien.

Wir saßen alle auf der großen Terrasse des Ehepaars Burger. Stefans Frau Susanne war zu uns gestoßen und hatte uns bestens mit Wein und Wasser versorgt.

Am Nachmittag hatte ich die Gelegenheit genutzt, mich bei Christoph zu entschuldigen, der wiederum mich um Verzeihung bat, dass er so heftig reagiert hatte. Wir hatten unsere beiden Standpunkte verdeutlicht, und jeder hatte den anderen verstanden.

»Ich weiß nicht sicher, ob sich die Geschichte genau so zugetragen hat«, fuhr Stefan fort, »aber so ähnlich wird es gewesen sein. Also. Wir sind damals im Sommer oft zu einem kleinen Baggersee gefahren. Wir nannten ihn Silbersee, ziemlich einsam gelegen bei Feilbingert, gleich hier in der Nähe. An einem Sommerabend vor 30 Jahren muss es – wahrscheinlich, als alle anderen Schüler schon weg waren – zu einer Konfrontation zwischen Noras Vergewaltiger und Andreas Karmann gekommen sein.«

Susanne Burger richtete sich auf. »Wie kommst du denn auf die Idee?«

»Lass mich erst einmal weitererzählen«, meinte Stefan und fuhr fort: »Worum es genau bei dieser Konfrontation ging, weiß keiner, aber wir wissen, dass dabei Andreas umgebracht wurde.«

Jetzt war es an Sabine einzuhaken: »Entschuldige! Aber das hören wir jetzt zum ersten Mal! Wer wurde wann und wie umgebracht?«

Stefan erzählte uns kurz von dem Leichenfund auf seinem Golfplatz. »Das ist genau da, wo früher der Silbersee war. Und die Leiche ist eindeutig als die von Andreas Karmann identifiziert worden.«

»Du meinst also, Noras Vergewaltiger ist gleichzeitig ein Mörder? Aber kann das nicht jemand anders getan haben?« Philo ließ sich so leicht nicht überzeugen. Aufrecht saß er auf seinem Gartenstuhl und nippte an seinem Wasser, während er hochkonzentriert Stefans Worten lauschte.

»Natürlich hast du recht. Es könnte alles ganz anders gewesen sein. Aber jetzt kommt das, was ich nicht als Zufall abtun kann.«

»Nora wird entführt.« Rasters Worte, ruhig und fast emotionslos ausgesprochen, platzten wie eine Bombe in die Runde. »Natürlich, Stefan. Ich verstehe. Der Mörder erfährt von dem Leichenfund, und nur wenige Tage später wird Nora entführt. Das wiederum bedeutet, dass der Mörder damit rechnen muss, dass Nora seine Identität kennt, und das lässt vermuten, dass es sich um den Vergewaltiger handelt.«

»Also ist mein Vater nicht nur ein Vergewaltiger, sondern auch ein Mörder!« Christoph seufzte resignierend. »Na großartig!«

»Moment mal!« Jetzt ging mir das Spekulieren zu schnell. »Das ist aber alles nicht zwangsläufig, was ihr konstruiert.«

»Nein, da hast du recht, Ulrich. Aber eine Sache habt ihr vergessen.« Stefan machte eine kleine Pause. »Ihr habt vergessen, dass noch ein Ereignis direkt vor der Entführung stattfand.« Triumphierend blickte er in die Runde, bis sein Blick an Christoph hängen blieb. »Du bist aufgetaucht. Stellt euch mal vor, was das für den Vergewaltiger und Kindsvater bedeutet haben muss, als deutlich wurde, dass sein Sohn auftaucht und beginnt, seine Eltern zu suchen. Er musste damit rechnen, dass Nora ihr Schweigen aufgibt, wenn erst einmal Mutter und Sohn einander gefunden haben. Nehmen wir an, Andreas Karmann war der einzige Mitwisser. Der war tot. Also blieb nur noch Nora, die etwas sagen könnte.«

»Das heißt aber auch, dass sie in absoluter Lebensgefahr schwebt, Stefan. Ist dir das klar?« Susanne schaute mich besorgt an. »Wir haben keine Zeit zu verlieren. Sollen wir nicht doch die Polizei einschalten?«

»Gerade jetzt nicht.« Ich schüttelte den Kopf. »Wenn wir Druck aufbauen, bekommt er vielleicht Panik. Der Versuch, mich nach Kassel zu locken, war sicherlich nur ein Manöver, um uns von hier fernzuhalten. Dass wir das übergangen haben, kann ihn schon genug gereizt haben.« Mir brannten die Augen bei dem Gedanken, was Nora bereits alles zugestoßen sein konnte.

Sabine legte tröstend die Hand auf meinen Arm. »Ich glaube nicht, dass es zu spät ist. Lasst uns lieber überlegen, wie wir weiter vorgehen können.«

Susanne und Stefan füllten in der darauffolgenden Gesprächspause unsere Gläser, während wir anderen überlegten, was wir tun konnten.

»Sag mal, Stefan«, begann Raster erneut. »Wann wurde eigentlich öffentlich von dem Leichenfund gesprochen?«

Stefan schaute fragend zu Susanne herüber. »Ich glaube, am Dienstag stand es in der Zeitung.«

»Na, dann können wir uns wohl von unserer Theorie verabschieden«, meinte Raster lakonisch. »Nora wurde am Montagabend entführt.«

Wir schauten uns belämmert an und schwiegen.

Schließlich stand Stefan auf, eine tiefe Falte zwischen seinen Augen. »Eine Gruppe von Menschen hat allerdings bereits am Samstag davon erfahren. Und übrigens auch von deinem Erscheinen, Christoph.«

»Das Klassentreffen!« Susanne sprang ebenfalls erschrocken auf. »Es muss einer von uns sein. Einer, der am Samstagabend dabei war. Wie schrecklich ist das denn?«

»Schrecklich vielleicht, aber für uns …«

Die Burgers und Christoph guckten Raster irritiert an.

»Für uns von Vorteil«, ergänzte ich den mal wieder unausgesprochenen zweiten Teil des Satzes. »Wir haben so eine überschaubare Menge potenzieller Täter. Habt ihr eine Liste der Teilnehmer?«

Es wurde ein langer und anstrengender Abend. Irgendwann gegen Mitternacht gingen wir ins Wohnzimmer und machten dort weiter. Es war auch deswegen schwierig, weil wir die Liste um die Männer ergänzen mussten, die womöglich etwas von ihren Frauen erfahren hatten, selbst aber gar nicht auf dem Klassentreffen anwesend waren, da sie nicht zur Klasse gehörten. Damit wurde die Liste allerdings sehr lang und unübersichtlich. Wir versuchten es mit einem Ausschlussverfahren, bei dem es Stefan und Susanne tatsächlich gelang, einige Männer zu streichen, die sie am Montagnachmittag gesehen hatten und die daher nicht rechtzeitig in Dortmund hätten sein können.

Sabine, Philo und Raster saßen meistens schweigend dabei. Viel konnten sie zu dieser Arbeit nicht beisteuern.

Als es so gar nicht weiterging und die Liste noch etwa 35 potenzielle Täter enthielt, ließ sich Philo vernehmen: »Vielleicht müssen wir anders an die ganze Sache herangehen. Nicht, wer könnte es theoretisch gewesen sein, sondern, was ist wahrscheinlich. Zum Beispiel die Tatsache, dass sich Nora nie einem anderen anvertraut hat, lässt darauf schließen, dass der Täter in ihrem Umfeld war. Einen Fremden hätte sie viel eher angezeigt. Also, wer war in ihrer Klasse, in ihren Kursen? Wer verbrachte Zeit mit ihr? Versteht ihr, was ich meine?«

Stefan nickte nachdenklich. »Du hast wahrscheinlich recht. Aber das ist eine Aufgabe, die können nur Susanne und ich leisten. Warum machen wir nicht jetzt Schluss und treffen uns morgen wieder? Wir sind alle müde. Einverstanden?«

Wir stimmten zu und brachen gemeinsam mit Christoph auf.

Erschöpft gingen wir schweigend durch die dunklen Gassen der Stadt. Plötzlich packte mich Christoph am Arm und drehte mich zu sich herum. »Wie ist sie so?«, fragte er mich eindringlich.

Ich überlegte lange, ehe ich antwortete. »Du wirst sie lieben, Christoph«, sagte ich schließlich. »Sie ist so lebensbejahend, so fröhlich und unbeschwert, dass ich gar nicht verstehen kann, wie sie das ausgehalten hat. All die Jahre des Schweigens. Jetzt im Nachhinein fallen mir natürlich einige Momente ein, wo ich eine gewisse Traurigkeit in ihren Augen festgestellt habe. Manchmal sah sie so zerbrechlich aus, so verloren. Aber ich glaube, das sage ich nur, weil ich eben jetzt weiß, was sie erlebt hat. Du wirst sie lieben, glaub mir.«

Mit diesen Worten legte ich meinen Arm um seine Schultern, und wir folgten den anderen zum Hotel.

30. KAPITEL

Sein ganzer Körper brannte von den Anstrengungen der vergangenen Nacht. Aber es ging ihm gut. Die Freude über die gefundene Lösung das Problem »Nora« betreffend war längst größer als die Schmach, die er darüber empfunden hatte, dass Noras Mann seine Aufforderung ignoriert hatte, nach Kassel zu fahren. Deshalb hatte er eine passende Antwort geschrieben und auf den Weg gebracht. Ein mit seinem persönlichen Drucker gedruckter Brief war über einige Umwege und verschlungene Kanäle auf dem Weg ins Hotel nach Sobernheim, wo er die Leute aus Dortmund am Nachmittag ordentlich erschrecken würde. Da war er sich sicher.

Es war später Vormittag. Er hatte keine weiteren Termine an diesem Sonntag, und so ließ er sich Zeit, frühstückte ausgiebig, zog sich an und machte sich langsam auf den Weg zu seinem letzten Besuch bei Nora – zumindest bei der *lebenden* Nora, schoss es ihm durch den Kopf. Die *Entsorgung* konnte noch warten. Darum würde er sich später kümmern. Aber nicht jetzt. Im Moment musste er sich darauf konzentrieren, nicht wieder so manipuliert zu werden. Das durfte ihm nicht noch einmal passieren.

Normalerweise achtete er gar nicht darauf. Jetzt wurde es ihm plötzlich bewusst, als er mit seinem Wagen die üblichen Runden um die Obstwiese machte: Sein linkes Augenlid war ganz ruhig. Kein nervöses Zucken, kein Blinzeln. Still lächelte Gunther in sich hinein. Ein Kinderspiel. Nora wird Augen machen.

Er schloss die Haustür auf, betrat das Haus und schloss hinter sich ab. Dann stieg er die steile Treppe hinunter und öffnete die Kellertür.

Ihm stockte der Atem. Die Tür war nicht verschlossen, der Raum dahinter leer. Einen kurzen Moment war Gunther unfähig, sich zu bewegen. Wie war das möglich? Hatte er etwa vergessen abzuschließen, als er gestern hier gewesen war? Er konnte sich nicht mehr erinnern. Egal! Nora war weg. Alles stand auf dem Spiel. Seine gesamte Zukunft, sein Leben.

Hektisch schaute er durch den ganzen Raum, drehte sich um und wollte gerade nach oben laufen, als er über sich ein Geräusch hörte. Jemand machte sich an der Haustür zu schaffen. Gunther war sich sicher, dass er, als er das Haus betreten hatte, hinter sich abgeschlossen hatte. Eine Vorsichtsmaßnahme, die er von Anfang an eingehalten hatte. Wer war da oben?

Leise schlich er gebückt die Treppe hinauf Richtung Küche. Das Geräusch hatte mittlerweile aufgehört. Dafür hörte er jetzt aus dem kleinen Wohnzimmer das Klappern eines Fensters. Gunther ließ alle Vorsicht fallen und stürzte die letzten Stufen nach oben. Er durchquerte die Küche und den Flur, lief durch die offen stehende Tür ins Wohnzimmer, wo er voller Erstaunen stehenblieb. Fast musste er lachen, als er sah, dass Nora verzweifelt versuchte, durch das viel zu enge Fenster nach draußen zu kriechen. Sie steckte mit dem Kopf und den Schultern schon in der frischen Luft, mit dem Rest aber noch auf der alten Sitzbank und schrie aus vollem Hals um Hilfe. Dabei zappelte sie wie ein Fisch auf dem Trockenen.

Auch wenn das Haus sehr einsam lag, konnte Gunther das Geschrei nicht länger hinnehmen. Er nahm seine Pistole aus der Jackentasche, drückte sie Nora in den Rücken und sagte mit leiser, aber fester Stimme: »Du hörst sofort auf zu zappeln und zu schreien, sonst drücke ich ab. Haben wir uns verstanden?«

Augenblicklich verwandelte sich das laute Gezeter in ein verzweifeltes Wimmern und Nora wehrte sich nicht, als Gunther sie um die Hüfte packte und aus ihrer misslichen Lage befreite.

»Was machst du hier?«, fragte er sie ehrlich verwundert. »Habe ich gestern tatsächlich vergessen, die Kellertür abzuschließen? Aber warum bist du dann nicht schon längst über alle Berge?«

Schluchzend brach Nora vor ihm auf dem Holzboden zusammen. »Ich habe das erst bemerkt, als du gerade vorgefahren bist.« Gunther konnte sie vor lauter Schniefen und Schluchzen kaum verstehen. »Ich habe aus Wut, als ich dich hörte, an der Tür rütteln wollen, und da ging sie plötzlich auf.« Wieder übermannte sie ein Weinkrampf. »Ich kam gerade nach oben, bevor du runtergingst. Aber dann war die Haustür zu … Warum musst du die denn auch abschließen?« Nora schrie jetzt und blitzte Gunther aus zornigen, tränenverschmierten Augen an.

Er zog sie hoch und drängte sie sanft zur Kellertreppe. »Komm jetzt, Nora«, sagte er und führte sie zurück in ihr Gefängnis.

Nora ließ sich auf ihrer Pritsche nieder und weinte still vor sich hin, während Gunther mit seinen Vorbereitungen begann. Zunächst säuberte er den Aborteimer, dann räumte er alle Einmachgläser in Kisten und trug sie nach oben, wo er sie auf dem Küchentisch stapelte. Bei diesen Gängen achtete er akribisch darauf, die Tür jedes Mal hinter sich zuzuschließen. Aber Nora war viel zu lethargisch und entsetzt über die verpasste Chance, als dass sie einen erneuten Fluchtversuch gewagt hätte.

Als Gunther zum zweiten Mal aus der Küche zurückkam, fand er Nora nur noch ab und zu schniefend auf ihrer Decke sitzend.

»Was machst du da?«, fragte sie ihn.

»Hast du noch mehr Müsliriegel versteckt?«, fragte Gunther zurück.

»Ja, hier sind noch drei.« Nora wies auf ein Regal. Gunther steckte die letzten drei in seine Jackentasche und schaute sich um. Dann nahm er zwei volle Wasserflaschen, die in einer Ecke standen, und verschwand abermals Richtung Küche.

In Nora machte sich eine fürchterliche Ahnung breit. Wie ein Ganzkörper-Eispack versuchte eine allumfassende Kälte von ihr Besitz zu ergreifen und sie einzuschließen. Gunther wollte sie tatsächlich verhungern und verdursten lassen. Erst ganz allmählich begann ihr Gehirn zu funktionieren. Viel zu langsam und gleichzeitig viel zu hektisch überschlugen sich die Gedanken. Eine Flasche hatte er noch nicht gesehen. Sie lag unter ihrem Feldbett und war fast voll. Panisch sprang Nora von der Pritsche und griff danach. Aber wohin damit? Sie hörte bereits seine Schritte auf der Treppe. Der Schlüssel drehte sich und Gunther stand im Raum.

»Hör mal, da muss noch eine Flasche Wasser sein, wenn ich richtig gezählt habe«, schaute er Nora fragend ins Gesicht.

»Nein, du hast jetzt alles weggeschafft. Warum überhaupt? Was soll das Ganze? Du willst mich doch nicht etwa verdursten lassen?« Nora musste sich kaum zu dem hysterischen Lachen zwingen, das aus ihrer Kehle kam.

Gunther nahm die Kiste, auf der er einige Male gesessen hatte, zog sie dicht an Noras Bett heran und setzte sich. »Hör zu, Nora! Du hast recht. Ich kann dich nicht einfach umbringen, erschießen, erdrosseln oder was auch immer. Außer vielleicht in einer Notsituation, wie vorhin.«

Gunther brachte doch tatsächlich ein Lächeln zustande. Eine fürchterliche Übelkeit stieg in ihr auf.

»Nein. Einfach umbringen kann ich dich nicht. Aber du musst verstehen, dass du die einzige Person bist, die mein Leben zerstören kann und würde, wenn ich dich freiließe. Also musst du sterben. Ganz klar. Nur dass mein Anteil daran lediglich darin besteht, dass ich dir nicht helfen werde zu überleben. Unterlassene Hilfeleistung sozusagen. Damit kann ich leben.« Gunther grinste.

»Das kannst du doch nicht machen. Weißt du, wie schrecklich verdursten ist? Willst du mich diesen Qualen bewusst aussetzen?« Noras Panik wuchs immer weiter. Bleib ruhig, ermahnte sie sich, bleib ruhig! Was kann ihn noch umstimmen? Er ist doch eigentlich sensibel. Sollte sie es noch einmal mit der Frage nach seiner Liebe zu ihr versuchen? Nein, das würde er sofort durchschauen. Was dann? Fieberhaft rasten ihre Gedanken: Gunther in der Schule, Gunther der Vergewaltiger, Gunthers Familie … Die Familie! Da war doch was.

»Gunther, mal was ganz anderes.« Irritiert schaute Gunther auf. Nora bemerkte erleichtert ein leichtes Zucken an seinem linken Auge.

»Was ist denn noch?«

»Ich wollte dich immer mal nach deiner Schwester fragen. Du hast mir damals erzählt, sie wäre nach Belgien ausgewandert. Was macht sie dort eigentlich? Oder ist sie nicht mehr dort?«

Gunthers Blick wurde unruhig. Er suchte einen Fixpunkt, fand aber keinen. Bleib dran, ermahnte sich Nora.

»Ich weiß gar nicht genau, ob sie noch lebt. Wir haben keinen Kontakt mehr. Schon lange nicht. Aber was soll das eigentlich? Was interessiert dich meine Schwester?«

»Nun. Du hast sie doch bestimmt mal geliebt, oder? Mindestens so wie mich. Wie würde es dir gehen, wenn du wüsstest, dass deine Schwester furchtbare Leiden ertragen muss. Könntest du das aushalten?« Red nicht zu viel, Nora!

Gunthers Blick schien ins Leere zu gleiten. Als wäre er in einer anderen Welt.

Sie rückte jetzt ganz nah an ihn heran. »Steckst du nicht den Kopf in den Sand, wenn du behauptest, du wüsstest nicht, ob sie noch lebt. Willst du dich nicht einfach nur vor den Gedanken schützen, es könnte ihr schlecht gehen? Hast du vielleicht früher schon einmal mitbekommen, dass deine Schwester leiden musste, und willst das nur nicht noch einmal erleben?« Den letzten Satz hatte Nora aus der Hüfte geschossen. Sie hatte von der Vergangenheit der beiden Geschwister keine Ahnung. Aber davon, dass die Kindheit nicht toll gewesen sein konnte, war sie überzeugt.

Ihr Insistieren schien etwas bewirkt zu haben. Gunther wirkte wie vor den Kopf gestoßen. Er sagte nichts mehr, stierte nur vor sich hin, bis er sich langsam fing. In Nora keimte Hoffnung auf. Hatte sie es geschafft? War ihr Martyrium gleich vorbei?

Gunther sah sie traurig an, stand auf und blickte sich gründlich um. »Leb wohl, kleine Nora! Meine Schwester hat nichts mit dir zu tun. Überhaupt hat das alles nichts miteinander zu tun. Ich hoffe, dass es schnell geht und du nicht zu sehr leidest.« Er flüsterte so leise, dass Nora sich anstrengen musste, ihn zu verstehen.

Dann drehte er sich auf dem Absatz um, verließ den Kellerraum und ließ eine Nora zurück, die in dem Nebel der Verzweiflung nur noch wahrnehmen konnte, dass Gunther diesmal nicht vergaß, die Türen gründlich abzuschließen.

31. KAPITEL

»Ist er da?« Sonja Äckersberg lugte durch die offen stehende Bürotür in das Sekretariat ihres Mannes.

Frau Huvelsiep, ihres Zeichens langjährige Vertraute und Privatsekretärin von Martin Äckersberg, schob die halbe Lesebrille ein Stück tiefer und blinzelte über den Rand ihres Monitors. »Ach, Chefin! Das ist ja nett, dass Sie uns mal besuchen kommen! Sie waren ja schon Ewigkeiten nicht mehr hier.« Gleichzeitig vermittelte sie den Eindruck, als dürfte man diesen Zustand auf keinen Fall verändern. »Was kann *ich* denn für Sie tun?«, wobei sie das kleine Wort deutlich betonte.

»Wie gesagt, ich wollte nur meinen Mann sprechen – wenn es möglich ist.« Sonja Äckersbergs Ton war vielleicht eine Nuance lauter geworden, aber ihr Lächeln war ungebrochen.

»Tja, da muss ich nachschauen.«

Es war für Sonja ein langweiliges, altes Spiel, das eigentlich vor 20 Jahren, nach Beendigung der Probezeit von Frau Huvelsiep, angefangen hatte. Aber Martin hatte sie schon so oft gebeten, darüber hinwegzusehen, weil »die Huvelsiep eine unbezahlbare Kraft ist, die ich auf keinen

Fall verlieren möchte«, wie er sich immer ausdrückte. Also schluckte sie auch dieses Mal ihren Ärger herunter und wartete geduldig, bis ihr die Sekretärin die Tür zum Allerheiligsten aufhielt.

Ihr Mann, Martin Äckersberg, war eine stattliche Erscheinung. Seine wohlproportionierten Muskeln an Armen, Beinen und Bauch hätten ihn als 42-Jährigen statt als 52-Jährigen durchgehen lassen können. Sein volles dunkles Haar trug er modisch kurz geschnitten.

Martin war erfolgsverwöhnt. Er hatte nach seinem BWL-Studium die väterliche Papierfabrik in Kirn übernommen und innerhalb von fünf Jahren den Umsatz verdoppeln können. Schon in der zweiten Amtszeit saß er im Kirner Rathaus als Stadtrat und hatte außerdem den Vorsitz des städtischen Sozialausschusses inne.

Sein Handicap im Golfclub Nahegrund war besser als das des Vorsitzenden Stefan Burger, was Martin diebisch freute, und seine Knochen und Gelenke gestatteten ihm jedes Jahr aufs Neue einen intensiven Skiurlaub im Val di Fiemme.

Er liebte seine Frau Sonja, die er auch nach 25 Ehejahren regelmäßig mit Blumen und kleinen Geschenken verwöhnte. Ja, man konnte sagen, Martin Äckersberg war eine Ausnahmeerscheinung. Er strotzte normalerweise vor Glück und Zufriedenheit und hatte offensichtlich auch allen Grund dazu.

Und das war der Haken: Seit etwa zehn Tagen – Sonja konnte es nicht genau datieren – hatte ihr Mann sich verändert. Sein üblicherweise strahlendes Lächeln war einer einstudierten Maske gewichen. Seine sonst so aufmerksamen Augen, die alles erfassten, was Sonja fehlen könnte, angefangen von der Lieblingsmarmelade auf dem Frühstückstisch bis hin zum vergessenen Handy, irrten in diesen Tagen unruhig hin und her, ohne etwas Wesentliches mitzubekommen. Zweimal war es ihm in der vergangenen Woche passiert, dass er ungleiche Socken angezogen hatte, was Sonja in all den Ehejahren nicht einmal erlebt hatte.

Und heute Morgen dann – Sonja konnte es nicht fassen. Sie hatten beim Frühstück zusammengesessen, und sie hatte ihn um ein Brötchen gebeten. Der Brotkorb hatte direkt neben seinem Teller gestanden. Zunächst hatte er gar nicht reagiert, um dann auf ihre zweite Frage hin vollkommen auszurasten. Er hatte sie angeschrien, sie solle sich um ihren eigenen Kram kümmern und was das überhaupt hier wäre, dieses scheinbare Eheglück, sie – Sonja – hätte ihm nicht einmal Kinder geschenkt. Er hätte die Nase voll und wollte eigentlich nur noch weg.

Sonja war wie versteinert sitzen geblieben, unfähig, auch nur einen Ton herauszubringen. Als Martin schließlich schnaufend und vor sich hin zeternd mit einem lauten Knall die Haustür ins Schloss geworfen hatte, war sie noch einige Zeit sitzen geblieben. Zunächst schweigend und fassungslos, dann verzweifelt weinend. Erst langsam wurden ihre Gedanken wieder klar: Hier stimmte etwas nicht. Aber was es auch war, Sonja würde sich nicht davon kleinkriegen lassen. Niemand und nichts würde ihr nach 25 Jahren diese Ehe mit Martin kaputtmachen.

Sie hatte sich fertig angezogen und sich bewusst zu Fuß auf den Weg zur Firma gemacht, um Zeit zum Nachdenken zu haben.

Das erste Mal war ihr eine Veränderung am Sonntag nach dem Klassentreffen in Sobernheim aufgefallen. Richtig, sie erinnerte sich daran, Martin nach dem Ablauf des Abends gefragt zu haben, auf den er sich schon lange gefreut hatte. Dieser hatte aber nur kurz und knapp geantwortet. Letztendlich hatte er seine ungewohnt schrullige Art mit einem Kater abgetan. Es wurde aber die ganze Woche nicht besser. Dazu kam, dass er einige Abende nicht zu Hause verbrachte, ohne ihr zu sagen, wo er hinging. Je mehr Sonja auf ihrem Weg darüber nachgedacht hatte, desto sicherer wurde sie, dass eine andere Frau dahintersteckte. Aber damit würden sie fertigwerden. Das durfte keine Bedrohung sein. Zu viel hatten sie sich aufgebaut, zu viel miteinander erlebt und erkämpft.

Mit wild klopfendem Herzen und einer tiefen Entschlossenheit schritt Sonja durch die Tür ins Arbeitszimmer ihres Mannes, der erstaunt von einigen Papieren aufschaute.

»Liebling, was für eine schöne Überraschung! Du kommst mir zuvor. Ich wollte noch diesen Vorgang beenden und wäre dann nach Hause gekommen. Ich möchte mich bei dir entschuldigen.« Bei diesen Worten kam Martin Äckersberg um seinen Schreibtisch herum und strebte mit offenen Armen auf seine Frau zu, die ihn verdutzt ansah.

»Ich habe mich heute Morgen so bescheuert verhalten und dir wehgetan. Bitte verzeih mir!«

»Was ist denn nur los mit dir in den letzten Tagen? Ich habe dich gar nicht mehr wiedererkannt.« Sonja konnte endlich etwas sagen, nachdem Frau Huvelsiep die Tür hinter sich geschlossen hatte. »Erklär es mir!«

»Natürlich«, Martin drückte seine Frau sanft in einen der kleinen Ledersessel, die eine Sitzgruppe vor dem Fenster bildeten, und setzte sich neben sie. »Es ist nichts Schlimmes. Es geht nur um einen Auftrag. Ich hab dir vor ein paar Wochen davon erzählt. Dieses große Ding aus Frankreich.«

Sonja nickte. Ja, sie hatten sogar mit Champagner darauf angestoßen, weil das Auftragsvolumen ungewöhnlich hoch war.

»Nun. Und da hat leider mein größter Konkurrent zugeschlagen. Er hat dem französischen Kunden ein solch unglaublich günstiges Angebot unterbreitet, da komme ich nicht mit. Kurzum: Ich habe den Auftrag verloren.« Martin nahm Sonjas Hände in seine und drückte sie sanft. »Aber das war natürlich kein Grund, so unmöglich zu dir zu werden. Bitte verzeih mir!«

»Natürlich verzeih ich dir, Martin. Ich hatte mir schon ganz andere Sorgen gemacht. Ist doch nicht so schlimm. Uns geht es doch gut, oder?«

Er antwortete aber nicht, und sein Blick verlor sich in der Ferne.

Wo bist du nur, Martin Äckersberg? Was, verdammt noch mal, stimmt hier nicht, dachte Sonja und begann nun erst recht, sich große Sorgen zu machen.

32. KAPITEL

Die eindringliche Erwähnung der Schwester hatte Gunther aus dem Konzept gebracht.

Über so viele Jahre hinweg hatte er erfolgreich jeden Gedanken an seine ältere Schwester verdrängt. Und wieder war es diese Frau, die alles durcheinanderbrachte. Warum hatte sie gerade mit ihr anfangen müssen? Unruhig durchschritt er, wie wenige Tage zuvor, seine Wohnung.

Katja. Er murmelte den Namen, als wäre es das erste Mal. Katja.

Natürlich hatte er seine Schwester geliebt. Damals, als er noch ein kleiner Junge war, bevor das Grauen begann. Was war passiert, dass seine Gefühle so erkaltet waren? Und vor allem wann?

Gunther dachte zurück an jene schreckliche Nacht, als der Vater zum ersten Mal im Kinderzimmer aufgetaucht war. Hier hatte die Veränderung begonnen.

Er blieb vor seinem großen Panoramafenster stehen und starrte hinaus über die Dächer von Mainz. An klaren Tagen konnte er den Pfälzer Wald erkennen, der aber heute im Dunst der sommerlichen Hitze nicht zu sehen war.

Es war tatsächlich Neid. Er war anfangs neidisch auf seine Schwester gewesen, die so viel Zuneigung von ihrem Vater bekam, während er das Nachsehen hatte. Aber bei Neid war es nicht geblieben. Das ging auch gar nicht, da er schon bald verstand, dass das Handeln des Vaters ekelhaft, schmerzhaft und demütigend war. Angestrengt dachte er nach, nahm sich ein Glas Cognac aus seiner verchromten Bar und setzte sich in seinen Lieblingssessel. Leise summte die Klimaanlage, ansonsten drang kein Laut in die Penthousewohnung. Zum ersten Mal seit Jahren war er ganz bei sich. Nicht bei der Frage, wie er den Schein aufrechterhalten könnte, nicht bei der perfiden Planung, seine Gelüste möglichst perfekt zu stillen, nein ganz bei sich: der Person Gunther Hoffmann und seiner ureigenen Geschichte.

Und mit einer Klarheit, die Schmerzen verursachte, die schneidend war wie gesprungenes Eis, kam die Erkenntnis: Je mehr seine Schwester vor ihm leiden musste, desto stärker verschloss er sich vor ihr, um nicht selbst leiden zu müssen. Er wollte, dass seine Schwester ihm egal wurde, damit ihn ihre Qual nicht weiter quälte. Und es gelang. Katja wurde ihm immer gleichgültiger und mit ihr das Leid all jener Frauen, die er später misshandeln sollte.

Was hatte Nora ihn gefragt? »Wie würde es dir mit dem Wissen gehen, dass deine Schwester furchtbare Leiden ertragen muss?« Er hatte dieses Wissen und hatte es erfolgreich sein ganzes Leben lang verdrängt. Nicht nur das: Er hatte trotz dieses Wissens das gleiche Leid anderen Frauen zugefügt. War er wirklich so ein Monster? Noch nie hatte Gunther sich moralische Gedanken über seinen Umgang mit Frauen gemacht. Es war ihm natürlich bewusst, dass man mit diesen Vorlieben nicht in der Öffentlichkeit hausieren gehen konnte, vor allem nicht in einer solch exponierten Position, aber hieß das automatisch, dass es gar nicht ging? Bisher hatte er sich diese Frage nicht gestellt. Die entsprechenden Bedürfnisse waren da, also mussten sie befriedigt werden. War er früher gefragt worden, was er wolle und was nicht? Als er jetzt seit langer Zeit wieder an seine Schwester dachte, meldete sich zum ersten Mal eine moralische Instanz. Konnte er tatsächlich vor dem Leid der Frauen, die nicht selten seine Opfer waren, die Augen verschließen, so wie er Katja mit ihrem Schicksal verdrängt hatte? War er nicht, ganz ähnlich wie sein Vater, nur auf die eigenen Bedürfnisse fixiert, ohne die Wünsche anderer zu bedenken? Natürlich hatte Gunther immer den Vergleich mit seinem Vater abgelehnt. Dieser war ständig betrunken gewesen, ein asozialer, stinkender Trottel. Während er ein Mann von Welt, mit Niveau und Bildung, hervorragenden Kontakten, einer brillanten beruflichen Karriere war – und doch fast dasselbe getan hatte wie sein Vater.

Gunther wurde schwindelig. Das Regal zu seiner Rechten bekam plötzlich Schieflage und drohte umzufallen.

Obwohl er saß, musste er sich an der Armlehne seines Sessels festhalten.

Katja! Wo bist du, was machst du? Wie geht es dir? Wie konnten wir uns so aus den Augen verlieren?

Ein eigenartiges, gequältes Geräusch drang in Gunthers Bewusstsein. Seine Augen und Wangen begannen zu brennen, bis ihm klar wurde, dass er weinte. Gunther Hoffmann weinte und weinte und konnte gar nicht mehr aufhören. Erschöpft schluchzend sank er schließlich auf seinen Wohnzimmerteppich, rollte sich zusammen wie ein kleines Kind und fiel in einen tiefen, erlösenden Schlaf.

Eine halbe Stunde später wachte er auf und spürte sofort, dass etwas anders war. Er konnte es nicht fassen und nicht benennen, aber was er definitiv wusste, war, dass es ihm Angst machte.

33. KAPITEL

Stefan hatte uns eine Liste mit zehn Männern mitgebracht, die die von uns aufgestellten Kriterien erfüllten. Uns war bewusst, dass diese Liste vollkommen falsch sein konnte, denn die Einschlussbedingungen waren äußerst hart gewählt: Erstens sollte sie nur Männer enthalten. Soweit nachvollziehbar. Zweitens sollten nur Männer darin vorkommen, die am vorletzten Samstag auf dem Klassentreffen anwesend waren und so frühzeitig von dem Leichenfund am ehemaligen Silbersee gehört hatten. Drittens wurden diejenigen ausgeschlossen, mit denen Nora in den letzten Schuljahren keinen Kontakt mehr gehabt hatte. All das war schlüssig, aber äußerst spekulativ.

Wir, das heißt Sabine, Philo, Raster, Christoph, Stefan und ich, saßen an diesem Montagmorgen in einem Café am Sobernheimer Marktplatz. Wir waren die einzigen Gäste und konnten frei und offen sprechen.

»Findet ihr nicht, dass die Kriterien zu eng gefasst sind?« Sabine war unsicher und skeptisch, und auch Philo nickte zustimmend: »Sabine hat recht. Es bleiben gerade mal zehn übrig, aber wenn ich mir diese Liste angucke, dann sind das alles gestandene Bürger unserer Gesellschaft. Wer soll denn da bitteschön ein Vergewaltiger, Entführer und eventuell ein Mörder sein?«

»Wen haben wir denn da konkret?« Ich wollte mich in die Geschichte dieser mir unbekannten Männer einarbeiten, aber Raster unterbrach mich.

»Halt! Stopp! Das hat so keinen Sinn. Außer Stefan kennt keiner von uns diese Leute. Und könntest du einen von denen konkret verdächtigen?« Stefan schüttelte den Kopf.

»Also«, Raster fühlte sich offensichtlich bestätigt.

»Ja, und was heißt das jetzt?« Ich war langsam etwas entnervt. Es ging so nicht weiter.

»Na, ist doch klar«, antwortete Raster unbeeindruckt. »Wir, also Philo, Sabine und ich, ziehen uns mal für ein paar Stündchen zurück, mit diesem Schätzchen hier natürlich«, und dabei wies er auf seinen Laptop, den er immer bei sich trug, »und dann treffen wir uns wieder, okay?«

Stefan bot sich noch an, mit weiteren Informationen zu helfen, aber Raster winkte dankend ab: »Nee, lass mal stecken! Alles, was du uns bis jetzt gegeben hast, reicht, um im Netz die relevanten Daten …«

Wir wussten, was er sagen wollte und ließen die drei ziehen. Für den Nachmittag hatten wir uns erneut verabredet, um unsere Erkenntnisse zusammenzutragen.

Christoph, Stefan und ich überlegten, was wir in der Zwischenzeit Sinnvolles tun konnten, doch uns fiel nichts ein. Und so wünschte sich Christoph, eines der liebsten Ausflugsziele seiner Mutter aus ihrer Schulzeit kennenzulernen, und ich konnte mich diesem Wunsch nur anschließen.

Stefan überlegte lange, bis sich plötzlich sein Gesicht aufhellte. »Ich weiß da was. Lasst euch überraschen. Nora war richtiggehend verliebt in diesen Ort, allerdings brauchte sie immer einen Fahrer, ist nämlich nicht gerade um die Ecke. Habt ihr Lust?«

Gerne willigten wir ein, stiegen in Stefans Auto und fuhren Richtung Süden, wobei die Straßen und Dörfer, die wir passierten, immer kleiner und verlassener wurden. Schließlich erreichten wir nach etwa 20 Minuten Fahrt das Dorf Hundsbach, in dem Stefan links von der Hauptstraße abbog, einem Feldweg folgte, bis er endlich an einem Waldrand den Wagen parkte.

»Von hier aus geht es noch ein kleines Stückchen zu Fuß weiter«, sagte er und ging voraus.

»Wo führst du uns hin?«, fragte Christoph, neugierig geworden.

»Zum sogenannten Ringberg«, meinte Stefan nur. »Ihr werdet schon sehen.«

Nach vielleicht zehn Minuten Fußmarsch war der leicht ansteigende Waldstreifen zu Ende, und wir fanden uns an einem senkrechten Abbruch wieder. Bis zu 15 Meter Fels und danach noch weitere 80 Höhenmeter steile, aber bewaldete Abhänge ließen mich im ersten Augenblick zurückweichen. Nachdem ich den aufkommenden Schwindel niedergekämpft hatte, wurde mein Blick weit, und ich erkannte das Gigantische dieses Fleckchens Erde. Wir hatten einen fantastischen Blick Richtung Süden und Südwesten, zig Kilometer weit in den Pfälzer Wald hinein, Richtung Kaiserslautern, ins Saarland und bis nach Frankreich. Wälder, Felder und kleine Dörfer lagen vor uns wie von einem liebevollen Künstler gemalt und verloren sich schließlich am Horizont. Dazu kam die Stelle selbst: Wir standen auf weichen, von der Sonne angewärmten Moosinseln, drum herum niedrige Büsche, kniehohes, gelbes Gras und urtümliche von heftigen Herbststürmen bizarr verzerrte Eichen. Es roch intensiv nach Sommer. Es wehte ein warmer Wind, und als ich mich hinsetzte und die Augen schloss, spürte ich, wie sich alles in mir nach Nora sehnte und ich all das Schreckliche der letzten Tage vergessen wollte.

Stefans Worte rissen mich aus meinen Träumen: »Wenn ich deinen Gesichtsausdruck richtig deute, Uli, dann hast du gerade genau das erlebt, was Nora hier hingezogen hat. Wir waren einige Male zusammen hier, vor allem in den letzten Monaten vor dem Abi. Hier wirkte sie entspannt und ruhig. All das, was sie umtrieb, das sie in der letzten gemeinsamen Zeit so unruhig gemacht hatte, war wie weggeblasen. Es ist, glaube ich, die Magie dieses Ortes, die alles so leicht werden lässt.«

Wir saßen mittlerweile alle drei im warmen Moos und ließen unsere Blicke träge über das Land schweifen. Minutenlang sagte keiner etwas. Die Nachmittagshitze flirrte um uns herum, und selbst die Vögel, die wir bei unserer Ankunft gehört hatten, hielten nun Siesta.

In diese Stille hinein fragte Christoph: »Sag mal, Stefan. Wenn du hier so sitzt und über nichts nachdenkst –

soweit das geht. Und ganz schnell aus dem Stegreif sagen müsstest, wen du von deiner Liste am ehesten verdächtigen würdest. Was würdest du antworten? Denk nicht nach! Einfach aus dem Bauch heraus!«

Erwartungsvoll sahen wir zu Stefan herüber, der sich nicht bewegte und seine Augen halb geschlossen hielt.

Nach zwei Minuten Schweigens und gespannten Abwartens antwortete Stefan schließlich ruhig, aber bestimmt:

»Gunther. Gunther Hoffmann, den Staatssekretär.«

34. KAPITEL

Wir waren fast in Sobernheim, als Stefan sich endlich bereit erklärte, seine Verdächtigung näher zu erläutern: »Nicht dass ihr denkt, ich habe Beweise, es ist nur so ein Bauchgefühl, und ich kann damit völlig falsch liegen!«

»Aber worauf begründet sich dieses Gefühl? Da muss doch etwas sein, das das in dir auslöst!«, insistierte Christoph, während er sich angespannt nach vorn beugte. Er saß hinten, ich auf der Beifahrerseite und Stefan steuerte konzentriert seinen Wagen durch kleine Weiler und über kurvenreiche Straßen.

»Es ist so, dass Gunther, seit ich ihn kenne, ein Einzelgänger war und ist. Er hatte, soweit ich weiß, nie eine Beziehung, weder mit einer Frau noch mit einem Mann. Er war zwar immer dabei, aber nie wirklich in einer Clique. Er gehörte zu uns wie, ja wie die Kälte zum Winter: nicht immer schön, aber eine Tatsache. Heute ist das ganz anders. Allein durch seine berufliche Stellung ist Gunther angesehen. Er hat seinen verdienten Platz in der Gesellschaft und auch in den diversen Kreisen in Mainz und hier in Sobernheim: Stammtisch, Golfclub und so weiter. Ihr versteht schon.« Stefan verstummte.

»Entschuldige bitte. Aber findest du nicht auch, dass sich das ganz schön stilisiert anhört, was du da erzählst?« Ich schaute Stefan von der Seite her an. »Ich meine, so spricht man nicht über einen guten Kumpel, geschweige denn über einen Freund. Ist er immer noch ein Einzelgänger wie früher?«

Stefan zögerte, dann nickte er. »Ja. Das ist er. Keiner wird so richtig warm mit ihm. Er ist nicht unfreundlich oder blöd, aber er lässt auch keinen an sich heran. Das macht ihn natürlich nicht zu einem Vergewaltiger, bitte versteht mich nicht falsch. Aber alles in allem, ist er der einzige Kandidat, dem ich so etwas zutrauen würde.«

Das Café am Marktplatz war jetzt am Nachmittag deutlich besser besucht als heute Morgen. Nur ein durch einen großen Sonnenschirm beschatteter Tisch war frei. Wir bestellten Kaffee und warteten auf die anderen drei.

»Meint ihr, dass die so schnell etwas herausfinden konnten?«, zweifelte Christoph.

Stefan zuckte mit den Schultern.

»Ich kann nur sagen«, begann ich und beugte mich vor, damit alle mich verstehen konnten, »dass Raster einige Hackersoftware dabei hat, für die sich sogar der BND interessieren würde. Wenn es etwas zu finden gibt, dann findet er es.«

In diesem Moment bogen die drei Erwarteten auf den Marktplatz ein und schauten sich nach uns um. Sabine eilte zu uns rüber, als sie uns erspäht hatte. Sie wirkte aufgeregt.

»Ist alles in Ordnung?«, fragte ich sie.

»Wir können hier nicht reden«, antwortete Sabine kurzatmig. »Lasst uns ins Hotel gehen, da sind wir ungestörter!«

Stefan legte kurzerhand einen Zehn-Euro-Schein auf den Tisch und sprang auf. »Also los!«

Wir folgten Raster und Philo, die vorausgegangen waren, bis wir alle in meinem Hotelzimmer saßen.

»Was ist denn los? Habt ihr etwas Wichtiges gefunden?« Christophs Anspannung schwang mit jedem seiner Worte mit.

»Das hier ist abgegeben worden.« Sabine reichte mir einen neutralen weißen Briefumschlag. Mein Name und der des Hotels waren als Adresse vorn aufgedruckt. Ich öffnete ihn vorsichtig und zog ein zweifach gefaltetes Blatt Papier heraus. Laut las ich vor:

»Schade! Es wäre besser gewesen, Sie wären nach Kassel gekommen und hätten bezahlt. Die Verantwortung für das, was jetzt passiert, liegt bei Ihnen. Nicht bei mir.«

»Ich habe so etwas befürchtet«, war Sabines erste Reaktion, nachdem wir uns alle sekundenlang erschrocken angeschaut hatten. »Überbewerten würde ich das allerdings nicht. Hier will uns jemand Angst machen. Zeigen, dass er alles mitkriegt. Er will demonstrieren: Ich weiß, wo ihr steckt. Ich habe die Macht über alles, was geschehen wird.«

»Trotzdem sollten wir das ernst nehmen«, meinte Stefan. »Auch wenn ich das genauso sehe. Wir brauchen jetzt keine Panik bekommen. Aber die Zeit wird knapper.«

Ich schwieg zu all dem und bemühte mich verzweifelt, die Schuldgefühle abzudrängen, die mich fertigmachen wollten.

»Du hast dich richtig entschieden, Uli«, sagte Sabine und streichelte über meinen Arm. »Dich trifft keine Schuld. Komm, lass uns weitermachen, okay?«

Ich nickte. »Hilft uns der Brief irgendwie weiter, was die gesuchte Person angeht?«

»Nur insofern«, antwortete Raster, der den Brief mittlerweile genau studiert hatte, »als dass der Brief wieder im Stil des ersten gehalten ist. Orthografisch einwandfrei und derselbe Drucker wie bei der allerersten Nachricht.«

Wir hatten es uns alle mittlerweile auf dem Bett und zwei kleinen Sesseln so gut es ging bequem gemacht.

Sabine nahm den Faden auf: »Raster hat, wie ihr wisst, die Möglichkeit, durch bestimmte Verfahren, auf die ich nicht näher eingehen möchte, Zugang zu gewissen Zentralcomputern zu erlangen. Dazu gehören auch die Verbrechensregister der Landeskriminalämter und des BKA.« Fünf Augenpaare hingen gebannt an Sabines Lippen.

»Wir haben jedenfalls die Namen der zehn Männer, die du uns gegeben hast, Stefan, durch diese Register laufen lassen. Einfach so, ohne jegliche Einschränkung. Das heißt, jedes Verbrechen, das einer von diesen zehn begangen hätte und das die Relevanz gehabt hätte, zumindest beim LKA registriert zu werden, wäre uns aufgefallen.«

Stefan wurde ungeduldig: »Wäre, wäre. Heißt das, ihr habt nichts gefunden?«

»Kein Verbrechen, nein«, schaltete sich jetzt Philo ein. »Aber einen Anfangsverdacht.«

Sabine übernahm wieder: »Im Sommer 1985 wurde in Regensburg eine junge Studentin im dortigen Schlosspark Emmeram brutal vergewaltigt. Sie ging damals sofort zur

Polizei, was nicht gerade selbstverständlich ist, und zeigte einen Mann an, den sie aber leider nur schlecht beschreiben konnte. Er hatte dunkle Kleidung und eine Schutzmaske getragen. DNA konnte ebenfalls nicht sichergestellt werden, da er offensichtlich ein Kondom benutzt hatte. Allerdings ergab die Zeugenbefragung, dass sich nur vier Männer zum fraglichen Zeitpunkt in dem betreffenden Teil des Parks aufgehalten haben sollen. Diese Männer wurden natürlich verhört, zwei von ihnen konnten sofort entlastet werden, gegen die anderen beiden wurde zumindest ein Anfangsverdacht erhoben. Deshalb kamen diese Daten auf den LKA-Server, da bei einem Anfangsverdacht auf Vergewaltigung sofort eine Abfrage über ähnliche Fälle im Zusammenhang mit diesen Personen gestellt wird.«

Raster, der bisher geschwiegen und ungewöhnlich still auf der Bettkante gehockt hatte, hob nun seinen Kopf und schaute uns alle der Reihe nach an: »Gunther Hoffmann.«

Stefan stöhnte auf. Mich riss es von meinem Sessel, während Christoph resigniert auf seine Schuhe starrte.

Irritiert sah Sabine zu uns herüber: »Was ist los? Habt ihr damit gerechnet, oder warum reagiert ihr bei diesem Namen so empfindlich?«

Stefan erklärte den dreien, welche Vermutung er bereits auf dem Ringberg geäußert hatte.

»Aber was heißt das jetzt konkret? Gehen wir damit zur Polizei? Konfrontieren wir den sauberen Herrn Staatssekretär, der wahrscheinlich mein Vater ist, direkt mit unserem Verdacht? Was?« Verzweifelt schlug Christoph seine Hände vors Gesicht.

Wieder war es Sabine, die ihn in den Arm nahm und festhielt.

Wir anderen überlegten hin und her, was das beste Vorgehen wäre, bis schließlich Stefan laut dazwischenrief: »Stopp, Leute! Hört mal zu! Wir haben ein großes Problem. Uns läuft die Zeit davon. Wie wir spätestens seit dem neuen Brief wissen, besteht die Gefahr, dass Gunther, oder wer immer es sein soll, irgendwann ausrastet. Zudem haben wir nichts in der Hand, das beweisen würde, dass es sich wirklich um Gunther Hoffmann handelt. Die Tatsache, dass er schon einmal verdächtigt wurde, vergewaltigt zu haben, heißt noch lange nicht, dass er es tatsächlich getan hat und auch nicht, dass er der Entführer von Nora ist.«

»Du hast vollkommen recht«, Philo nickte zustimmend. »Egal wen wir mit unserem Verdacht konfrontieren, ohne Beweise bringt das gar nichts.«

»Also müssen wir Beweise finden. Die Frage ist nur, wie.« Sabine kaute auf ihrer Unterlippe, was Raster zu schmachtenden Blicken hinreißen ließ.

Bei mir war in den letzten Minuten ein Gedanke herangereift, der es jetzt wert war, ausgesprochen zu werden. Ich war gespannt auf die Reaktion der anderen.

»Hört mal! Wir gehen doch davon aus, so hart das für dich ist, Christoph, dass dieses ganze Konstrukt nur stimmt, wenn Gunther Hoffmann auch der Vergewaltiger von Nora ist, oder?«

Allgemeines Kopfnicken.

»Das heißt also weiter, wie Christoph es treffend ausgedrückt hat: Hoffmann müsste Christophs leiblicher Vater sein, was sich durch einen DNA-Test beweisen ließe. Stimmt das?«

Wieder allgemeines Nicken, wobei sich eine gewisse Unruhe im Raum breitmachte.

»Was hast du vor, Uli?«, fragte Raster gespannt. »Die Sache wird interessant. Ich frage mich nur, wie du auf die Schnelle einen DNA-Test machen lassen willst.«

»Das ist das geringste Problem. Ich habe in Essen einen guten Freund in einem großen medizinischen Labor, der das innerhalb weniger Stunden erledigen würde.«

Wir vereinbarten, dass ich mit Sabine versuchen wollte, in Mainz unter einem Vorwand Zutritt zu Gunthers Büroräumen zu bekommen, um dort genetisches Material von ihm sicherzustellen. Vorher würde ich in einer Apotheke sterile Watteträger besorgen und einen Abstrich aus der Mundhöhle bei Christoph vornehmen. Gleichzeitig sollten Stefan und Christoph die Wohnung Gunthers in Mainz observieren und versuchen herauszubekommen, ob Nora womöglich dort gefangen gehalten wurde. Raster und Philo blieben im Hotel und sollten alles soweit nötig koordinieren.

35. KAPITEL

Neben der einen Flasche Wasser hatte Nora noch zwei Müsliriegel verstecken können. Das war aber alles.

Wie lange konnte eine Frau mit dieser Ration überleben? Sie wusste es nicht. Das Einzige, was ihr klar war, war die Tatsache, dass Trinken wichtiger war als Essen. Konnte sie vielleicht fünf oder sieben Tage ohne alles durchhalten? Eine Flasche war nicht viel. Aber besser als gar nichts. Sie hatte von Verschütteten gehört, die zehn Tage ohne Wasser überlebt hatten. Wenn sie also diesen Zeitpunkt durch die Lebensmittel, die sie hatte, herauszögern konnte, blieben ihr insgesamt vielleicht zwei Wochen. Maximal, dachte sie verzweifelt.

Erst einen Tag war es her, dass Gunther sie verlassen hatte. Ihr kam es so vor, als wären es bereits zehn.

Sie lag auf ihrer Pritsche, weinte geräuschlos und ärgerte sich gleichzeitig über den unnötigen Flüssigkeitsverlust, den das bedeutete. Der Gestank, der aus dem Eimer und aus jeder Körperpore aufstieg, hatte sich penetrant über den gesamten Raum gelegt und beschämte sie zutiefst. Dazu kam ihre Angst vor dem Ende. Nicht der Tod an sich ängstigte sie. Aber die Qualen, die ihm vorangehen würden: der Schwindel, die Krämpfe, die Halluzinationen …

Anfangs hatte sie gehofft, dass Gunther zurückkommen würde. Immer wieder hatte sie gemeint, Schritte auf der Treppe zu hören, war aufgesprungen und hatte sogar laut gerufen: »Gunther! Komm bitte herein! Lass uns reden. Wir finden eine Lösung. Gunther! Ich weiß, dass du da draußen bist.«

Doch im Laufe des Sonntags waren diese Ereignisse seltener geworden, und schließlich hatte sie eingesehen, dass sie sich die Schritte eingebildet hatte.

Mittlerweile litt sie unter Durchfall, was sie auf den schrecklichen Hunger zurückführte. Und wieder ärgerte sie sich über den Flüssigkeitsverlust. Aber was sollte sie machen? Die Flasche Wasser stand unberührt neben ihrem Bett. Daneben die zwei Müsliriegel. Wann musste sie wohl den ersten essen, wann die Flasche anbrechen? Sie war sich nicht sicher und horchte auf die Stimme ihres Körpers, die ihr eindringlich klarzumachen versuchte, doch bitte jetzt sofort zumindest etwas zu trinken.

Phasen der Panik und der Lethargie wechselten sich ab, wobei die Panikattacken weniger wurden. Die meiste Zeit saß oder lag sie auf ihrer Pritsche, starrte an die spärlich beleuchtete Wand und dachte nach.

Hatte sie nicht eine eindeutige Reaktion bei Gunther feststellen können, als sie über seine Schwester gesprochen hatte? Aber was war das für eine Reaktion? Sie konnte sie nicht deuten. Es kann Traurigkeit gewesen sein, aber auch ein Aufblitzen von Erinnerungen, die etwas in ihm ausgelöst hatten. Angestrengt dachte Nora nach und versuchte sich an alle, auch noch so kleine Regungen in Gunthers Gesicht zu erinnern. Doch sie kam nicht weiter. Vor allem: Was hätte das für eine Konsequenz, wenn sie mehr wüsste? Dass Gunther Gewissensbisse bekam, schien so gut wie ausgeschlossen. Er hätte sich sonst längst blicken lassen. Also, was soll's?

Nora schloss die Augen. Sie konnte sich nur schwer konzentrieren. Die nagende Leere in ihrem Bauch und das imperative Durstgefühl machten es ihr schwer, klare Gedanken zu fassen.

Wasser. Sie musste jetzt etwas trinken. Sie hatte doch genug. Jetzt. Nur einen kleinen Schluck.

36. KAPITEL

Das Wetter war komplett umgeschlagen. Es regnete zwar nicht, aber der graue Himmel hing tief und schaffte einen nahen Horizont, während der kräftige Wind die Menschen frösteln und eher an Herbst als an den Hochsommer des Vortages denken ließ.

Es war 9 Uhr am nächsten Morgen, als Sabine und ich am Schillerplatz in Mainz ankamen und wir einen der letzten freien Parkplätze ergatterten.

»Hast du einen Plan?«, fragte sie mich vollkommen berechtigt, denn ich hatte weder eine Idee, wie wir ins Innere des Ministeriums vordringen, noch, wie wir vom Staatssekretär persönlich eine DNA-Probe bekommen sollten.

Entsprechend schüttelte ich den Kopf. »Müssen wir etwas besorgen, bevor wir da reingehen?«, fragte ich reichlich einfallslos.

Sabine dachte nach und beobachtete schweigend die wenigen Fußgänger und Fahrradfahrer, die den Platz kreuzten. Die Augenblicke verrannen. Nach etwa drei Minuten, in denen sich Sabine keinen Millimeter bewegt hatte, hielt ich es nicht mehr aus: »Sabine! Bist du noch bei mir? Hast du meine Frage gehört? Brauchen wir etwas? Hast du eine Idee, wie wir da reinkommen?«

Langsam löste sich Sabines Starre. »Ich glaube, ich weiß, wie es funktionieren könnte. Kennst du ein Café in der Nähe? Na ja, wir finden schon eins. Da setzt du dich hin, bestellst dir einen großen Kaffee, ein zweites Frühstück oder was auch immer und wartest ab. Sollte ich nach einer Stunde nicht wieder da sein, würde ich dich freundlichst bitten, nach mir zu schauen. Entweder im Ministerium oder auf der nächsten Polizeiwache. Alles klar?«

Ich kannte Sabine gut genug, um zu wissen, dass kein weiterer Diskussionsbedarf bestand. Wenn sie sich etwas in den Kopf gesetzt hatte, wurde das genau so durchgezogen. Also fragte ich nur einmal, ob sie sich sicher wäre, akzeptierte schulterzuckend ihr Nicken und begab mich mit ihr zusammen auf die Suche nach einem Café.

Es vergingen 58 Minuten, bis eine über beide Ohren grinsende, aber doch leicht derangierte Sabine das Café »Extrablatt« betrat. Ich hatte bereits bezahlt, war auf dem Sprung und reichlich in Sorge, als sich Sabine neben mir auf das bequeme Sofa plumpsen ließ. Erst jetzt fiel mir auf, was sie sich angezogen hatte. Sie trug einen schmalen, sehr modernen Fahrradhelm, Stulpen über den Jeans und eine knallgelbe Weste, über der an einem roten Riemen eine dünne Plastiktasche baumelte.

»Bist du unter die Fahrradkuriere gegangen?«, fragte ich und beantwortete mir sofort selbst die Frage: »Ah, ich verstehe! Dein Zugang ins Allerheiligste. Nicht schlecht! Aber erzähl! Wie ist es gelaufen?«

»Natürlich musste ich improvisieren«, begann Sabine etwas atemlos und trank den Rest Wasser aus meinem Glas. »Die Idee mit dem Fahrradkurier war mir vorhin plötzlich gekommen, als wir auf dem Platz standen, da fuhr nämlich einer an uns vorbei. Ich bin zunächst in die Fußgängerzone und hab die Sachen gekauft, die ich brauchte. Mein Ziel war, bis in Gunthers Toilette vorzustoßen.«

»Weil du hofftest, dort DNA-Material zu finden«, ergänzte ich.

»Richtig. Also. Erst einmal habe ich einen DIN-A4-Umschlag mit Gunthers Anschrift und einem dicken ›Persönlich‹ versehen. Dann bin ich ins Haus und aufgrund meines dringenden Anliegens sofort bis ins Vorbüro des Herrn Staatssekretärs vorgelassen worden. Natürlich wollte dort eine Sekretärin den Brief in Empfang nehmen, sie dürften keine Post direkt an die Politiker durchlassen wegen Briefbomben und so weiter, aber ich habe mich stur gestellt.«

»Und dann? War Gunther im Haus?«, fragte ich neugierig.

»Nein, war er offensichtlich nicht. Und dann ist mir schlecht geworden.« Sabine schaute mir entschuldigend mit einem treuen Hundeblick in die Augen. »Ich bekam solche Bauchkrämpfe, das kannst du dir gar nicht vorstellen, Uli.«

Bestürzt legte ich einen Arm um Sabines Schultern. »Du Arme! War die Aufregung zu viel gewesen? Geht es dir besser?«

»Ja ja. Jetzt geht es wieder. Aber dort oben musste ich sofort auf die Toilette.« Aus dem Hundeblick entwickelte sich ein schelmisches Grinsen.

»Du Miststück«, rief ich. »Da bin ich genauso drauf reingefallen wie die Sekretärin, nehme ich an.«

»Allerdings«, lachte Sabine. »Sie waren alle besorgt, dass ich ihren hellen Teppichboden vollspucken könnte, und haben mich sofort in die nächste Toilette gelotst. Auf dem Weg dorthin konnte ich erkennen, welches Gunthers Büro war, da die Tür offen stand. Die Möblierung und die Größe waren eindeutig die des Chefbüros dieser Etage. Jedenfalls lag die Toilette für die Angestellte zwei Türen weiter. Und wie ich es mir gedacht hatte, gab es eine, allerdings verschlossene, Zwischentür zurück Richtung Gunthers Büro.«

»Und da hast du seinen persönlichen Waschraum vermutet?«

»Was sonst? Als man mich endlich allein gelassen hatte, habe ich die Tür geöffnet.«

»Hallo!«, rief ich aus. »Wie, bitte, hast du eine verschlossene Tür mal eben so geknackt?«

»Na ja. Ich hatte mir für diesen Fall das hier gekauft.« Sabine kramte in ihrer Umhängetasche und brachte einen einfachen Vierkantschlüssel zum Vorschein, wie sie auch Bahnbegleiter zum Öffnen diverser Türen benutzten. »Ich hatte mir gedacht, dass es bei Toiletten am wahrscheinlichsten ist, dass die Türen auf diese Weise verschlossen sind. Und ich hatte recht. Es hätte auch alles anders sein können. Dann hätten wir uns etwas anderes ausdenken müssen. Aber man muss auch mal Glück haben, oder?«

Lachend nickte ich. »Aber jetzt spann mich nicht auf die Folter. Hast du was Verwertbares gefunden?«

»Habe ich«, antwortete Sabine stolz. »Ganz klassisch lag auf der Ablage unter dem Spiegel eine Bürste. Da es sich eindeutig um Gunthers Waschraum handelte – die Tür zu seinem Büro stand nämlich offen –, muss es sich um Gunthers Bürste handeln.«

»Mit seinen Haaren.« Ich nickte zufrieden. »Hast du auch nichts angefasst?«

»Keine Sorge, Uli. Alles mit Handschuhen und direkt in dieses Plastiktütchen.« Sabine reichte mir ein kleines durchsichtiges Tütchen, in dem sich einige Haare befanden.

»Also weiter zum nächsten Schritt. Hervorragende Arbeit, Sabine!«, meinte ich und griff zu meinem Handy, während sich die Angesprochene erschöpft, aber zufrieden in die Kissen des Sofas sinken ließ.

Ich kontaktierte einen Kurierdienst, den ich im Vorfeld ausfindig gemacht hatte, und bestellte einen Fahrer zu unserem Standort. Dann telefonierte ich mit meinem Freund in dem Essener Labor, der bereits informiert war, und avisierte die Proben für etwa 13 Uhr. Danach brachten wir Raster und Philo in Sobernheim auf den neusten Stand, die schon gespannt auf unsere Nachricht warteten.

Ich hatte gerade unser Gespräch beendet, da betrat der Fahrer des Kurierdienstes das Café. Ich übergab ihm den vorbereiteten Umschlag mit Gunthers Haaren und Christophs DNA-Probe.

Sabine und ich überlegten, ob wir noch einen Kaffee trinken sollten, bevor wir nach Bad Sobernheim zurückfahren würden, als mein Handy klingelte. Es war Stefan.

37. KAPITEL

Christoph und Stefan hatten gegenüber des modernen Hochhauses in Mainz-Gonsenheim, in dem Gunther Hoffmann sein Penthouse besaß, einen Parkplatz gefunden, der ihnen einen optimalen Blick auf das Haus ermöglichte, ohne dass sie gleich selbst entdeckt wurden.

Seit 8 Uhr saßen sie nun hier und hatten beobachtet, dass Gunther um 9 Uhr das Haus verließ, um – wie sie vermuteten – zur Arbeit zu fahren.

Christoph war daraufhin mit eingeschaltetem Handy in das Haus geschlüpft, als ein weiterer Bewohner durch die Haustüre trat, war dann über die Treppen bis in den obersten Stock gelaufen, wo er sich schließlich vor der Wohnungstür des Penthouses wiederfand. Nach zehn Stockwerken brauchte er ein paar Minuten, um wieder zu Atem zu kommen. »Ich kann nichts hören«, gab er durch das Handy an den unten im Auto wartenden Stefan weiter. »Soll ich klingeln?«

»Ich meine ja«, antwortete Stefan. »Was soll schon passieren? Selbst wenn jemand in der Wohnung ist – dich kennt ja keiner.«

Christoph holte tief Luft und drückte lange auf den Klingelknopf. Drinnen hörte er eine Melodie, dann wieder Stille. Er presste ein Ohr an das glatte Holz der Wohnungstür. Nichts. Kein Laut drang zu ihm durch.

»Stefan! Hier ist niemand. Ich komme wieder runter.«

»Okay!« Aus Stefans Stimme war sogar bei diesem kurzen Wort die Enttäuschung darüber herauszuhören, dass sie Nora nicht gefunden hatten. Also hieß es weiter warten.

Eine halbe Stunde später war Gunther zurückgekehrt. Er hatte offensichtlich nur etwas eingekauft. In der Hand hielt er eine Plastiktüte, die er am Morgen noch nicht dabei gehabt hatte, als er sein Haus verlassen hatte.

»Uli! Hör zu!«, sagte Stefan. »Hoffmann verlässt jetzt das Haus und trägt eine Tasche bei sich, so eine Art Reisetasche. Rein gefühlsmäßig würde ich ihm gerne folgen. Vielleicht führt er uns zu Nora. Hier in Mainz ist jedenfalls nichts. Was meinst du?«

Ich gab Stefan sofort recht und bat ihn, nur vorsichtig und mit reichlich Abstand die Verfolgung aufzunehmen, damit uns diese Chance nicht durch die Lappen ging.

Stefan versprach alles bereitwillig und beendete das Gespräch.

Sabine und ich bestellten einen Kaffee und ein Wasser und saßen schweigend nebeneinander.

»Darf ich dich mal was fragen?«, kam es nach einigen Minuten aus Sabines Richtung.

Ich nickte.

»Letzte Woche, als du das erste Mal nach der Entführung bei uns in der WG warst. Erinnerst du dich, dass du anfangs zweifeltest, ob Nora tatsächlich entführt worden oder nicht einfach weggelaufen sei? Du hast dich nicht weiter drüber ausgelassen. Möchtest du jetzt erzählen?«

Ich wollte eigentlich nicht. Ich schämte mich, fand mich ungerecht und egoistisch und trotzdem war ich es Sabine schuldig. Ihr, die immer für mich da war, die einen immer da annahm, wo man gerade war, die mich das nie aus Neugier gefragt hätte, sondern weil sie mir helfen wollte. Dieser Sabine musste und konnte ich von Isabelle erzählen.

»Das war in den 80er-Jahren«, begann ich die Geschichte. »Wir vier kannten uns da noch nicht. Ich studierte damals in Essen, hatte gerade mein zweites Staatsexamen und meine zweite große Liebe hinter mir, als ich Isabelle kennenlernte.«

Sabine hatte sich zu mir umgedreht, um besser zuhören zu können und schaute mir gespannt ins Gesicht.

»Wie das bei Studenten eben so läuft. Du kennst es ja selbst. Irgendjemand bringt auf irgendeiner Party jemanden mit, man lernt sich kennen und so weiter. Ich kann mich gar nicht mehr daran erinnern, wer Isabelle mitgebracht hat. Sie war eines Abends da. Wir hatten uns bei einem Kommilitonen getroffen, um zusammen zu kochen. Es waren fünf Leute aus meinem Semester und eben Isabelle. Nur einer von uns fünf kannte sie, und doch war sie von Anfang an im Mittelpunkt. Alles drehte sich um sie, ohne dass sie das provoziert hätte. Sie hatte eine so intensive Ausstrahlung, dass man gar nicht anders konnte, als sich um sie zu bemühen, verstehst du das?«

»Erzähl weiter, Uli. Mir sind solche Menschen meistens suspekt. Aber ich möchte nicht voreingenommen wirken. Ich weiß ja noch nicht, was kommt.«

»Nun. Ich weiß nicht warum, aber aus einem mir unerklärlichen Grund gefiel ich Isabelle.«

»Sei mal nicht so bescheiden. Du bist auch ein prima Fang!«, lachte Sabine und stupste mich freundlich in die Seite. »Aber weiter! Ihr seid also zusammengekommen?«

»Ja. Es dauerte zwar noch ein paar Wochen, was daran lag, dass sie kaum etwas von sich preisgab, was mich wiederum total irritierte. Sie war wie ein geheimnisvoller, schwarzer See, in den man zwar gerne springen würde, der aber unbekannte Tiefen, vielleicht Felsen und andere Gefahren versteckt hält. Letztendlich erfuhr ich immerhin so viel, dass meine anfänglichen Sorgen verschwanden. Das war übrigens mein erster Fehler. Sie erzählte mir von ihrem Studium der Geisteswissenschaften in Bochum, von ihren Eltern, die in Münster ein gut gehendes Einrichtungshaus führten und von einem Bruder, der in Bayern arbeitete. Ich schluckte alles, froh darüber, dass Isabelle ein etwas schärferes Bild bekam. Nur wenige Tage später trafen wir uns in einer Essener Kneipe und landeten am selben Abend bei mir im Bett.« Ich nahm einen großen Schluck Wasser und schaute hilfesuchend zu Sabine.

Diese sah mich gelassen an. »Tja. Klassische Geschichte bis jetzt«, meinte sie. »Du warst blind auf beiden Augen. Aber das heißt ja nicht, dass das nicht noch die ganz große Nummer werden kann.«

»Wurde es tatsächlich auch.« Mir wurde das Ganze immer peinlicher. Aber ich hatte A gesagt und konnte jetzt nicht mittendrin aufhören. »Es war eine wahnsinnig aufregende Zeit. Wir schienen füreinander geschaffen zu sein. Es gab keinen Streit, die Hobbys glichen sich, die Vorlieben bezüglich Essen, Abendgestaltung, was auch immer, waren praktisch identisch. Auch in sexueller Hinsicht ergänzten wir uns perfekt. Dazu kamen ihr Aussehen und ihre Figur. Es war einfach unglaublich. Selbst meine Freunde waren teilweise mehr als neidisch. Ich habe tatsächlich einige vermeintlich gute Freunde verloren, weil sie mir mein Glück nicht gönnten. Letztendlich kam es so, wie wir alle es vorhergesehen hatten. Ich hatte gerade meine Approbation in der Tasche, da wurde geheiratet. Wir zogen nach Dortmund, in eine kleine Wohnung, ich arbeitete in den Städtischen Kliniken als Assistenzarzt, und Isabelle ging nur noch recht sporadisch zur Uni. Überhaupt waren wir nicht ein einziges Mal mit Freunden aus ihrem Semester zusammen. Wir hatten ihre Eltern nicht ein einziges Mal besucht. Und kurz vor unserer Hochzeit war ihre Mutter plötzlich so schwer erkrankt, dass ein Kommen unmöglich war. Ihr Bruder befand sich für seine Firma im Ausland und konnte ebenfalls nicht kommen. Ein bisschen komisch, nicht wahr?«

»Das hätte mir zu denken gegeben. Hast du da keinen Verdacht geschöpft, dass etwas nicht stimmen könnte?« Sabine schaute skeptisch in meine Richtung.

»Ich war total betriebsblind«, antwortete ich wahrheitsgemäß. »Für mich war das Zusammensein mit ihr so unbegreiflich schön, dass alles andere wie Familie und Studium ohne Belang waren. Die ersten Jahre lebten wir relativ bescheiden. Wir wollten für eine größere Wohnung oder sogar ein Haus sparen. Isabelle ging mittlerweile dreimal in der Woche zu einer Sprachschule in Bochum, wo sie Unterricht in Spanisch erteilte, wie sie mir erzählte. Ich habe das nie nachgeprüft. Warum auch? Das Einzige, was mir diesbezüglich hätte auffallen können, war die Tatsache, dass von ihr kein Geld auf das gemeinsame Konto kam.

Ich schämte mich allerdings, sie darauf anzusprechen und wollte sie nicht verletzen.«

»Sag mal, kann es sein, dass du dieser Frau hörig warst und sie mit dir machen konnte, was sie wollte?« Sabine wurde langsam ungehalten.

»Ja, das war ich wohl«, antwortete ich. »Meine Angst, sie zu brüskieren, zu beleidigen oder unnötig zu verletzen, war mittlerweile so groß, dass ich nicht mal die einfachsten Dinge nachfragte. Ebenfalls war mir unterdessen entgangen, dass unser Zusammensein nicht mehr so unbeschwert und perfekt war wie am Anfang. Nur war ich so damit beschäftigt, die scheinbar heile Welt aufrechtzuerhalten, dass mir nicht auffiel, dass eigentlich alles kaputt war.«

»Und dann war sie mit einem Mal auf und davon, stimmt's?« Sabine guckte mich mitleidig an.

»Genau so war es. Eines Morgens im Februar. Es war ein Samstag und ich hatte länger geschlafen. Ich wachte auf und wusste sofort, dass etwas nicht stimmte. Das Bett neben mir war leer und kalt. Die Wohnung war einfach zu still. Ich stand auf und schaute in Küche, Bad und Wohnzimmer: nichts. Dann nahm ich mir einer Eingebung folgend die Schränke vor: Alles, was Isabelle gehört hatte, war ausgeräumt. Ich hatte am Vortag Bereitschaftsdienst gehabt. Sie hatte also Zeit genug, um alles in Ruhe umzupacken. Ihre Kultursachen fehlten genauso wie ihre persönlichen Papiere, Ausweise, Fotos. Aber leider war das nicht alles.«

»Jetzt sag nicht, dass sie euer Konto leer geräumt hat?«

»Genau das. Wie ich am Montag auf meiner Bank feststellen musste, hatte sie das gemeinsame Konto nicht nur geräumt, sondern bis auf den letzten Pfennig überzogen. Mein Auto war übrigens auch weg. Ich kann es kurz machen: Die Fahndung verlief im Sande. Das Auto und vor allem Isabelle wurden nie gefunden. Das Geld war futsch. Ich hatte einen finanziellen Schaden von etwa 60.000 Mark, aber das war alles nichts gegen die Demütigung und das psychische Trauma.«

Wie Sabine nun einmal war, drückte sie meinen Arm fest und freundschaftlich. »Abgehakt, superdoof gelaufen, aber lange her. Du hast das doch bestimmt mit Nora oft durchgesprochen, oder etwa nicht?« Sabine bemerkte offensichtlich an meinem Gesichtsausdruck, dass sie ins Schwarze getroffen hatte. »Nora weiß nichts davon! Und deswegen hattest du solche Angst, dir könnte etwas Ähnliches zugestoßen sein, als sie verschwunden war. Jetzt verstehe ich langsam.«

Ich nickte.

»Aber warum spricht man mit dem nächsten Menschen, den man hat, nicht über eine so wichtige und einschneidende Erfahrung? Tut mir leid. Das kapiere ich nicht.«

»Ich habe mich nur geschämt. Und du hast recht. Natürlich ist Nora ganz anders und würde nie etwas Ähnliches fertigbringen. Aber kannst du verstehen, wie tief so etwas sitzt und wie irrational man daraufhin reagiert?«

Sabine beruhigte sich und nickte mir zu. »Klar verstehe ich das. Aber trotzdem: Überleg mal, was ihr euch beide damit angetan habt, dass ihr ganz entscheidende Ereignisse eures Lebens voreinander geheim gehalten habt. Nora ist da ja keinen Deut besser als du.«

»Zurück zum Wesentlichen.« Plötzlich konnte ich nicht mehr ruhig sitzen. Sabine hatte mich mit der letzten Bemerkung schmerzlich an unser eigentliches Problem erinnert. »Was können wir noch tun? Der Laborbefund aus Essen wird sicherlich nicht vor 16 Uhr kommen.

Stefan und Christoph sind unterwegs. Können wir im Moment denn gar nichts tun, das Nora helfen könnte?«

»Ich glaube nicht, Uli. Lass uns nach Sobernheim fahren und abwarten. Unsinniger Aktionismus führt uns nicht weiter.«

38. KAPITEL

Noch lange hatte Gunther auf seiner Couch gesessen und darüber nachgedacht, was ihm solche Angst machte. Schließlich war es ihm so schlagartig deutlich geworden, dass ihn zunächst der Schwindel erneut packte: Sein zweites Ich war weg. Er selbst sah sich jetzt, wie er war: Gunther Hoffmann, eine schwer gestörte, sexuell asoziale, frauenverachtende, egomanische Persönlichkeit. Ein Vergewaltiger, Lügner und Betrüger und neuerdings Entführer (aber auch Mörder). Keine Entschuldigung mehr, keine zweite Haut, in die er schlüpfen konnte. Das nackte, ehrliche und zugleich brutale Ich.

Als Gunther diese Erkenntnis realisierte, wurde er seltsam ruhig. Seine Angst verschwand und machte einer großen Traurigkeit Platz. Zunächst schien sie ihn lähmen zu wollen, dann jedoch sah er seinen Weg ganz klar vor sich: Katja! Als Allererstes musste er Katja sprechen. Und danach? Nun, auch das war unausweichlich.

Er stand auf, ging zu seinem Schreibtisch vor dem Panoramafenster, überlegte kurz, öffnete dann die rechte Schublade, wo er weit hinten ein altes verstaubtes Notizbuch fand. Er blätterte kurz und fand dann unter »K« einen Eintrag mit einer Telefonnummer aus Brüssel, die er vor vielen Jahren von Katja bekommen hatte.

Entschlossen nahm er sein Telefon und wählte die Nummer, ohne mit einem Erfolg zu rechnen. Doch bereits nach dreimaligem Läuten meldete sich ein Mann.

Dank Gunthers perfektem Französisch erfuhr er, dass Katja tatsächlich bis vor vier Jahren mit einigen anderen Frauen in der Wohnung dieses Mannes gelebt und gearbeitet hatte. Sie sei dann aber in die Provinz in die Nähe von Saint-Hubert in der Wallonie gezogen, wo sie in einem Restaurant namens »Sabotier« als Küchenhilfe arbeiten würde. Ja, soweit er wüsste, sei sie noch immer dort.

Innerhalb weniger Minuten hatte Gunther das Restaurant »Auberge du Sabotier« auf einer Internetkarte gefunden. Das Lokal mit angeschlossenem kleinen Hotel befand sich in dem Dorf Awenne mitten in den weiten Wäldern der Wallonie, nördlich der Stadt Saint-Hubert. Sein Entschluss stand fest. Damit nichts dazwischen kommen konnte, entschied er, Katja nicht vorher anzurufen. Er konnte nach all den Jahren ihre Reaktion nicht einschätzen und wollte vermeiden, dass sie womöglich vor ihm flüchtete.

Am Dienstagmorgen rief er in seinem Büro an und meldete sich krank. Es sei nicht absehbar, wie lange er dienstunfähig bliebe, teilte er seiner Sekretärin mit.

Danach fuhr er in die Innenstadt und besorgte einen teuren Bildband über die Sehenswürdigkeiten Belgiens, den er Katja als Geschenk mitbringen wollte, ohne eine Ahnung zu haben, ob sie sich darüber freuen würde. Dann packte er ein paar Sachen für eine mögliche Übernachtung zusammen und verließ sein Haus.

Bereits hinter Simmern im Hunsrück bemerkte er den schwarzen Toyota mit dem Lörracher Kennzeichen. Die Insassen konnte er nicht erkennen, aber es handelte sich offenbar um zwei Männer, die ihm seit Mainz folgten.

Anfangs beunruhigte ihn die Tatsache. Er dachte an Polizei, Verhaftung und das Ende seiner Karriere, dann jedoch wurde er ruhiger. Hauptsache, er konnte noch mit Katja sprechen. Alles andere war ihm mittlerweile gleichgültig.

In Trier fuhr Gunther auf die Autobahn, über Luxemburg weiter nach Westen, bis er schließlich bei Steinfort die belgische Grenze erreichte. Er hatte Hunger und beschloss, diese Tatsache zu nutzen, seinen beiden Verfolgern Kopfschmerzen zu bereiten.

Er verließ die Autobahn und folgte möglichst kleinen Straßen nach Norden. Hier mussten sie Farbe bekennen und taten es auch. Der Abstand wurde verringert, offenbar hatten sie sich damit abgefunden, ertappt worden zu sein. In Arlon hielt Gunther vor einer einfachen Gaststätte am Stadtrand, verließ seinen Wagen und schaute ungeniert zu, wie der Toyota auf der gegenüberliegenden Straßenseite zum Stehen kam. Um Polizei konnte es sich kaum handeln. Diese wäre ihm erstens nicht über die Grenzen hinweg gefolgt, und zweitens traute er den Gesetzeshütern ein professionelleres Verfolgen zu.

Er aß in Ruhe und setzte dann seine Reise fort, weiterhin von dem Toyota begleitet.

Bei Tellin verließ er die E411. Hier musste er sich konzentrieren, denn die kleinen Straßen in den Wäldern der Ardennen waren teilweise schlecht ausgeschildert, und auf sein Navi wollte er sich nicht unbedingt verlassen.

Die Dörfer mit ihren schlichten grauen Häusern, die dunklen Wälder, die nur hin und wieder von Wiesen mit ebenfalls grauen Kühen darauf unterbrochen waren, unter-

strichen die Tristesse dieses wolkenverhangenen Tages. Gunther bemerkte das alles allerdings nicht. Es passte zu seiner Gesamtstimmung. Strahlender Sonnenschein hätte ihn nur irritiert. Er war glasklar fokussiert. Sein Weg war entschieden, und er hoffte nur, dass ihm keiner dazwischenfunken würde. Sich selbst beruhigend klopfte er auf die Ausbeulung seiner Jackettinnentasche.

Der Kies knirschte, als Gunther auf den Vorplatz des von Efeu bewachsenen Steinhauses fuhr. Nachdem er den Motor abgestellt hatte und ausgestiegen war, merkte er, wie still es in dem alten Dorf war. Auf der Hauptstraße war kein Mensch zu sehen, eine graue Katze schlich um eine Hausecke. Nur das leise Plätschern eines Brunnens, der auf dem Parkplatz stand, störte die ansonsten absolute Stille. Sieben solcher Brunnen sollte es in dem Dorf geben, hatte Gunther gelesen. Und ebenso, dass die »Auberge du Sabotier« ein über 300 Jahre altes Haus war, in dem in früheren Zeiten ein Holzschuhmacher gewohnt und gearbeitet hatte. Mittlerweile hatte sich hier ein weit über die Grenzen der Ardennen hinweg bekanntes Restaurant etabliert. Der Maître war ein junger Koch aus Flandern, der die regionalen Erzeugnisse mit einer raffinierten Mischung belgischer und französischer Kochkunst auf die Teller zauberte. Dazu kam ein prämierter Weinkeller, der dem Gourmet das Wasser im Mund zusammenlaufen ließ. Gunther beschloss, eine Nacht zu bleiben und die Vorzüge dieses Gasthauses zu genießen. Es war jetzt für ein Gespräch mit Katja und die Rückreise reichlich spät. Zudem interessierte ihn brennend, was seine beiden »Freunde« anstellen würden. Ein anderes Hotel gab es in Awenne nämlich nicht. Würden sie sich offen zeigen?

Auf dem Parkplatz befand sich nur ein weiterer Wagen

mit belgischem Kennzeichen. Ein Zimmer zu bekommen, sollte nicht schwierig werden.

Er betrat das Hotel und traf an der Rezeption auf eine Frau mit einem hübschen brünetten Lockenkopf, die irgendwelche Papiere sortierte.

»Bonjour!«, begann Gunther. »Je cherche Katja Hoffmann. Elle est ma sœur.«

Die Frau sah von ihrer Arbeit auf, starrte Gunther an und begann schließlich hysterisch zu lachen. »Gunther? Bist du das wirklich? Wie kommst du denn hier hin? Was machst du hier? Ich dachte, du willst mich nie wiedersehen. Wie schön! Oh, Gunther, sag schon, wie ist es dir ergangen? Warum sagst du denn nichts?«

Ungläubig schaute Gunther in das Gesicht der hübschen Frau. Er hatte sich seine Schwester vollkommen anders vorgestellt. Er wusste, wie und wovon sie gelebt hatte. Er wusste von all den Alkohol- und Drogenexzessen. Dies hier war aber eine gesund wirkende, sehr aparte Mittfünfzigerin. Was war geschehen?

Katja Hoffmann erkannte die Verwirrung im Gesicht ihres Bruders, umrundete den uralten Tresen, der wie das ganze Hotel vollgestellt war mit Nippes und Antiquitäten und solchen Sachen, die einmal alt werden wollten, nahm ihn am Arm und führte ihn in eine kleine Nische, wo beide an einem Tisch Platz nahmen.

»Ich musste dich sehen und mit dir sprechen«, stotterte Gunther, der den Blick nicht von Katja wenden konnte.

»Ist etwas passiert?«, fragte sie.

»Nicht direkt oder vielleicht doch. Ich erzähl dir alles später, wenn du magst. Aber es ist nicht schön, was ich dir zu berichten habe, hörst du! Doch dir scheint es wenigstens gut zu gehen, oder?«

Katja strahlte über das ganze Gesicht. »Ja, mir geht es sogar sehr gut. Bis vor vier Jahren war ich in Brüssel in diesem Puff, von dem du die letzte Telefonnummer hattest.« Keine Scham, kein Erröten, nur ehrliches, offensives Umgehen mit der eigenen Vergangenheit. Wie gerne würde er das genauso praktizieren. Aber es ging nicht mehr, schoss es Gunther durch den Kopf. Seine Vergangenheit war zu dunkel, und zu viele Schatten und Geister waren bis in die Gegenwart mitgekommen.

»Dann habe ich durch Zufall einen belgischen Koch kennengelernt, der hier in diesem Restaurant arbeitete«, fuhr Katja fort. »Wir haben uns verliebt, er hat mich so angenommen, wie ich bin, inklusive meiner unrühmlichen Zeit vor ihm, und mir schließlich hier in der Küche eine Arbeitsstelle verschafft. Der Chef ist klasse, seine Frau auch. Und mein Jacques und ich sind verliebt wie am ersten Tag. Was will man mehr?«

Was will man mehr? Gunther spürte Neid in sich emporkriechen wie ein schwarzes, klebriges Gift, das die lockere und entspannte Stimmung kaputtmachen wollte. Er schüttelte den Kopf und rieb sich mit den Händen über sein Gesicht. Nein. Schluss! Weg mit diesen unsinnigen Gedanken. Er hatte zu verantworten, was er getan hatte, und einen so leichten Schlussstrich wie seine Schwester konnte er nun einmal nicht ziehen. Seiner würde etwas radikaler aussehen müssen.

»Was hast du, Gunther?«, fragte Katja. »Geht es dir nicht gut?«

»Doch, doch. Ich bin nur müde nach der langen Fahrt. Sag mal. Weißt du, ob ihr noch ein Zimmer frei habt?«

Katja kümmerte sich um alles, und Gunther verabredete sich mit seiner Schwester um 23 Uhr vor dem Hotel.

Bis dahin musste sie arbeiten. In seinem Zimmer legte er sich auf das Bett und durchdachte die neue Entwicklung. Welch eine Freude, seine Schwester so sehen zu dürfen.

Innerhalb weniger Minuten war er tief eingeschlafen – und bekam so auch nicht mit, dass etwa eine Stunde später ein junger Mann das Hotel betrat und ebenfalls ein Einzelzimmer für eine Nacht bestellte.

39. KAPITEL

Bereits im Hunsrück wurde es Stefan und Christoph klar, dass sie ihre Verfolgung nicht verheimlichen konnten.

»Wenn er so weit fährt und dann noch kleine Straßen, haben wir keine Chance«, meinte Christoph und bemühte sich, wenigstens zwei Autos zwischen sich und Gunthers Wagen zu lassen, ohne ihn zu verlieren.

»Wenn er uns entdeckt, wird er uns kaum zu Nora führen.« Stefan seufzte frustriert. »Aber wir bleiben trotzdem dran. Ich informiere die anderen.«

In Belgien war es schließlich klar. Hoffmann hatte sie entdeckt und machte keinen Hehl daraus.

»Okay, dann eben mit offenem Visier«, brummte Stefan grimmig.

»Er scheint die Fahrtrichtung nicht geändert zu haben, seit er uns entdeckt hat«, überlegte Christoph laut. »Das heißt, wahrscheinlich wollte er gar nicht zu Nora. So ein Mist!«

Schweigend fuhren sie weiter, bis sie ein kleines Dorf mitten in den Ardennen erreichten, wo Gunther Hoffmann auf einem Hotelparkplatz seinen Wagen abstellte und mit seiner Reisetasche im Inneren des Hotels verschwand.

»Und nun?«, fragte Christoph ratlos. »Hier gibt es sicherlich kein weiteres Hotel. Nicht mal eine Pension, so einsam, wie das hier aussieht.«

Stefan dachte nach. »Pass auf! Wir machen es so. Mich kennt er. Ich muss im Verborgenen bleiben. Dich kennt er aber nicht. Du kannst hier übernachten und hältst mich übers Handy auf dem Laufenden. Wenn etwas passiert, rufst du mich an. Ich suche mir was in diesem Saint-Hubert. Das ist nicht so weit weg. Einverstanden?«

Christoph nickte und stieg aus seinem Wagen. Vorsichtig näherte er sich der gläsernen Eingangstür. Er spähte ins Innere und konnte Gunther zusammen mit einer Frau an einem Tisch sitzend erkennen. Aufgeregt winkte er Stefan zu sich.

»Kennst du die?«, fragte Christoph.

»Nein. Keine Ahnung. Aber die beiden scheinen sehr vertraut miteinander zu sein. Vielleicht ist das Gunthers Komplizin, die auf Nora aufpasst. Deswegen musste er seine Fahrt nicht abbrechen. Weil er gar nicht selbst zu Nora fahren will. Das macht diese Frau hier.«

»So strahlend, wie die aussieht, möchte man kaum glauben, dass das eine Entführerin ist«, murmelte Christoph und erntete dafür einen strengen Blick von Stefan.

»Wir dürfen uns nicht von Äußerlichkeiten irritieren lassen! Also: Wenn möglich, behalte diese Frau im Auge. Allerdings weiß ich nicht, ob sie Gast ist oder hier arbeitet. Sie scheint sich im Restaurant auszukennen. Wir bleiben in Kontakt! Morgen früh hol ich dich ab. Tschüss Christoph.«

Stefan stieg in Christophs Toyota und fuhr davon. Um Gunther nicht direkt in die Arme zu laufen, machte Christoph einen ausgedehnten Spaziergang durch das Dorf, wohl wissend, dass er dadurch etwas Entscheidendes verpassen konnte. Aber er musste einen klaren Kopf bekommen und sich über eine Sache Klarheit verschaffen. Ihm war nämlich ein Gedanke gekommen, den er nicht mit Stefan besprochen hatte. Offensichtlich war diesem nicht mehr ganz bewusst gewesen, dass er aller Wahrscheinlichkeit nach den Sohn zum Vater geführt hatte. Aber wie sollte Christoph damit umgehen? Sollte er das ignorieren und sich ausschließlich um die Suche nach Nora kümmern? Oder sollte er Gunther Hoffmann mit dieser vermeintlichen Wahrheit konfrontieren nach dem Motto: »Hey, Alter! Ich bin's, dein Sohn. Ich hätte dich gerne nie kennengelernt, aber kannst du mir sagen, wo du meine Mutter versteckt hältst?«

Beides erschien ihm unmöglich. Er konnte auf der einen Seite nicht so tun, als wüsste er von nichts. Auf der anderen Seite führten haltlose Beschimpfungen und Vorwürfe zu nichts.

Langsam reifte in ihm ein anderer Plan.

Zurück im Hotel checkte er ein und kaufte dabei ein paar Einmalkultursachen, die der leidlich deutsch sprechende Hotelbesitzer gerne hergab.

Auf seinem Zimmer ruhte er sich ein paar Minuten aus, nahm dann eine Dusche und ging um 20 Uhr hinunter in das urige Restaurant. Früher war hier wohl der Pferdestall untergebracht. An einer Seite des niedrigen, mit alten Holzbalken eingefassten Raumes sah man auf einem Sims den hölzernen Trog, der mit Blumen und allerlei Nippes dekoriert dem Raum eine rustikale Gemütlichkeit verlieh. Nur zwei der sieben Tische waren besetzt. An dem einen saß ein älteres Ehepaar, ins Gespräch vertieft, an dem zweiten saß Gunther, der gedankenverloren in sein Weinglas starrte.

Christoph stellte sich neben ihn und wartete ab, bis Gunther aufblickte und Christoph verständnislos ansah.

»Kann ich Ihnen helfen?«, fragte er schließlich.

»Ist hier noch frei?« Christophs Frage kam so unschuldig daher, dass Gunther ihre Absurdität gar nicht bemerkte und spontan nickte.

»Danke sehr! Äh, können Sie einen guten Wein empfehlen? Was trinken Sie denn?«

Erst jetzt wurde Gunther klar, dass er sich einen Mitesser an den Tisch geholt hatte, obwohl er lieber allein geblieben wäre.

»Entschuldigen Sie! Könnten Sie sich nicht einen eigenen Tisch aussuchen? Hier ist alles frei. Wären Sie so freundlich?«

Christoph reagierte nicht und schaute Gunther nur unverwandt an. Dieser blickte zunächst irritiert weg, um Christoph dann erneut, diesmal neugierig in Augenschein zu nehmen.

»Kennen wir uns? Ich habe Sie schon einmal gesehen. Aber ich komme nicht darauf wo. Helfen Sie mir doch bitte!«

Christoph lächelte dünn. »Vielleicht erinnere ich Sie an jemanden, den Sie gut kennen. Vielleicht eine Frau? Möglicherweise eine Frau, die Sie als Teenager kennengelernt haben, könnte das sein?«

Es dauerte ein paar Sekunden, dann bemerkte Christoph ein leichtes Flackern im linken Auge seines Gegenübers. Dieses wurde immer heftiger und ging schließlich in ein hektisches Zucken über. Gleichzeitig verschwand alle Farbe aus Gunthers Gesicht. Erschrocken schnappte er nach Luft. »Christoph?«

Mehr sagte er nicht an diesem Tisch, den er nämlich gleichzeitig mit der Frage fluchtartig verließ. Und mehr sagte er auch nicht an diesem Abend zu seiner Schwester, der er nur ausrichten ließ, sie müssten ihr Treffen verschieben, da er dringend beruflich zurück nach Mainz müsse.

Christoph war an dem Tisch sitzen geblieben und beobachtete Gunthers gehetztes Auschecken. Eilig zerrte er sein Handy aus der Hosentasche und wollte Stefan anrufen, als das Telefon in seiner Hand zu vibrieren begann. Auf dem Display erschien Stefans Nummer. »Gerade wollte ich dich anrufen. Du, ich glaub, ich habe Mist gebaut. Ich habe Gunther aufgeschreckt und er …«

»Stopp! Christoph, hör mir zu! Ich hole dich sofort ab. Zwei Dinge: Erstens der DNA-Test ist positiv. Gunther ist eindeutig dein Vater, und zweitens«, Stefan machte eine kurze Pause. »Ich glaube, ich weiß, wo Nora steckt. Ich bin so blöd. Ich hätte viel eher darauf kommen können. Also, mach dich fertig! Ich bin in zehn Minuten bei dir.«

Bevor Christoph etwas erwidern konnte, hatte Stefan das Gespräch beendet. Doppelt verwirrt holte er seine wenigen Sachen aus seinem Zimmer, bezahlte eine kleine Summe an den mittlerweile sehr irritierten Maître und verließ das Hotel, um auf Stefan zu warten.

40. KAPITEL

So unendlich langsam die vergangenen Tage dahingezogen waren und meine Nerven bis aufs Äußerste strapaziert hatten, so sehr überschlugen sich an diesem Dienstagnachmittag die Ereignisse. Als Erstes meldete sich mein Freund aus Essen, um mir mitzuteilen, dass er zwar wegen der Kürze der Zeit nur ein vorläufiges Ergebnis habe, dass dieses aber eindeutig positiv sei. Die Übereinstimmung der beiden DNA-Proben sei so hoch, dass es sich mit an Sicherheit grenzender Wahrscheinlichkeit um Vater und Sohn handeln würde.

Bestätigte dieses Ergebnis unsere Theorie, so verwirrte uns vier, die wir in Sobernheim warteten, Gunthers Fahrtziel. Was wollte er in den Ardennen? Wer war diese Frau? Während Sabine, Philo und ich herumrätselten, hatte sich Raster an seinen Laptop gesetzt.

»Ich habe hier eine Schwester von Gunther, die Ende der 70er-Jahre eine Arbeitserlaubnis in Belgien beantragt hat. Das wird sie sein, oder?«

»Wie hast du das denn so schnell rausbekommen?«, fragte Sabine ehrlich beeindruckt.

»Das, meine Liebe, willst du ganz sicher nicht wissen.« Grinsend schloss Raster den Deckel seines Laptops. »Aber, wenn du andere Dinge von mir wissen willst …«

Sabine spielte mit und verdrehte scheinbar genervt die Augen. »Okay, also seine Schwester. Was will er jetzt von der? Oder ist das Zufall? Vielleicht hatten die beiden schon lange eine Verabredung für heute.«

Ich zuckte mit den Schultern. Mir war das im Moment herzlich egal. Wie konnte man Gunther nur dazu bringen, uns zu Nora zu führen? Das war entscheidend.

In diesem Moment klingelte mein Handy.

»Stefan! Gibt es etwas Neues?« Schnell berichtete ich ihm von dem DNA-Test, um dann mit steigender Herzfrequenz seinen Ausführungen zu lauschen. Sabine, Philo und Raster schauten mich erwartungsvoll an, als ich das Telefon schließlich weglegte.

»Und?«, fragte Philo aufgeregt.

»Stefan meint zu wissen, wo Gunther Nora versteckt hält. Die beiden kommen jetzt zurück und holen uns ab. Es gibt da ein einsames Haus auf einer großen Obstwiese, das Gunther immer schon haben wollte. Stefan ist sich sicher, dass er es mittlerweile gekauft hat. Das liegt so einsam, dass man auch Schreien und Rufen nicht hören würde. Außerdem hat es einen gemauerten Keller.«

»Und woher kennt Stefan dieses Haus so gut?«, wollte Sabine wissen.

»Die haben da als Kinder öfter gespielt. Genaueres konnte er mir jetzt nicht sagen. Hoffen wir mal, dass es noch früh genug ist!«

Die nächsten vier Stunden zogen sich wie Kaugummi. Endlich, es war mittlerweile halb eins, erschienen Christoph und Stefan sichtlich erschöpft von der langen Fahrt.

Wir berichteten uns gegenseitig von allen Neuigkeiten, wobei vor allem Gunthers Reaktion auf Christophs Provokation zu wilden Spekulationen Anlass gab.

»Wenn er so plötzlich aufgebrochen ist, dürfen wir keine Zeit mehr verlieren. Vielleicht dreht er komplett durch und tut Nora etwas an? Ich bin so ein Idiot. Warum konnte ich nicht im Hintergrund bleiben?« Christophs schlechtes Gewissen war für uns alle nachvollziehbar. Aber wir mussten uns mit den Tatsachen auseinandersetzen. Hadern führte uns nicht weiter.

Philo brachte es schließlich auf den Punkt: »Wir müssen klären, ob es Sinn macht, noch heute Nacht etwas zu unternehmen oder erst morgen früh. Außerdem bleibt die Frage, ob wir und, wenn ja, wann die Polizei einschalten.«

»Die Polizei schreitet erst ein, wenn wir stichhaltige Beweise haben. Willst du denen etwa von der DNA-Probe und meinen Recherchen über einen Anfangsverdacht gegen den Herrn Staatssekretär erzählen?«

Da hatte Raster recht. Es machte keinen Sinn, die Polizei jetzt zu benachrichtigen.

»Bleibt die Frage: heute noch oder erst morgen früh. Ich bin bei aller Eile eher für morgen. Schaut euch doch mal an! Ihr könnt kaum noch auf den Beinen stehen.« Mitleidig schaute Sabine zu Christoph und Stefan hinüber, die blass und schweigsam auf einem Bett saßen.

»Leute, seid mir nicht böse, aber kann jetzt einer von uns schlafen? Und mal ganz im Ernst: Ich habe Angst, dass in letzter Minute etwas Schlimmes passiert. Ich möchte mir später nicht vorwerfen, dass Nora etwas zugestoßen ist, weil wir unseren Schönheitsschlaf haben mussten.«

»Okay, Uli«, erwiderte Stefan. »Ich kann dich gut verstehen. Ich schlage vor, wir machen uns kurz frisch und treffen uns in 20 Minuten in der Lobby. Ist das für alle in Ordnung?«

Wir nickten und sahen zu, dass wir schnell in unsere Zimmer kamen, um nur kurze Zeit später an der Rezeption zusammenzukommen.

Es regnete in Strömen. Nur ganz langsam war der nahende Morgen an einem etwas helleren Schwarz im Osten zu erahnen. Ein kühler, frischer Wind blies uns ins Gesicht, als wir uns auf Christophs und Stefans Wagen verteilten.

Stefan fuhr voraus, weil er der Einzige war, der den Weg zu dem Obsthaus, wie wir es mittlerweile nannten, kannte. Schweigend starrten wir in den Regen hinaus und hingen unseren Gedanken nach, die sich zwischen Hoffen und Bangen, zwischen Angst und Zuversicht bewegten.

Es war eigentlich gar nicht weit und doch so einsam gelegen, dass man hier nicht unbedingt ein Haus vermutet hätte.

Langsam fuhr Stefan über den aufgeweichten Feldweg auf das Gebäude zu. Als wir etwa 50 Meter entfernt waren, konnten wir Gunthers Wagen neben dem Haus erkennen.

»Scheiße!«, entfuhr es Raster, und innerlich gaben wir ihm recht. Wir stiegen aus und standen unschlüssig fröstelnd beieinander.

»Hier rumstehen macht keinen Sinn. Wir müssen da rein, und zwar jetzt!« Entschieden ging ich voraus, als ein lauter Knall aus Richtung des Hauses die Stille brutal durchschnitt.

Nach der ersten Schrecksekunde rannten wir alle gleichzeitig los. Die Haustür war unverschlossen, wir rissen sie auf und fuhren geschockt zurück.

Erst nur schemenhaft, dann immer deutlicher erkannten wir eine Gestalt, die eher einem Horrorfilm denn der Wirklichkeit entsprungen sein konnte. Lange, strähnige Haare umrahmten ein schmales Gesicht. Die tief herabhängenden Schultern bebten leicht, während die Hände sich unablässig öffneten und schlossen. Langsam, mit kleinen Schritten kam die vor Schmutz starrende Gestalt auf uns zu, und ich musste unwillkürlich an das Mädchen aus dem Film »The Ring« denken.

Ich erkannte Nora als Erster, trat auf sie zu und nahm sie in die Arme. Behutsam führte ich sie nach draußen, wo ihr Sabine sofort einen Anorak umhängte.

Jetzt erst erkannten wir, dass noch jemand im Hausflur war. An die Wand gelehnt saß Gunther, das Kinn auf der Brust, in der rechten Hand seine Pistole. Sein linkes Auge, das sonst bei jeder Aufregung so hektisch gezuckt hatte, war nun gnädig geschlossen, während das rechte leer nach oben starrte. Durch die Dämmerung konnte man das viele Blut an der Wand hinter ihm nur als dunklen Fleck schemenhaft erkennen. Schaudernd wandten wir uns ab.

Philo hatte am schnellsten reagiert und die Polizei und einen Krankenwagen gerufen.

»Komm mit ins Auto, Liebste. Schaffst du das bis dahin?« Nora nickte zaghaft.

»Hast du etwas zu trinken?«, fragte sie kaum hörbar.

»Ich habe eine Kiste Wasser im Kofferraum«, rief Stefan und lief los. Schließlich hatten wir Nora einigermaßen trocken und warm auf dem Rücksitz von Stefans Wagen versorgt. Sie hatte eine halbe Flasche Wasser getrunken, dann war ihr schlecht geworden, und sie hatte alles wieder erbrochen. Die zweite Hälfte der Flasche blieb dann glücklicherweise im Magen.

Mittlerweile waren die Polizei und drei Krankenwagen eingetroffen. Das Aufgebot an Dienstfahrzeugen wurde immer größer. Schließlich handelte es sich um eine Entführung und einen Freitod – und das auch noch von einem hohen Staatsbediensteten, der vielleicht sogar der Täter war. Es dauerte nicht lange, bis die ersten Pressevertreter erschienen. Wir wollten nur noch weg. Endlich hatte der leitende Ermittler, ein Hauptkommissar Ewald Kleinert, ein Einsehen und entließ Nora, die wirklich nicht vernehmungsfähig war, in einen Krankenwagen, der mit ihr und mir nach Bad Kreuznach ins Krankenhaus fuhr. Auch die anderen konnten, wie ich am Rande mitbekam, nach Hause beziehungsweise ins Hotel.

Im Krankenhaus wurde Nora zunächst gründlich untersucht einschließlich einer CT, diverser Ultraschall- und Blutuntersuchungen. Dann wurde sie an einen Tropf gehängt, wobei ich akribisch darauf achtete, dass sie auch die richtigen Infusionen bekam, und konnte anschließend endlich in ein Einzelzimmer, wo sie vollkommen erschöpft sofort einschlief.

Ich blieb den ganzen Tag bei ihr, unterbrochen nur von kurzen Gängen in die Cafeteria und zu Telefonaten mit meinen Freunden in Sobernheim, die aber nichts Neues berichten konnten.

Am Abend wachte Nora auf. Wesentlich kräftiger als am Morgen nahm sie mich erst jetzt richtig wahr. Es sollte noch viele Tage dauern, bis wir uns alles erzählt hatten. Was mich jedoch brennend interessierte, war das Geschehen in der vergangenen Nacht und am Morgen.

»Mir war schrecklich übel vor Hunger und Durst«, erzählte Nora. »Ich musste mich ständig übergeben, obwohl ich genau wusste, dass ich dadurch schneller dehydriere. Aber ich konnte nichts dagegen machen. Jedenfalls habe ich deswegen gar nicht mitbekommen, dass Gunther irgendwann in der Nacht gekommen war. Ich saß an der Wand in meinem Keller und würgte vor mich hin, den stinkenden Eimer zwischen den Beinen, als ich plötzlich bemerkte, dass ich nicht alleine war. Ich bekam einen fürchterlichen Schrecken. Gunther stand in einer dunklen Ecke des Raumes und beobachtete mich. Ich war so erschrocken, dass ich ihn angeschrien habe, wie lange er schon da so stehen würde. Und warum er mir nicht helfen würde. Aber das drang gar nicht zu ihm durch. Er setzte sich auf die Pritsche und fing an zu erzählen. Von seinen Eltern, seiner Jugendzeit, wie er angefangen hat zu vergewaltigen. Dass er sich ein zweites Ich aufgebaut hat und sich fast jedes Wochenende in Sadomaso-Kreisen aufgehalten hat. Dann hat er viel von seiner Schwester erzählt und wie ungerecht er sie behandelt habe. Ich habe nicht alles verstanden, es wurde konfus. Auf einmal kam unser gemeinsamer Sohn zur Sprache und dass er den in Belgien gesehen haben wollte. Also ziemlich wirr …«

Nora unterbrach sich plötzlich und guckte mich erschrocken an. »Ach, Uli. Es tut mir so leid, dass ich dir nichts davon erzählt habe. Ich meine, das mit der Vergewaltigung und der Schwangerschaft. Du weißt mittlerweile alles, oder?«

Ich nickte. »Das besprechen wir später. Ich bin kein bisschen besser. Du wirst sehen.« Ich milderte meine kryptischen Worte durch ein ehrlich gemeintes Lächeln ab. »Jetzt sag mal. Wie ging es weiter?«

»Dann sagte Gunther, ich sollte unserem Sohn – Christoph heißt er?« Ich nickte. »Jedenfalls sollte ich ihm ausrichten, dass er die Art, wie er entstanden sei, absolut bereue, aber nicht *dass* er entstanden sei. Dann erwähnte er einen Brief für die Polizei in seiner Wohnung. Ich habe ihn einiges gefragt, aber er hat überhaupt nicht reagiert. Er stand plötzlich auf, sah mich durchdringend an und sagte: ›Leb wohl, Nora! Es tut mir alles schrecklich leid!‹ Danach drehte er sich um und verließ den Keller, ohne abzuschließen. Ich bin natürlich hinter ihm her, ganz leise, weil ich dachte, er hätte die Tür vielleicht aus Versehen offen gelassen. Und da sehe ich ihn im Flur an die Wand gelehnt, die Pistole im Mund. Ich konnte nichts mehr tun.« Ich nahm Nora in den Arm. Was hatte sie nur durchmachen müssen. Aber im Moment fehlten mir die richtigen Worte.

41. KAPITEL

Zwei Tage später – Nora hatte die Klinik inzwischen gegen den ärztlichen Rat verlassen – trafen wir uns alle bei Stefan und Susanne.

Die beiden hatten Kaffee und Kuchen gedeckt. Raster ließ es sich bereits schmecken und erntete dafür böse Blicke von Sabine, die er mit einem Schulterzucken abtat.

Wir anderen saßen um den großen Esstisch der Burgers herum und schwiegen verlegen. Eigentlich gab es so viel zu erzählen und zu bereden, deswegen waren wir schließlich alle zusammengekommen. Aber Christoph starrte zu Nora hinüber und brachte keinen Ton heraus.

Diese sah unverändert so aus, als stünde sie unter Schock, und nicht zum ersten Mal dachte ich, sie wäre besser noch ein paar Tage im Krankenhaus geblieben.

Raster war mit Sabine beschäftigt, während Stefan und ich uns anschauten und keinen Anfang fanden.

Susanne und Philo waren es schließlich, die das Eis brachen, indem sie erst sich gegenseitig und danach uns anderen Kaffee und Kuchen anboten. Es war mühselig. Zu viel war passiert und zu viele unverarbeitete Emotionen schwangen zwischen uns im Raum. Sei es zwischen Nora und ihrem Sohn, Nora und mir, aber auch zwischen den Burgers und uns anderen, die wir ihre Beschaulichkeit so empfindlich gestört hatten. Schließlich, nachdem wir uns einigermaßen auf den gleichen Wissensstand gebracht hatten, erzählte Stefan, was er von der Polizei erfahren hatte: »Sie haben tatsächlich einen Brief von Gunther in dessen Wohnung gefunden«, begann er. »Gunther lässt sich darin ausführlich über seine Kindheit aus – das, was du uns schon erzählt hast, Nora – und dann über seine kriminellen Handlungen, angefangen bei der ersten Vergewaltigung von Nora, über weitere Verbrechen in Regensburg und so weiter. Dann beschreibt er exakt seine Pläne und die Durchführung von Noras Entführung, wobei er als Motiv dein Auftauchen angibt.« Stefan schaute zu Christoph hinüber, der betreten den Blick senkte.

»Du kannst doch nichts dafür!«, sprang Sabine sofort ein. »Niemand wirft dir etwas vor, klar?«

Christoph nickte, und endlich richtete Nora das Wort an ihn: »Wir beide müssen uns erst kennenlernen. Es ist alles ziemlich schwierig im Moment. Ich weiß das. Aber eins muss dir klar sein: Du darfst dir keine Vorwürfe machen! Sabine hat vollkommen recht. Okay?«

Wieder nickte Christoph und Stefan fuhr fort: »Gunther hatte offensichtlich massive Angst, dass sein Doppelleben durch das Auftauchen seines leiblichen Sohnes auffliegen würde. Die Entführung war eine Kurzschlussaktion. Etwas anderes war ihm nicht eingefallen. So beschreibt er es jedenfalls.«

»Und was ist mit den Morden?«, fragte ich erstaunt nach, als Stefan sich nicht anschickte fortzufahren.

»Nun. So weit ging Gunthers Selbstanklage dann doch nicht. Die Polizei geht davon aus, dass er sein persönliches und politisches Bild, das die Nachwelt von ihm haben wird, nicht weiter beschmutzen wollte und daher die Morde an Karmann und Peter ausgeklammert hat. Beide Fälle sind trotzdem ganz eindeutig Gunther zuzuordnen.«

Fast synchron zogen wir alle die Augenbrauen hoch.

»Ja«, sagte Stefan. »Ich weiß da nichts Konkretes. Aber es hat Aussagen gegeben von einem oder mehreren Zeugen, denen sich Gunther in betrunkenem Zustand anvertraut hat. Hierin wurden Einzelheiten über die Morde bekannt, die nur der Mörder selbst kennen konnte. Die Polizei ist sich jedenfalls sicher: Das Motiv bei Andreas Karmann lautete Eifersucht, da Gunther bereits damals in Nora verliebt war.«

»Ich kann euch mehr zu den Ereignissen am Silbersee erzählen«, meinte Nora. »Vielleicht wird dann alles deutlicher. Soll ich?«

»Nur, wenn du es kannst. Du musst das jetzt nicht.« Ich hatte Angst, Nora würde sich überanstrengen, aber energisch schüttelte sie den Kopf.

»Es war im Frühsommer vor unserem Abitur. Ich hatte meine Auszeit, das heißt die Geburt, bereits hinter mir, und dank vielem Sport sah man meinem Bauch nichts mehr an. Wir waren mal wieder am Silbersee, und Andreas und ich hatten uns verquatscht. Er war übrigens der Einzige, der Bescheid wusste. Jedenfalls waren zum Schluss nur noch wir beide da – dachten wir. Ich wollte schwimmen gehen, als plötzlich Gunther neben mir im Wasser auftauchte und mich anpackte. Ich habe solch einen Schreck bekommen, dass ich laut um Hilfe geschrien habe. Da Andreas wusste, was zwischen Gunther und mir passiert war, kam er mir sofort zu Hilfe. Wir haben ihn dann zusammen unter Wasser gedrückt. Ich glaube, wir waren in diesem Moment bereit, ihn zu töten. Wahrscheinlich, weil Gunther plötzlich aufhörte zu zappeln, wurden wir beide klar und ließen ihn los. Er war mittlerweile bewusstlos, und wir mussten ihn ans Ufer schleppen. Dort haben wir uns davon überzeugt, dass er noch atmete und nicht ersticken konnte. Dann sind wir zurück ins Internat gefahren.« Nora machte eine Pause und sah uns alle der Reihe nach an.

Susanne nahm den Faden für sie wieder auf. »Du meinst, Andreas ist dann wegen seines schlechten Gewissens später noch einmal hingefahren, um nachzuschauen, ob es Gunther wirklich gut geht?«

»Ja. Nur so kann es gewesen sein«, antwortete Nora. »Die beiden müssen sich in die Haare gekriegt haben, und dann ist es halt passiert.«

Stefan nickte. »Das macht Sinn. So wird es gewesen sein. Nora, du musst das unbedingt der Polizei erzählen!«

»Aber was war mit deinem Freund Peter?«, fragte nun Philo, der die ganze Zeit konzentriert zugehört hatte. »Wie passt der in das Bild? Ich sehe kein Motiv.«

»Der ominöse Zeuge hat der Polizei nur erzählen können, dass Peter etwas herausbekommen hatte. Das alleine ist äußerst dünn. Aber er konnte das Tatmesser recht genau beschreiben, das Gunther ihm an diesem Abend gezeigt hatte.« Stefan zuckte ergeben mit den Schultern. »Ich weiß es auch nicht. Aber die Polizei ist von alldem überzeugt.«

»Es macht Sinn«, warf ich ein. »Der Zeuge, wer immer das sein mag, hatte bestimmt fürchterliche Angst, vor allem, wenn er wusste, welch hohes Tier ihm ein Geständnis abgelegt hatte. Erst, als er in der Presse von dessen Freitod hört, traut er sich zu seiner Aussage bei der Polizei.«

So langsam wurden die Dinge durchsichtiger. Wir verstanden zwar nicht alles, aber die wichtigsten Zusammenhänge wurden deutlich.

Es war spät geworden, und so verabschiedeten wir uns von den Burgers, wobei Nora mit Christoph einen kleinen Spaziergang machen wollte, bevor wir am nächsten Morgen nach Dortmund zurückkehren würden.

Es schien klarer und wärmer zu werden an diesem Abend, als wir müde zu unserem Hotel zurückfanden.

TEIL 2

DIE WAHRHEIT

42. KAPITEL

Das Schrecklichste war der Gestank nach verfaultem und verrottetem Obst. Nie wieder würde sie einen Apfel oder eine Birne essen können, dachte Nora, während sie voller Schrecken feststellte, dass sie diesmal gefesselt auf der Pritsche in ihrem kleinen Gefängnis lag. Wenn sie den Kopf anhob, konnte sie im Halbdunkel vier Lederriemen erkennen, die ihre Arme und Beine fixierten und irgendwo unter dem Bett verankert waren. Dass sie überhaupt wieder in dem Kellerloch war, überraschte sie in keiner Weise. Das war nun schon seit Wochen so: Abends ging sie mit Uli ins Bett, das Licht wurde gelöscht, nachdem ihr Mann ein paar Seiten gelesen hatte. Bald hörte sie dessen ruhige Atemzüge und wurde darüber selbst immer müder. Dann – nicht jede Nacht, aber doch recht häufig – brachte sie eine unbekannte, für Nora in diesen Momenten durchaus nachvollziehbare Macht innerhalb weniger Sekunden in *ihren* Keller, wo sie meist bis zum Morgengrauen blieb. In der Regel passierte nichts Außergewöhnliches. Sie ging an den Regalen entlang, schaute in die Einmachgläser oder legte sich auf die Liege, um nachzudenken. Manchmal kam Gunther, der aber nie etwas sagte und ihr immer nur Unmengen Müsliriegel und Wasserflaschen vorbeibrachte …

Heute war etwas anders. Noch nie war Nora gefesselt gewesen. Der Gestank nach vergorenem Obst war ihr bis heute nicht aufgefallen. Und es war deutlich dunkler als sonst. Zum ersten Mal, seitdem sie die nächtlichen Ausflüge in den Keller machte, bekam sie Angst. Ganz langsam nur, aber stetig wurde ihr bewusst, dass es bei diesem ganzen Geschehen rund um das Obsthaus um Tod und schreckliche Gewalt gegangen war: Gunthers Vergewaltigungen, die Entführung, der Tod von Peter Bach und der Mord an Andreas vor 30 Jahren. Gunther, das Monster! Nicht der nette Bekannte, der ihr immer etwas zu Essen und Trinken vorbeibrachte, nein: der Mörder und Vergewaltiger!

Nora begann, unsäglich zu frieren. Gleichzeitig spürte sie, wie sich ein klebriger Schweißfilm auf ihrem ganzen Körper ausbreitete. War heute alles so anders, weil Gunther heute Nacht sein Werk an ihr vollenden wollte? Panisch blickte sie sich um. Das Licht, dessen Quelle Nora nicht ausmachen konnte, erreichte nicht alle Ecken und schien nicht hinter jeden Regalvorsprung. War Gunther schon da und ergötzte sich an ihrer stetig wachsenden Panik?

Sie lag ruhig und lauschte. Da! Eindeutig Atemzüge. Hinten aus der Ecke rechts neben der Tür. Angestrengt versuchte Nora etwas zu erkennen, aber außer dunklen Schatten war da nichts. Oder doch?

Ein Teil der Dunkelheit löste sich langsam und bewegte sich auf die zitternde Nora zu. Ein leises Wimmern stahl sich über ihre Lippen. »Gunther?«

Schemenhaft erkannte sie eine Gestalt, die sich im Zeitlupentempo auf sie zubewegte. »Gunther?«

Plötzlich war sein Gesicht direkt über ihrem. Nora roch den fauligen Atem des Todes aus dem, was einmal Gunthers Mund gewesen war. Denn diesmal sah er so aus, wie sie ihn nach seinem Selbstmord oben im Flur gesehen hatte: der Gaumen halb weggesprengt, der hintere Teil des Schädels nicht mehr vorhanden und leere Augen, die sie aus einer unendlichen Eiswüste heraus anstarrten. Nora wollte schreien, aber Gunther legte ihr eine eiskalte Hand auf den Mund. Dann begann er zu sprechen. Was da aus seinem Mund kam, waren aber keine normalen Worte, sondern dröhnender Donner, der von den Wänden des engen Raumes widerhallte, als befänden sie sich in einer Kathedrale. Dunkel, grollend und ohne jegliche Intonation hallte es in Noras Kopf: »Ja, ich bin böse. Ja, ich bin ein Vergewaltiger und ein Sadist. Ja, ich habe dich entführt und dir Leid angetan. Ja, ja, ja. ABER ICH BIN KEIN MÖRDER!«

43. KAPITEL

Normalerweise erwachte Nora mit einer langen Übergangszeit, geprägt durch Hin- und Herwälzen, Stöhnen und eine gewisse Unruhe, aus ihren dunklen Albträumen. Wir kannten das mittlerweile, und Noras Psychologe hatte mich genau instruiert, wie ich damit umzugehen hatte. An diesem Morgen jedoch war ich total überfordert. Ich wurde durch einen gellenden Schrei wach, der mir das Blut in den Adern gefrieren ließ. Erschrocken fuhr ich hoch und sah in ihre weit aufgerissenen Augen. »Nora, was ist denn? Hast du diesmal etwas anderes geträumt? Sag mir, was ich tun soll!« Ich wusste nicht, ob ich sie in den Arm nehmen oder sie lieber in Ruhe lassen sollte.

Langsam bekam Nora einen normalen Gesichtsausdruck. Sie sackte förmlich in sich zusammen und Tränen quollen aus ihren Augenwinkeln, ohne dass sie wirklich geweint hätte.

»Möchtest du erzählen?«, fragte ich vorsichtig.

»Gib mir ein bisschen Zeit«, antwortete sie und legte sich auf die Seite, das Gesicht von mir abgewandt.

Drei Monate waren seit den schrecklichen Ereignissen in Sobernheim vergangen. Der Herbst machte mit Stürmen und einem fast ununterbrochenen Regen seinem Namen alle Ehre, und so trommelten dicke Regentropfen mit Nachdruck gegen unser schräges Schlafzimmerfenster.

Nora und ich waren bald nach unserer Rückkehr zu einem ausgiebigen dreiwöchigen Griechenlandurlaub aufgebrochen. Ein guter Freund, Gynäkologe in Aplerbeck, hatte mir eine Insel im Ionischen Meer empfohlen, wo wir auch in der Hochsaison Ruhe und Abgeschiedenheit finden würden. Und so war es. Ohne großartige Pläne hatten wir jeden Tag auf uns zukommen lassen. Wir genossen das warme Wetter, das blaue Meer, die mediterrane Küche und die freundliche Betreuung des Besitzers unseres Ferienhäuschens. Die Gespräche kamen sporadisch und unvermittelt, und jeder erzählte, was er wollte, ohne von dem anderen gedrängt oder ausgefragt zu werden. So war der Austausch stressfrei und liebevoll, und wir hatten beide das Gefühl, das Schlimmste hinter uns gelassen zu haben, als wir an einem Samstag im August wieder auf dem Düsseldorfer Flughafen landeten.

Doch bereits in der ersten Nacht nach unserem Urlaub begannen Noras Träume. Sie sprach offen darüber, und man konnte die Träume nicht direkt als Albträume bezeichnen. Trotzdem machten sie uns beiden Angst, weil sie zeigten, dass die Verarbeitung in keiner Weise abgeschlossen war.

Nora fand bald einen Psychologen, dem sie vertraute und der ihr offensichtlich guttat.

Außerdem war Christoph nach dem Urlaub für eine Woche unser Gast gewesen und hatte mit uns eine schöne und weitestgehend unbeschwerte Zeit verbracht.

Ich drehte mich auf den Rücken und dachte nach: Egal, was Nora heute Nacht so beunruhigt hatte, sie würde diesen Albtraum irgendwann überwunden haben. Und letztlich war alles zwischen uns so viel schöner, freier und intensiver als vor der ganzen Sache: Ich war mein verrücktes Trauma los, dass mich alle Frauen nur ausnehmen wollten, Nora hatte sich mir anvertraut und von mir das sichere Gefühl bekommen, dass ich sie selbstverständlich auch mit dieser Vergangenheit lieben würde. Dann war Christoph in unser Leben getreten und hatte es bereichert – und auch die Freundschaft zu unseren drei Chaoten Sabine, Philo und Raster war stärker geworden. Bei diesem Gedanken fiel mir ein, dass ich das Abendessen planen musste, da wir die drei für den heutigen Samstagabend eingeladen hatten.

Es war mittlerweile 8 Uhr, und so stand ich leise auf – vielleicht war Nora noch einmal eingeschlafen – und schlich in die Küche, wo ich die Kaffeemaschine einschaltete.

Ich saß gerade bei meiner ersten Tasse und der Zeitung am Frühstückstisch, als das Telefon klingelte. Ich meldete mich erstaunt. Ein Anruf samstags so früh verhieß nichts Gutes. Meine Gedanken gingen zunächst in Richtung Klinik, wo ich vielleicht einen Notdienst übernehmen musste.

Es antwortete allerdings eine Männerstimme, die ich im ersten Moment nicht erkannte: »Hier spricht Hauptkommissar Kleinert von der Polizei Bad Sobernheim. Herr Dr. Beilstein?«

Ich erinnerte mich an den netten, etwas dicklichen Polizisten, der an dem betreffenden Morgen die Arbeit am Tatort geleitet und uns später befragt hatte. »Ja, der bin ich. Was kann ich für Sie tun, Herr Kommissar?«

»Entschuldigen Sie bitte die frühe Störung. Wir, das heißt die Kriminalpolizei in Kirn, Mainz und Sobernheim, wollen die Sache vom Sommer zu einem Abschluss bringen. Zumal«, hier stockte er, als wüsste er nicht so recht, wie er es formulieren sollte, »gewisse Dinge passiert sind, die uns befähigen, die Sache endgültig abzuschließen.«

»Wie kann ich Ihnen helfen, Herr Kommissar? Unsere Aussagen von damals haben Sie.«

»Es ist so, dass die Kriminalpolizei aus Mainz darauf besteht, ihre Aussagen mit aktuellen Antworten und Einschätzungen zu vergleichen. Man möchte die damals unter besonderen und vor allem bei Ihrer Frau unter sehr schwierigen Bedingungen gemachten Aussagen verifizieren. Verstehen Sie?«

Ich verstand sehr wohl, und mich beschlich eine ungute Vorahnung, die sich prompt bestätigte.

»Dazu müssten wir Sie alle, also auch Ihre drei Freunde, bitten, zu uns zu kommen. Den Termin können Sie frei bestimmen, wir richten uns ganz nach Ihnen. Nur innerhalb der nächsten Woche sollte es sein.«

Sehr witzig, dachte ich und seufzte vernehmlich in den Hörer. »Ich verstehe, Herr Kommissar. Wenn es keine Alternative gibt?«

»Leider nein. Können Sie sich mit Ihren drei Freunden absprechen und mich anrufen? Das wäre sehr nett. Auf Wiederhören, Herr Dr. Beilstein.«

Ich legte auf. Der Frühstücksappetit war mir gehörig vergangen. Wie würde Nora auf diese Einladung reagieren?

Sie reagierte gar nicht. Mit hängenden Schultern und ohne die Fröhlichkeit, die sie sonst auszeichnete, kam sie zum Frühstückstisch. »Guten Morgen!«, murmelte sie mir ins Ohr, während sie mir einen Kuss auf die Wange hauchte. »Tut mir leid wegen vorhin. Ich wollte dich nicht erschrecken. Hab ich sehr laut geschrien? War halt wieder der blöde Traum, du weißt schon. Diesmal ein wenig heftiger.«

»Möchtest du darüber reden?«

»Nein. Sei mir nicht böse. Ich versuche, ob ich heute noch zum Kling kommen kann. Dem würde ich dann alles erzählen.«

Manfred Kling war Noras Psychologe und hatte samstags keine Sprechstunde, aber ich ließ das unkommentiert. Nora musste ihren eigenen Weg finden. Das war bestimmt besser, als ihr Vorschriften zu machen oder sie zu bedrängen.

»Denkst du an heute Abend? Sabine und die Jungs kommen. Kümmerst du dich um das Abendessen?«

Ich nickte. »Ach übrigens, der Anruf gerade: Das war dieser Kommissar aus Sobernheim, dieser Kleinert. Erinnerst du dich? Die wollen die Sache endgültig abschließen und dazu noch einmal unsere Aussagen haben.«

»Also müssen wir noch mal hin?«

»Ich fürchte ja. Sabine, Philo und Raster übrigens auch. Wir sollten uns heute Abend mit ihnen absprechen. Tut mir furchtbar leid, dass du da noch einmal durchmusst.«

»Ist okay. Hast du eine Idee, was du kochen willst?«

Das war alles. Keine weiteren Kommentare. Erst als die drei Freunde um 19 Uhr eintrafen, wurde *die Sache* wieder zum Thema.

44. KAPITEL

»Boa! Lass mich durch! Ich muss zum Kühlschrank. Ich sterbe vor Durst!«

Raster stürmte als Erster in unsere Wohnung, meine ausgestreckte Hand und Nora ignorierend, die gerade von oben herunterkam.

Der Zweite, Philo, zuckte nur resignierend mit den Schultern ob des rüden Verhaltens seines Freundes. »Raster ist heute seit zwei Jahren zum ersten Mal gejoggt«, sagte er entschuldigend. »Offensichtlich muss jetzt alle Welt wissen, wie anstrengend das war.«

Als Letzte kam Sabine die Treppe herauf zu unserer Maisonettewohnung im fünften Stock. »Kannst du nicht mal für einen Aufzug sorgen?«, stöhnte sie und umarmte mich herzlich. »Danke für die Einladung. Hoffentlich habt ihr euch nicht so viel Mühe gemacht. Lohnt sich nämlich nicht für die beiden Chaoten da vorn«, grinste sie und begrüßte Nora.

»Alles in Ordnung? Wie geht es dir? Du siehst heute blass aus, kann das sein?« Sabine war wie immer ein einziges Konzentrat eingeschalteter Sensoren.

»Ich bin ein wenig schlapp, ja. Ich erzähle euch gleich, warum. Aber kommt erst einmal rein«, antwortete Nora müde.

Ich machte mir mittlerweile Sorgen. Sie hatte tatsächlich einen Termin bei ihrem Psychologen bekommen und war bei ihm gewesen, während ich mich um die Einkäufe gekümmert hatte. Aber auch danach hatte sie geschwiegen und auf den Abend verwiesen.

Wir setzten uns nach oben ins Wohnzimmer und genossen den faszinierenden Blick über die Dächer Dortmunds.

Gerade jetzt, im Herbst, nach einem Sturm und einem heftigen Regenschauer, war die Luft klar und die Sicht bombastisch. Wir hatten den Luxus, Fenster nach Norden, Süden und Osten zu haben, die Blicke auf das große U der ehemaligen Unionsbrauerei nach Norden und auf den Fernsehturm »Florian« nach Osten ermöglichten. Dazu kam das Wirrwarr der Tausenden von Dächern, Giebeln und Dachgärten.

»Und? Was gibt's bei euch so?«, fragte ich, ohne mit einer bestimmten Antwort zu rechnen, in die Runde.

Von unten zogen appetitanregende Schwaden aus dem Backofen herauf, in dem ein portugiesischer Fischeintopf kurz davor war, gar zu werden.

»Es gibt tatsächlich etwas Neues«, begann Philo. »Wir müssen dazu allerdings ein wenig ausholen. Raster, willst du?«

»Nee. Mach du mal. Ich bin so kaputt vom Laufen, dass ich kaum noch …«

»Okay. Dann fang ich an«, fiel Sabine ein, und Philo zuckte ergeben mit den Schultern.

»Wir haben euch davon noch nichts erzählt, weil wir dachten, ihr habt selbst genug Probleme und braucht eure Zeit, um mit allem fertigzuwerden. Nachdem wir zurück in Dortmund waren, haben wir eines Abends zusammengesessen und alles in Ruhe Revue passieren lassen. Was uns dabei störend auffiel, war, dass wir von dem Zeugen, der für die nachträgliche Überführung Gunthers als Mörder so immanent wichtig war, nichts weiter wussten. Keinen Namen, keine Herkunft, nichts. Nora, ist dir schlecht? Du siehst nicht gut aus!«

Tatsächlich saß Nora kreidebleich auf ihrem Sessel, die Beine hochgezogen, kaute auf ihren Fingernägeln, was sie sonst nie tat, und starrte benommen auf den Tisch.

»Nora! Was ist mit dir?« Ich berührte vorsichtig ihren Arm.

»Ich, ich muss euch etwas erzählen«, stammelte sie unsicher und versuchte, sich zusammenzureißen.

»Uli hat es heute Morgen mitbekommen, dass ich einen gruseligen Albtraum hatte. Ich bin daraufhin heute Mittag bei meinem Psychologen gewesen, der mich hypnotisiert hat, weil er den Eindruck hatte, da wäre mehr als dieser eine Traum von letzter Nacht. Und tatsächlich konnte ich mich in der Hypnose an mindestens drei weitere ähnliche Träume erinnern, die ich alle verdrängt hatte.«

Nora ging es offenbar besser. Sie hatte wieder Farbe im Gesicht und ihre Sprache wurde flüssiger und klarer als noch zu Beginn ihrer Ausführungen. Es war gut, dass sie alles aussprach, dachte ich.

Sie nahm einen großen Schluck aus ihrem Weißweinglas und fuhr fort: »In all diesen Träumen hat mich Gunther in dem Obsthaus aufgesucht und mir in eindrücklichster Weise klarzumachen versucht, dass er kein Mörder wäre. Alles andere ja, aber kein Mörder!«

Unsere drei Freunde und ich guckten uns entgeistert an. »Aber wer dann?«, fragten wir fast wie aus einem Mund.

»Ich habe keine Ahnung«, antwortete Nora, »aber mein Therapeut rät mir dringend, diese Sache zu klären. Egal in welche Richtung. Aber so, dass ich Ruhe in meinen Kopf bekomme. Versteht ihr? Wenn wir beweisen könnten, dass er wirklich der Mörder war, dann sind das störende Träume, die verblassen werden. Wenn er aber kein Mörder war, dann haben wir etwas übersehen, dass ständig in mir Theater macht, und das darf so nicht weitergehen!« Nora war bei ihrem letzten Satz energisch geworden und schaute herausfordernd in die Runde. »Ich will, nein ich muss das endgültig klären! Seid ihr dabei?«

»Du wurdest gerade so blass, als ich von diesem Zeugen erzählte, den wir so gar nicht kennen. War das nur, weil ich damit den Finger in die Wunde gelegt habe?«, fragte Sabine nach.

»Ja. Als du damit anfingst, hatte ich das Gefühl, es dreht sich alles. Das ganze Karussell um Andreas' Tod damals, Peters Ermordung in diesem Sommer – und überhaupt alles kommt neu in Bewegung. Als müssten wir tatsächlich neu nachdenken.«

»Okay, Leute. Jetzt lasst uns konkret werden. Ich werde sonst völlig meschugge bei diesem leckeren Duft von unten. Können wir nicht erst …«, statt weiterzureden warf Raster einen sehnsüchtigen Blick zur Treppe und damit Richtung Küche und Esszimmer.

Wir mussten alle lachen und einigten uns darauf, zuerst den Fisch zu genießen und danach weiterzumachen.

Dank der hervorragenden Frischfischabteilung einer bekannten Großmarktkette, die in Dortmund-Kley ansässig war, konnte ich meinen Gästen eine erlesene Auswahl feinster Schalentiere und wohlschmeckender Edelfische servieren. Dazu gab es – angelehnt an die provenzalische Bouillabaisse – eine selbstgemachte, scharfe, rote Knoblauchmayonnaise und gegrillte Baguettescheiben. Das Essen gab genug Stoff zum Schwelgen und Tratschen, sodass wir erst wieder oben im Wohnzimmer eine Stunde später auf unser wichtiges Thema zu sprechen kamen.

»Ich mache mal weiter mit dem Zeugen«, startete Philo, wie es seine Art war, unvermittelt und ohne Überleitung.

»Also, uns störte massiv, dass wir keine weiteren Informationen hatten, woraufhin sich unser schlauer Raster in den Server der Kripo Mainz gehackt hat.«

»War gar nicht kompliziert«, meinte dieser nur lakonisch und schlürfte an seinem Bier.

Philo fuhr fort. »Wir fanden den Namen und das Profil des vermeintlichen Zeugen. Es handelte sich um einen Bernd Lankowski, geboren in Bochum, hat dort bei Opel gearbeitet, wurde dann nach Rüsselsheim versetzt und schließlich vor zwei Jahren arbeitslos. Seit einem Jahr Hartz-IV-Empfänger und mehr in diversen Kneipen in Mainz zu finden als zu Hause bei seiner Frau. Er lebt mit dieser in einer kleinen Zweizimmerwohnung in Mainz-Kostheim.«

»Wie alt ist dieser Lankowski?«, fragte ich.

»Er ist vor zwei Wochen 55 geworden. Nach dem Polizeibericht hat er den Herrn Staatssekretär in einer Kneipe in der Mainzer Innenstadt kennengelernt und mehrfach dort getroffen.« Philos Augenbrauen gingen nach oben, und sein Blick glitt demonstrativ fragend in unsere Runde. »Ist das glaubhaft? Bei einem dieser Treffen soll Gunther diesem Bernd alles anvertraut haben, inklusive, dass er ihm das Messer gezeigt haben soll.« Philo sollte zum Theater gehen, ich konnte ein Lachen kaum unterdrücken. Augenbrauen bis zum Anschlag hoch, fragender Blick in die Runde. »Hallo? Wer soll denn diesen Schwachsinn glauben?«

Nora wollte gerade etwas sagen, als Raster dazwischenging: »Das Irre kommt aber jetzt. Wir haben in den letzten Monaten immer mal wieder einen Blick auf die Aktivitäten unseres Freundes geworfen. Größere Ausgaben, Reisen, was auch immer. Man kennt das aus der einschlägigen Literatur.«

»Du meinst, dass er plötzlich Geld hatte, weil ihn jemand gekauft hat?«, fragte Nora.

»Das war zumindest ein Gedanke, der uns gekommen ist. Aber es tat sich nichts. Das Leben unseres Herrn Lankowski war langweilig und öde. Bis zu seinem Geburtstag vor zwei Wochen.«

»Da rutschte plötzlich eine Kreditkartenabbuchung in unser Suchraster, das wir über den guten Bernd Lankowski gespannt hatten.«

»So einer hat eine Kreditkarte?«, fragte ich einigermaßen erstaunt.

»Eine neue Karte! Neu, wie auch das viele Geld das plötzlich auf seinem Sparkassenkonto auftauchte.« Raster lachte. »20.000 Euro, in bar! Und daraufhin ist er schnurstracks zum Reisebüro gelaufen und hat eine Reise für zwei Personen auf die Malediven gebucht. Ich wette um dieselbe Summe, dass er das Geld bereits bar hatte und für die Reise eingezahlt hat.«

»Das stinkt doch zum Himmel!«, entfuhr es Nora.

»Richtig! Du Schlaumichel«, fuhr Raster fort. »Zumal, und jetzt kommt's, eine Woche nach der Buchung unser guter Freund und Reisebucher leider vor eine Straßenbahn fällt: tot, mausetot.«

Keiner sagte etwas in diesem Moment. Wir starrten uns an, während sich die Gedanken überschlugen.

»Und eine Woche später, das heißt heute, ruft die Polizei an und will unsere Aussagen überprüfen. Das passt.« Wenigstens das wurde mir jetzt klar.

»Wollen die uns alle noch einmal sehen?«, fragte Sabine.

Ich nickte.

»Klar!«, warf Nora ein. »Die haben keinen Ansatzpunkt mehr, an der Mordtheorie zu zweifeln, da der einzige

Zeuge tragischerweise ums Leben gekommen ist – durch einen Unfall natürlich. Also soll das Ganze so schnell wie möglich abgeschlossen werden. Allein parteipolitisch wäre eine weitere Beschäftigung mit dem Thema schädlicher als ein, wenn auch tragischer, Abschluss.«

Sabine fasste in ihrer wunderbar klaren Art zusammen: »Ich sehe das so: Nora sollte aus therapeutischen Gründen noch einmal auf die Pirsch gehen. Wir haben unsere – wie ich finde berechtigten – Zweifel, ob das alles mit rechten Dingen zugegangen ist, und außerdem müssen wir sowieso runter, weil die Staatsgewalt es so wünscht. Also drei gute Gründe, unseren neuen, alten Freund Stefan zu besuchen.«

45. KAPITEL

Es war nicht einfach, unsere Arbeitgeber von einem Sonderurlaub zu überzeugen. Letztendlich half aber die Bemerkung, dass wir wegen einer polizeilichen Ermittlung zu mindestens einem oder mehreren Gesprächen in den Süden müssten.

So hatten wir uns vom kommenden Donnerstag bis zu dem darauffolgenden Dienstag freinehmen können und hofften, in dieser Zeit das Rätsel um Gunthers Verstrickung in die Morde aufdecken zu können.

Auf der Fahrt nach Sobernheim, wir fuhren alle zusammen mit meinem Wagen, unterhielten wir uns über eine mögliche Strategie. Auf die Polizei wollten wir nicht bauen. Sollten sie nichts von Lankowskis gebuchter Reise auf die

Malediven wissen, konnten wir ihnen das schlecht mitteilen, da dann Rasters illegale Computeraktionen herauskommen würden. Auch sonst hatten wir nicht den Eindruck gehabt, dass die Polizei weitere Ungereimtheiten zulassen wollte. Alles war schlüssig, zumindest wenn man keine weiteren Fragen stellte. Punkt. Ende.

Als Erstes wollten wir die Kneipe aufsuchen, in der Gunther angeblich Bernd Lankowski getroffen hatte und ihm später sogar das Tatmesser vom Mord an Peter gezeigt haben soll. Weitere Pläne gab es nicht. Stefans Meinung und seine Ideen zu dem Ganzen würden vielleicht mehr Licht ins Dunkle bringen. So hofften wir jedenfalls.

Im Nahegebiet angekommen, kämpften wir uns über teilweise überschwemmte kleine Landstraßen bis nach Bad Sobernheim, da die Bundesstraße von Bad Kreuznach aus wegen eines Erdrutsches gesperrt war. Überhaupt war es ein Wetter zum Verkriechen. Schwere Regentropfen fielen ohne Unterbrechung aus einem tiefen, bleiernen und immer dunklen Himmel. Der Wind, der anfangs Hoffnung auf Wetteränderung gegeben hatte, war mittlerweile eingeschlafen. Nachdem wir mittags erneut im Ratshof eingecheckt hatten, erschienen wir wie vereinbart um 15 Uhr in der Polizeiwache, wo ein gestresst wirkender Kommissar Kleinert uns begrüßte. Die ganze Vernehmung dauerte für uns alle zusammen 90 Minuten und war ein einziger Witz. Meine säuerliche Nachfrage, ob dafür tatsächlich ein persönliches Erscheinen notwendig gewesen sei, wurde seitens der Beamten aus Mainz und Kirn unwirsch abgetan. Sie würden schließlich nur ihre Arbeit tun. Kleinert stand mit betroffener Miene daneben und hatte wenigstens das Format, sich bei uns zu entschuldigen. »Es tut mir wirklich leid. Ich wusste selbst nicht genau, was das alles sollte.

Aber die Mainzer und Kirner …« Er ließ den Satz unvollendet, als wüssten wir, was es mit den Kollegen aus den beiden Städten auf sich hätte.

Wir wussten es natürlich nicht, beließen es aber dabei und verabschiedeten uns versöhnlich von ihm. Uns erwarteten noch andere Aufgaben, als nur der Polizei unsinnige Fragen zu beantworten.

Abends trafen wir uns mit Stefan und Susanne in deren Haus und machten es uns mit einem guten Rotwein vor dem offenen Kamin gemütlich.

Unsere beiden Gastgeber nahmen vor allem Noras Zweifel sehr ernst. Es tat gut zu sehen, wie sie Nora ermutigten, ihre Gedanken zu äußern und ihren Zweifeln Raum zu geben. Es schienen keine 30 Jahre seit der gemeinsamen Schulzeit vergangen zu sein. Die drei waren sich vertraut wie beste Freunde, sprachen mit großer Offenheit miteinander, und auch das Zuhören war geprägt von echtem Interesse und konzentrierter Aufmerksamkeit. Es schien fast so, als wäre ihre Freundschaft in all den Jahren des Nichtsehens gewachsen, als wäre die individuelle Reifung, die jeder erlebt hatte, automatisch in die Freundschaft eingegangen.

Aber die Geschichte des ominösen Zeugen Lankowski weckte ihr Unbehagen gegenüber der offiziellen, polizeilichen Version.

»Wenn wir annehmen, dass Gunther weder der Mörder von Andreas noch von Peter war und gleichzeitig davon ausgehen, dass der wahre Täter diesen Lankowski bestochen hat oder ihn anderweitig in der Hand hatte. Dann bleibt für uns die Frage, wer dafür überhaupt infrage käme.« Stefan schaute fragend in die Runde. »Erinnert ihr euch daran, dass

Susanne und ich eine Liste mit potenziellen Tätern erstellt haben, nachdem wir auf dem Ringberg waren?« Wir nickten alle. »Diese Liste haben wir unter der Fragestellung angefertigt, wem wir die Vergewaltigung Noras zutrauen würden. Es ging damals nicht primär um Mord.«

»Das stimmt«, meinte Philo. »Sähe denn eure Liste anders aus, wenn stattdessen ›Mord‹ das Kriterium wäre?«

Stefan hatte das Papier hervorgeholt und sah mit gerunzelter Stirn darauf. »Wir suchen also jemanden, Mann oder Frau, der 1979 Andreas und jetzt wahrscheinlich auch Peter umgebracht hat, weil dieser einen bestimmten Verdacht gehegt hat.«

»Und der in der Lage war, all das Gunther einigermaßen glaubhaft in die Schuhe zu schieben«, ergänzte Susanne.

»Auf jeden Fall ein Mann«, konstatierte Philo.

»Wie kommst du denn darauf?«, hakte Sabine nach. »Traust du einer Frau so etwas nicht zu?«

»Doch, sicher. Aber das ist reine Statistik. Hab ich mal gelesen. Ein geplanter Messermord, also nicht im Affekt, und davon können wir hier ausgehen, wird in über 80 Prozent aller Fälle von einem Mann ausgeführt.«

»Dazu kommt«, ergänzte Raster, »die Tatsache, dass der angebliche Zeuge in einer Kneipe, und zwar einer richtigen Bierkneipe, angesprochen wurde. Passt auch nicht unbedingt zu einer Frau.«

Nora runzelte die Stirn: »Na, ich weiß nicht. Das sind alles Mutmaßungen und mir zu weit hergeholt. Aber gehen wir tatsächlich einmal davon aus, dass es sich um einen Mann handelt. Stefan, Susanne, schaut auf die Liste. Wir drei kennen diese Leute von damals. Selbst wenn wir die Liste ergänzen, seht ihr hier jemanden, dem ihr einen zweifachen Mord zutrauen würdet? Ich jedenfalls nicht.«

Susanne und Stefan starrten auf die Liste, um dann ebenfalls den Kopf zu schütteln. »Ehrlich gesagt nein. So kommen wir nicht weiter. Es könnte letztendlich jeder sein. Habt ihr eine Idee, wie wir vorgehen sollen?«

»Als Erstes müssen wir den Kneipenwirt sprechen. Vielleicht kann der sich an Lankowski und einen unbekannten Dritten erinnern.« Große Hoffnung hatte ich zwar nicht, aber etwas anderes fiel mir nicht ein. »Wer macht das?«

»Wir beide«, kam es sofort von Stefan.

»Okay. Dann treffen wir uns morgen um elf. Raster hat gesagt, die Kneipe öffnet halb zwölf.«

»Das ist prima«, sagte Susanne. Ich wollte mich morgen Mittag mit Sonja Äckersberg treffen und mit ihr Heike Bach besuchen. Sie braucht nach wie vor unsere Unterstützung. Willst du nicht mitkommen, Nora?«

Gerne nahm Nora die Einladung an. Sie freute sich darauf, mit ihren alten Freundinnen etwas zu unternehmen, auch wenn es kein schöner Anlass war.

Sabine, Raster und Philo hatten andere Pläne, wollten sich aber nicht konkret dazu äußern.

Wir ließen uns die Gläser füllen und schafften es tatsächlich bis zum Aufbruch über andere Dinge zu sprechen, wobei uns gerade Rasters unnachahmliche Art, sich bei Sabine einzuschmeicheln, zum Lachen brachte. Schließlich verabschiedeten wir uns und gingen zurück zu unserem Hotel, wo jeder in seinem Zimmer verschwand.

Als Nora wenig später neben mir lag, seufzte sie laut und kuschelte sich in meinen Arm. »Hoffentlich lässt mich Gunther heute Nacht in Ruhe. Können wir nicht etwas tun, das ihn fernhält?«

Ein Patentrezept fiel mir nicht ein, aber es gelang mir wenigstens, sie von Gunther abzulenken, bis wir etwa eine halbe Stunde später glücklich und erschöpft einschliefen.

46. KAPITEL

Nach einem relativ späten Frühstück ging ich mit Nora rüber zu den Burgers, wo sie sich mit den anderen Frauen traf, die Peters Witwe Heike besuchen wollten. Stefan und ich fuhren Richtung Mainz und versuchten vergeblich eine Strategie aufzubauen.

»Lass uns improvisieren«, meinte er schließlich und hatte damit recht.

Die Kneipe, in der angeblich Gunther Lankowski das Messer gezeigt haben sollte, lag in der Essenheimer Straße in Mainz-Bretzenheim. Wir parkten direkt vor dem Eingang und betraten das heruntergekommene und dringend renovierungsbedürftige Haus. Der Gastraum war klassisch eingerichtet: Holzgarnituren mit Eckbänken, ein Tresen aus den 70ern mit sechs Barhockern davor. Auf dem Tresen tatsächlich ein Stapel Würfelbecher mit 13 Strafsteinen auf einem Stiel, wie man es eher im Ruhrgebiet erwarten würde.

»Wird hier etwa auch Schocken gespielt?«, fragte ich verwundert.

»Hier heißt das Jule«, antwortete Stefan, »ist aber das Gleiche.«

Die Fenster mit Butzenscheiben wurden durch zigarettengelb verfärbte Gardinen geschmückt, auf den Tischen standen Gläser mit je zwei Kunstnelken, die wahrscheinlich schon ewig eine Kneipe geziert hatten.

Zunächst waren wir die Einzigen im Schankraum. Durch den offenen Durchgang in die Küche hörten wir allerdings Hantieren und Geschirrgeklapper.

»Hallo!«, machte sich Stefan bemerkbar.

Ein kleiner, unscheinbarer Mann unseres Alters schlurfte durch den Durchgang und blieb hinter der Theke stehen. »Was soll's denn sein?«

Ich stand so nah neben Stefan, dass sich unsere Arme berührten, und beim Auftauchen des Mannes spürte ich deutlich, dass sich alles in ihm verkrampfte.

»Klaus? Was machst du denn hier?«

»Das sollte ich besser dich fragen, Stefan. Ich arbeite in dieser Kneipe schon seit Jahren. Bisher habe ich dich allerdings noch nie hier gesehen. Was kann ich für dich tun?«

Stefan musste sich merklich zusammenreißen, ehe er antworten konnte. »Äh. Entschuldige, Klaus. Das ist Uli, der Ehemann von Nora. Uli, das ist Klaus Doberstein. Auch ein Ehemaliger aus Sobernheim. Klaus, wir sind sozusagen privat, eh, ich meine, wir wollten eigentlich nur …«

»Wenn wir zwei Kaffee haben könnten, wäre das prima«, half ich Stefan aus der Patsche. »Es geht darum, dass wir in dem Mordfall ermitteln. Sie wissen sicherlich, wovon ich rede, oder?«

»Oh ja, sicher. Das war ja eine große Sache. Auch hier für unseren Laden. Mein Chef war ganz begeistert.« Klaus Doberstein wieherte ein eigenartiges Stakkatolachen. »Da, genau da, wo ihr jetzt sitzt, saß der Herr

Staatssekretär. Und daneben dieser Lankowski. Den kenne ich schon lange. Der kam, seit er nach Mainz gezogen ist. Wohnte ja vorher im Ruhrgebiet. Der hat übrigens die Jule eingeführt.« Doberstein wies mit seinem Kinn auf die Würfelbecher. »Ist bei denen in Bochum wohl so 'n besonderes Ding. Na ja. Was soll ich sagen? Hat sich hier auch durchgesetzt. Jetzt werden sogar richtige Turniere abgehalten.«

»Und hast du diese besonderen – du weißt schon – Gespräche zwischen den beiden mitbekommen?« Stefan hatte sich gefangen. »Die Polizei hat dir bestimmt erzählt, was hier passiert sein soll. Ich meine die Geständnisse von Gunther und das Zeigen des Tatmessers. So was fällt doch auf.«

»Nee, hab ich nicht. Aber vorstellen kann ich mir das schon. Nicht dass wir uns missverstehen: Ich weiß das alles nur von einem Kollegen. Ich selbst habe Gunther nie hier gesehen. Der war immer nur da, wenn ich keinen Dienst hatte. Der kannte mich ja und ich ihn.« Wieder das schrecklich enervierende Lachen. »Also, ihr müsst euch das so vorstellen, dass keiner in unserem Laden wusste, dass das ein *Politikum* war, das hier saß und soff. Und ich sowieso nicht, bis die Polizei mich befragt hat.« Klaus war offensichtlich so stolz, ein bedeutendes Wort wie *Politikum* gebraucht zu haben, dass er sich ein Glas Apfelwein eingoss. »Möchtet ihr auch einen?«

Wir verneinten.

»Also weißt du alles nur aus dritter Hand?« Stefan schien etwas genervt.

»Ja, wenn du so willst, ist das so. Aber was spielt das für eine Rolle? Der Kollege hat mir ganz genau erzählt, wo die gesessen haben und so.«

»Ist schon gut, Klaus. Dank dir. Für den Kaffee und deine Auskünfte.«

Wir erhoben uns und schickten uns an, das Etablissement zu verlassen.

»Ach, entschuldigen Sie«, mir war etwas eingefallen. »Wenn das alles dieser Kollege von Ihnen beobachtet hat, können wir den irgendwo erreichen und sprechen? Haben Sie seine Adresse oder Telefonnummer? Das wäre sehr hilfreich.«

Doberstein guckte verwirrt von Stefan zu mir. »Äh, das wisst ihr natürlich nicht. Sorry. Aber der ist weg. Keine Ahnung wohin. Tut mir echt leid.«

Stefan legte einen Fünfeuroschein auf den Tresen, den Doberstein vehement zurückwies: »Nee, lass mal stecken! Das geht aufs Haus.«

Wir bedankten uns, und Stefan zog mich nach draußen.

»Was war das denn?«, fragte ich. »Sag mal. Waren dir das nicht auch zu viel Zufälle, die uns dein Klaus aufgetischt hat?«

»Ja, mag sein«, meinte Stefan nur, und ich ließ ihn in Ruhe.

»Auf der einen Seite ist es merkwürdig, dass ausgerechnet einer von uns Ehemaligen in dieser Kneipe arbeitet, andererseits hat uns Klaus nicht wirklich etwas Neues erzählen können.« Stefan konzentrierte sich auf den Rückweg und schaute kurz zu mir hinüber.

»Da hast du recht. Aber andererseits finde ich es nach wie vor eigenartig, dass der Kollege von ihm, der angeblich alles gesehen haben soll, so plötzlich verschwindet.«

»Entschuldige, Uli, aber ist das wirklich wichtig? Was hat uns dieser Kneipenbesuch gebracht? Gar nichts! Außer dass wir jetzt wissen, wo Klaus arbeitet und dass er noch nie Gunther in seiner Kneipe gesehen haben will. Komisch eigentlich, oder?«

»Richtig! Auch das ist merkwürdig. Überhaupt finde ich unseren Ausflug nicht so umsonst wie du. Ich brauche nur Zeit, um alles zu sortieren.« Ich schaute aus dem Seitenfenster hinaus in den Herbst. Der Regen hatte sich gelegt, sodass ich beobachten konnte, wie in den Weinbergen fleißig die Spätlesen geerntet wurden.

Wir waren etwa eine Stunde zurück, als die Frauen von ihrem Ausflug wiederkamen. Susanne und Nora waren aufgedreht und schwärmten von drei wunderschönen Stunden. Auch Silvia Krombach wäre mitgekommen und hätte das Ganze durch ihre Erzählungen sehr aufgelockert.

Schließlich verabschiedeten Nora und ich uns von den Burgers. Wir verabredeten uns in großer Runde für den kommenden Abend in einer Gastwirtschaft in Sobernheim.

Nora hakte sich auf dem Rückweg zum Hotel bei mir unter und schmiegte ihre Wange an meinen Arm. »Ich bin so froh, dass wir uns alles gesagt haben«, meinte sie und drückte mich heftig.

»Was meinst du damit?«, fragte ich irritiert, zumal meine Gedanken noch in Mainz weilten.

»Ich meine, dass du mir die Sache mit Isabelle erzählt hast und ich dir alles über die Vergewaltigung und ihre Folgen. Es geht anderen doch echt mies, die Geheimnisse voreinander haben.«

»Ach ja? Wen meinst du denn?« Ich war überhaupt nicht auf Klatsch und Tratsch aus, aber Noras Gedanken waren mir wichtig.

Sie hängte sich enger an meinen Arm, als wir um die letzte Ecke bogen und die Gasse betraten, die zu unserem Hotel führte. »Da war heute die Sonja Äckersberg dabei. Ich kenne sie genauso lange wie alle anderen, aber heute war sie anders. Susanne ist das auch aufgefallen, und die sieht sie ja regelmäßig, im Gegensatz zu mir. Jedenfalls war Sonja früher lustig, lebensfroh und immer gut drauf. Und heute war sie still, fahrig und gar nicht bei der Sache. Obwohl es doch eigentlich um Heike ging, die wir aufmuntern wollten. Susanne hat sie schließlich gefragt. Wir waren übrigens in Bad Münster am Stein zum Kaffeetrinken.«

»Und? Was hatte Madame Äckersberg für Befindlichkeiten?«

Nora erzählte von den Veränderungen, die Sonja an ihrem Mann aufgefallen waren, und das seit dem Klassentreffen.

»Eigenartig, oder?«

Wir waren mittlerweile an unserem Hotel angekommen. Ich hatte gerade einen Grund mehr bekommen, in Ruhe nachzudenken.

»Sag mal! Macht es dir etwas aus, wenn ich noch ein Stück spazieren gehe? Du kannst es dir schon gemütlich machen. In einer Stunde bin ich zurück.«

»Ja, klar! Ich schau mal, was Sabine und die Jungs so anstellen.«

47. KAPITEL

Die Straßen waren menschenleer. Fast unwirklich, wie ausgestorben wirkte der Ort, als ich am frühen Freitagabend der Nahe entgegen strebte. Ich überquerte die Bahn, stieß auf die Dammstraße, bog in die Nahestraße ein und landete plötzlich vor der Schule und dem Internatsgelände. Neugierig betrat ich das parkähnliche Grundstück. Es waren kaum Menschen zu sehen. Es war Wochenende, und die meisten Schüler waren unterwegs bei ihren Familien oder Freunden. Nur einige wenige kleinere Jungen spielten vor einem der Häuser Fußball.

Ich blieb stehen und ließ die Umgebung auf mich wirken. Hier also hatte Nora ihre Jugend verbracht. Hier war sie tagein, tagaus mit ihren Freundinnen und Freunden unter den Bäumen hergelaufen, hatte gelacht, geweint, gespielt – und war hier in der Nähe vergewaltigt worden.

Das Rufen der kickenden Jungs drang zu mir herüber und erinnerte mich an meine eigene Kindheit und Jugend. Ich war in einer vollkommen anderen Umgebung aufgewachsen. Es gab kaum Grünflächen in der Bergbausiedlung »Schlägel und Eisen« in Gladbeck, wo ich die ersten 14 Jahre meines Lebens verbracht hatte. Jetzt waren die Häuser an Bohnekamp- und Schlägelstraße eine Attraktion für Hobbyfotografen, da nach einem Brand über 20 Mehrfamilienhäuser leer standen und eine morbide und schaurig-schöne Stimmung vermittelten. Ich fand es schade. Auch dass in naher Zukunft alles abgerissen werden sollte. Jetzt schon erinnerte nichts mehr an das pulsierende Leben auf diesen Straßen in den 70er-Jahren. Nein, so viel Grün wie hier gab es nicht, und die Wäsche konnte man zwar zum Trocknen raushängen, musste aber immer gewahr sein, dass man sie grau von der Leine holte. Nichts gab es zu beschönigen. Das Leben war hart und nicht selten kurz. Viele Männer starben früh, trotz Knappschaft und Klinik Bergmannsheil. Die letzte Zeche in Gladbeck schloss 1971, und ich hatte das Glück, dass mein Vater in der Verwaltung eines stahlverarbeitenden Betriebes tätig war. Meine Mutter kochte in der Kantine derselben Firma. So war wenigstens das Lungenkrebsrisiko nicht so hoch wie bei vielen Vätern meiner Freunde. Nachmittags nach den Schularbeiten gab es bei uns Jungs nur eins: raus auf die Straße und Fußball spielen. Die Mädchen guckten zu, spielten Gummitwist oder machten andere geheimnisvolle Sachen. Überhaupt war ihre Freizeitgestaltung abwechslungsreicher als unsere, aber so war das nun mal. Am meisten liebte ich die frühen Abendstunden im Sommer. Die Männer kamen nach Hause, um geduscht bald wieder aufzubrechen. In die nächste Kneipe, zum Schrebergarten oder in den Taubenzüchterverein in der Tunnelstraße. Die Frauen standen in Gruppen draußen auf der Straße und unterhielten sich. Stundenlang konnten sie so quatschen, nie hatte man den Eindruck, dass ihnen der Gesprächsstoff ausging. Und wir? Wir rasten auf unseren Fahrrädern zu den nächsten Treffen, wo eine weitere Straßenmannschaft darauf wartete, von uns besiegt zu werden. Für mich war es eine spannende und erfüllte Zeit.

Aber auch hier war es schön. Ganz anders. Grüner, heller, nicht lebendiger, aber gesünder. Interessant, dass zwei Menschen wie Nora und ich, die eine so unterschiedliche Kindheit verbracht hatten, als Erwachsene so gut miteinander zurechtkamen. Nicht nur das, sondern sich lieben konnten. Und zwar wegen Gemeinsamkeiten, nicht wegen Gegensätzen, die sich anzogen. Faszinierend, wie das Leben so spielt.

Mittlerweile war ich weitergegangen und befand mich hinter dem Tennisclub am Naheufer. Hier, wo das Nahetal renaturiert wurde, konnte man erahnen, wie es vor 200 Jahren gewesen war. Eine tiefe Stille erfüllte den Ort. Nur das leise Plätschern des Flusses und ein kaum wahrnehmbares Rauschen in den Blättern drangen an mein Ohr.

Die Attacke kam ganz plötzlich und ohne Vorankündigung. Zwei Männer in dunkler Kleidung, Kapuzenjacken und schwarzen Schals vor den Gesichtern sprangen von hinten und von rechts auf mich zu. Sie mussten bereits in dem Gebüsch gehockt haben, denn ich hatte keine Menschenseele gesehen.

Als Erstes traten sie mir in die Kniekehlen, sodass ich kopfüber auf den Weg fiel, dann bearbeiteten sie meine Nieren und meine Schläfen, was zur Folge hatte, dass ich innerhalb weniger Sekunden in eine gnädige Bewusstlosigkeit versank.

Als ich zu mir kam und meine Augen blinzelnd öffnete, war das Erste, das ich wahrnahm, ein Zettel, der direkt vor meinem Gesicht lag und mit einem Stein beschwert war. Mein Impuls, ihn zu ergreifen und mich aufzurichten, wurde allerdings durch einen heftigen Ganzkörperschmerz zunichtegemacht. Wieder wurde mir schwarz vor Augen und ich sackte in einen Dämmerzustand. Als ich diesmal erwachte, war es stockdunkel. In Gladbeck wäre mir so etwas nicht passiert, dachte ich überflüssigerweise. Da wäre schon längst jemand vorbeigekommen und hätte mir geholfen. Es gelang mir, mit der rechten Hand in die Brusttasche meiner Jacke zu greifen. Unglaublich! Man hatte mir mein Handy gelassen. Mit zitternden Händen gelang es mir schließlich, Nora anzurufen. Ich beschrieb kurz meine Situation und gab meine Lage durch. Danach fiel mir das Telefon aus der Hand.

Wieder einmal das Krankenhaus in Bad Kreuznach. Diesmal war ich der Patient, und Nora saß an meinem Bett. Man hatte eine Gehirnerschütterung, mehrere Rippenprellungen und heftige Blutergüsse diagnostiziert. Glücklicherweise keine inneren Verletzungen. Am nächsten Tag sollte ich bereits entlassen werden.

Nachdem ich Nora zum wiederholten Mal die Geschichte des Überfalls erzählt hatte und sie mit sorgenvoller Miene meine Hand drückte, fiel mir plötzlich ein, dass ich nicht nach dem Zettel gefragt hatte, der vor meinem Gesicht gelegen hatte.

»Die Sanitäter haben ihn mir gegeben, nachdem sie dich versorgt hatten«, meinte Nora. »Stand aber nichts Wichtiges drauf.«

Dass das so gar nicht der Wahrheit entsprach, sah ich ihr an der Nasenspitze an, so gut kannte ich sie nun doch.

»Erzähl schon! Was stand auf diesem Zettel?«, drängte ich Nora, die schließlich nachgab.

»Er ist bei der Polizei zur kriminaltechnischen Untersuchung. Aber der Wortlaut war etwa so: ›Lasst die Sache ruhen. Der Täter ist bekannt und tot. Beim nächsten Mal ist Nora dran, und zwar endgültig.‹ Meinst du, wir müssen das ernst nehmen? Wenn ich mir deine Schläfen ansehe, sollten wir das, glaube ich.«

Ich musste lächeln. Natürlich tat das gut, jemanden bei sich zu wissen, der sich sorgte. Natürlich wäre nichts einfacher gewesen, als die Koffer zu packen und nach Hause zu fahren.

Laut sagte ich: »Genau das bezweckt derjenige, der das veranlasst hat. Und er hat sich damit verraten. Wir sind auf der richtigen Spur und machen weiter. Nur sollten wir nicht mehr alleine losziehen«, ergänzte ich kleinlaut.

48. KAPITEL

Am folgenden Abend saßen wir in trauter Runde bei Burgers zusammen. Diesmal ergänzt durch Heike, der Nora von unseren Aktivitäten erzählt hatte und die unbedingt dabei sein wollte. Natürlich waren alle von Nora über den Überfall und die hinterlassene Nachricht informiert worden.

»Wir waren auch nicht ganz untätig«, begann Philo ohne weitere Einleitungen. »Wir haben uns die Liste mit den potenziellen Tätern aus eurer alten Klasse erneut vorgenommen. Raster war so freundlich, die jeweiligen Finanztransaktionen der letzten Monate zu durchforsten.«

»Mit dem Hintergrund«, Sabine ergänzte Philos Ausführungen, »dass jemand, und zwar der wahre Mörder, diesen Zeugen in Mainz bestochen haben muss.«

»Und dabei bin ich auf etwas gestoßen«, meinte Raster selbst. »Wobei ich betonen möchte, dass Sabine ihre Bewunderung darüber noch nicht wirklich zum Ausdruck gebracht hat.«

Wir lachten alle gehorsam, drängten aber Raster dazu, seinen Fund preiszugeben.

»Genau einen Tag nach Gunthers Selbstmord hat Martin Äckersberg einen Betrag von 20.000 Euro abgehoben, der nach meinen bisherigen Recherchen nicht in seinen Geschäftskonten auftaucht, nicht durch ein Konsumgut zu erklären wäre, sondern offensichtlich bar verschwunden ist. Das muss nichts heißen, hat uns drei aber irritiert.«

Nach einer kurzen Schrecksekunde redeten wir alle durcheinander und kommentierten das gerade Gehörte. Unglaublich! Konnte das der Durchbruch sein? Martin Äckersberg? Ich kannte ihn nicht. Stefan zweifelte zwar, konnte es sich aber vorstellen. Nora schüttelte die ganze Zeit den Kopf und murmelte vor sich hin: »Das gibt es doch nicht. Das gibt es doch nicht.«

»Ihr meint also, dass die 10.000, die Lankowski für seine Reise ausgeben wollte, ein Teil des Bestechungsgeldes von Äckersberg war?«, fasste ich fragend zusammen.

»So oder so ähnlich könnten wir uns das vorstellen«, antwortete Philo.

Heike war plötzlich puterrot geworden. Sabine fiel das als Erster auf. »Heike? Ist alles in Ordnung?«

Die Angesprochene nickte. »Du meine Güte«, murmelte sie, »mir ist gerade etwas eingefallen, was furchtbar wichtig sein könnte und ich über der ganzen Trauer vergessen habe.«

Erwartungsvoll hingen wir an Heikes Lippen.

»Wisst ihr noch, wie die Polizei damals, als Andreas identifiziert worden war, von einer Armbanduhr erzählt hat, die neben dem Toten gefunden wurde?« Stefan und Susanne nickten. »Mir sagte die Uhr nichts, aber Peter hat an dem Abend, an dem er umgebracht wurde, ganz beiläufig so etwas gesagt wie: ›Das ist ja komisch, die hab ich doch dem Äcki zum 16. Geburtstag geschenkt.‹ Ich habe das überhaupt nicht als wichtig angesehen. Aber als ihr gerade von Martin Äckersberg anfingt, fiel mir das wieder ein. Meint ihr …« Heike ließ die Frage unvollendet im Raum stehen.

Stefan stand von seinem Sessel auf, steckte seine Hände in die Hosentaschen und ging zum Fenster. Nach ein paar Sekunden drehte er sich um. »Ich weiß nicht, ob es Martin tatsächlich war. Aber es weist alles darauf hin. An die Uhr erinnere ich mich jetzt auch. Als die Polizei sie mir zeigte und ich dieses kleine abgebrochene Rad bemerkte, machte etwas klick, aber ich konnte es nicht wirklich packen. Jetzt erinnere ich mich an diesen Geburtstag. Peter betonte damals mehrfach, die Uhr sei nicht gebraucht, nur weil sie diesen kleinen Schaden hätte. Sie wäre ihm gerade eben heruntergefallen. Was uns andere nur noch mehr davon überzeugte, dass es keine neue Uhr war, die er Äcki schenken wollte. Wir haben ihn damit aufgezogen. Komisch, dass ich das bis heute vergessen hatte.«

»Kriegst du das mit den Ereignissen damals am Silbersee zusammen?« Fragend schaute ich zu Nora hinüber.

»Ehrlich gesagt nein. Das betrifft aber nicht nur Martin Äckersberg, sondern jeden. Ich kann mich an keinen anderen erinnern. Da waren nur Andreas, ich und natürlich Gunther. Jedenfalls habe ich keinen anderen gesehen und Andreas auch nicht, das hätte er mir gesagt. Aber was später passiert ist, weiß ich nicht.«

»Das ist doch alles Grund genug, ordentlich auf den Busch zu klopfen, was meint ihr?« Sabine machte einen sehr entschiedenen Eindruck. Ich war da skeptischer.

»Selbst wenn das alles so wäre. Wir haben keinen Beweis. Die Polizei würde sich nicht einmal die Mühe machen, mit Äckersberg zu sprechen. Wegen einer Geldabhebung, die wir übrigens nicht erwähnen dürften, und einem Hörensagen über eine vor fast 35 Jahren verschenkte Uhr? Keine Chance.«

»Uli hat recht«, bestätigte Stefan meinen Einwand. »Da müssen wir uns etwas Besseres einfallen lassen.«

»Zum Beispiel ein kleines Pokerspiel.« Raster grinste uns an.

»Sehr gut, Raster! An einen kleinen Bluff hatte ich auch gedacht.« Sabine hatte ihn sofort verstanden und wuschelte ihm durch die Haare, was Raster zu höchsten Glücksgefühlen brachte, wenn man sein wohliges Grunzen richtig interpretierte.

Stefan war mittlerweile bestimmt zehnmal zwischen Fenster und seinem Sessel hin- und hergelaufen. »Das Problem ist«, meinte er, »Wenn einer von uns aktiv wird, besteht die Gefahr, dass Martin, sollte er der Täter sein, seine Drohung wahr macht und Nora etwas antut. Ich möchte das nicht riskieren.« Mehrere hektische Flecken zeigten sich auf Stefans Hals und Gesicht. Seine Haut glänzte und seine Augen waren weit aufgerissen. »Verdammt!«, entfuhr es ihm. »Wir sind so nah dran und können doch nichts tun.«

»Beruhige dich«, meinte Susanne und zog ihn zu sich auf die Couch. »Wir finden eine Lösung.«

»Gibt es nicht jemanden von früher, der Martin Äckersberg erpressen könnte und eindeutig nichts mit uns zu tun hat?« Sabine war Feuer und Flamme.

»Und dem nichts passieren kann, weil der nicht mehr hier wohnt«, ergänzte Philo.

Stefan war aufgestanden. »So einen gibt es tatsächlich. Erinnert ihr euch an meinen Namensvetter, Stefan Hombach?«

Susanne, Heike und Nora brauchten etwa gleich lang, bis es ihnen einfiel. »Du meinst diesen großen, schlaksigen Junge, der nach der zwölften Klasse mit seinen Eltern nach Köln gezogen ist.«

»Richtig, mein Schatz«, bestätigte Stefan. »Wenn wir in seinem Namen einen Brief an Martin schreiben, darin alle unsere bisherigen Erkenntnisse zusammenfassen und auf ein Treffen drängen, bei dem er uns eine gewisse Summe Geld übergeben soll.«

»Moment mal!«, ging Philo dazwischen. »Bringen wir damit nicht diesen Hombach in Gefahr?«

»Kein Sorge, Philo. Ich weiß sicher, dass er nur wenige Jahre in Köln war. Seine Eltern sind mit ihm nach Buenos Aires gezogen. Ich kann mir nicht vorstellen, dass da jemand so schnell drauf kommt.«

»Außerdem könnten wir in diesem Brief quasi nebenbei feststellen, dass Nora und ihre Freunde letztlich keine Ahnung haben, und uns so gänzlich aus der Schusslinie bringen«, schlug Sabine vor.

Die Idee hatte uns alle gepackt, und wir begannen sofort mit der Formulierung eines Erpresserbriefes. Nach einer halben Stunde hatten wir etwas zustande gebracht, mit dem alle einverstanden waren:

»Hallo, Martin. Vielleicht erinnerst du dich an mich. Stefan Hombach. Wir waren bis zur Zwölf in einer Klasse. Dein Betätigungsfeld hat sich offenbar gründlich erweitert. Über Papierfabrikbesitzer zum Mörder und Erpresser. Was für ein Absturz! Frag mich nicht, woher ich das alles weiß! Ich habe meine Quellen. Nora und ihre Freunde glauben zwar auch nicht, dass Gunther der Mörder von Andreas und Peter war, aber tappen vollkommen im Dunkeln. So wie ich das einschätze, bleibt es auch dabei.

Ich, mein Lieber, bin allerdings viel weiter. Ich weiß,

dass du diesen Lankowski bestochen hast. Freiwillig ist der doch nicht vor die S-Bahn gesprungen, oder? Übrigens: 20.000 Euro ist eine Menge Geld. Ich weiß außerdem von der Uhr, die Peter dir zum 16. Geburtstag geschenkt hat und die ihm, nehme ich mal an, zum Verhängnis geworden ist.

Weißt du, Martin: Mir ist das alles ziemlich egal. Ich bin in meinem Leben nicht immer ehrlich und sauber gewesen. Aber ich finde es beachtenswert, dass ich so viel herausbekommen habe. Findest du nicht auch? Und deshalb habe ich mir eine kleine Belohnung verdient. Ich denke ganz bescheiden an läppische 40.000 Euro. Besorg die schon mal und ich werde dir in den nächsten Tagen eine SMS schicken mit der Übergabezeit und dem Ort. Ich rate dir dringend: Sei bereit! Einen Aufschub wird es nicht geben. Du glaubst gar nicht, wie interessiert die Polizei an meinem Wissen ist.

Bis bald, dein Stefan.

P.S. Versuch erst gar nicht, mich zu finden. KEINE CHANCE!«

»Wie kommst du eigentlich auf 40.000?«, fragte ich Raster, der auf dieser Summe bestanden hatte. »Wären 50.000 nicht realistischer und plausibler?«

»Die hat er aber nicht flüssig«, war Rasters lapidare Antwort. »40.000 kann er kurzfristig lockermachen. 50.000 nicht.«

Wir verabredeten zudem, dass Heike auf einer Wiederholung des Frauentreffens mit Sonja Äckersberg bestehen sollte. Sie würde vorgeben, es hätte ihr so gutgetan. Und wir konnten dadurch vielleicht mehr von Martins Reaktionen mitbekommen.

Stefan sollte mit einem seiner Laserdrucker aus der Kanzlei den Brief ausdrucken und ihn per Kurier ohne Poststempel und Kennung zustellen lassen.

Uns Dortmundern lief die Zeit davon. Dass wir bis zum kommenden Dienstag, an dem wir zurück sein mussten, alles aufgeklärt hätten, daran glaubte keiner von uns. Also nahmen wir uns vor, unsere jeweiligen Arbeitgeber um eine Verlängerung des Sonderurlaubs bis zum kommenden Wochenende zu bitten. Die Polizei bräuchte dringend unsere weitere Mithilfe, sollte unser aller Argument sein.

Wir verabschiedeten uns von Stefan und Susanne, brachten Heike nach Hause und gingen zurück ins Hotel, äußerst gespannt, was die nächsten Tage bringen würden.

49. KAPITEL

Der Sonntag brachte nichts Aufregendes. Die Frauen verabredeten sich für den nächsten Tag zu einem Shoppingausflug nach Mainz, zu dem auch Sabine eingeladen wurde.

Den Tag verbrachten wir mit einem ausgiebigen Spaziergang am romantischen Glan, einem Nebenfluss der Nahe, und leckeren Pfälzer Spezialitäten in einem Lokal im nahe gelegenen Meisenheim, das uns Stefan empfohlen hatte. Bei dieser Gelegenheit fragte ich unsere drei Freunde: »Sagt mal. Warum seid ihr eigentlich noch dabei? Ihr hättet doch längst nach Hause fahren können.«

Sabine, Philo und Raster schauten mich entgeistert an. Schließlich meinte Letzterer: »Sag mal, geht es dir noch gut,

Uli? Wir waren von Anfang an dabei, als es um Nora ging. Und jetzt sollen wir kneifen? Ihr seid unsere Freunde und das hier«, er machte eine alles umfassende Geste, »macht auch Spaß. Außerdem war ich seit Langem nicht mehr so viel mit Sabine zusammen wie in diesen Tagen.«

Wir lachten, und Nora warf den dreien einen dankbaren Blick zu. »Ich werd euch das nie vergessen. Ehrlich!«

»Kein Ding«, meinte Philo, und Sabine sagte lachend: »Allein für diese Leberknödel hier, lohnt der Ausflug.«

Am Montag geschah etwas, womit wir überhaupt nicht gerechnet hatten. Die Frauen waren in Mainz zum Shoppen, und ich hatte mich gerade mit Philo und Raster in der Hotellobby getroffen. Mein Handy klingelte, und ein aufgeregter Stefan rief ohne Begrüßung: »Uli! Könnt ihr herkommen? In meine Kanzlei. Du glaubst nicht, was gerade passiert ist.« Ich sagte zu, wir würden sofort kommen und wollte fragen, was denn los sei, da hatte Stefan schon aufgelegt. Also lotste ich meine beiden Freunde durch die Sobernheimer Altstadt zu Stefans Kanzlei, wo dieser uns sichtlich nervös erwartete.

»Ihr glaubt nicht, wer eben in diesem Stuhl gesessen hat«, begann er ohne Umschweife und zeigte auf den Besucherstuhl, in den sich gerade Raster hatte fallen lassen. »Martin Äckersberg, höchstpersönlich!«

»Was wollte der denn?«, fragte Philo perplex. »Hat er dir etwa deinen eigenen Brief gezeigt und dich um Rat gefragt?« Laut auflachend wegen eines guten Witzes schaute Philo in die Runde, um dann schnell zu verstummen, als er Stefans Gesichtsausdruck sah. »Nein! Das glaub ich nicht.«

»Doch. Genau so ist es gewesen. Er marschierte hier rein, hat meiner Sekretärin kaum eine Chance gegeben, ihn aufzuhalten, schmiss sich in den Stuhl und knallte mir unseren Brief auf den Schreibtisch. Was er jetzt machen solle.«

»Ist der komplett durchgeknallt?« Raster verstand die Welt nicht mehr.

»Nein. Überhaupt nicht. Der ist sogar reichlich schlau«, erwiderte Philo. »Er verpflichtet Stefan als seinen Anwalt zu Verschwiegenheit. Du dürftest das eigentlich keinem erzählen, oder?«

Stefan nickte bekümmert.

»Und so kann er relativ gefahrlos herausbekommen, ob nicht doch wir hinter der Geschichte stecken.«

»Und wie hast du reagiert, Stefan? Meinst du, er hat etwas gemerkt?«, fragte ich neugierig.

»Ich glaube nicht. Ich habe mir in Ruhe den Brief durchgelesen und hatte dadurch Zeit, mich innerlich vorzubereiten. Dann habe ich ihn gefragt, ob an diesen Behauptungen was dran wäre, was er vehement bestritten hat. Daraufhin habe ich ihm geraten, zur Polizei zu gehen. Er druckste zwar herum, meinte zum Schluss aber, das wäre sicherlich das Vernünftigste. Er wollte es sich zumindest überlegen. Ehrlich gesagt, kam er mir nach dem Gespräch verzweifelter vor als vorher.«

»Na, das beweist, dass wir nicht aufgeflogen sind«, meinte ich zuversichtlich. »Denn wenn er weiterhin den Verdacht gehabt hätte, wir steckten dahinter, würde er seinen Gegner kennen. Jetzt hat er doppelt verloren. Einerseits muss er davon ausgehen, dass der Absender dieses Briefes tatsächlich euer ehemaliger Klassenkamerad ist – und den kriegt er nicht zu packen. Und andererseits hat er dir und damit uns Informationen gegeben, die wir seiner Einschätzung nach vorher nicht hatten. Der sollte wohl frustriert sein. Ich bin sehr gespannt, wie er da wieder rauskommen will.«

»Also machen wir so weiter wie geplant?«, fragte Raster.

»Ich denke ja. Morgen früh gebe ich ihm per SMS Zeitpunkt und Ort durch. Ich habe schon eine Idee. Habt ihr Lust, euch das anzugucken?«

Stefan fuhr mit uns zum sogenannten Rotenfels, einer gigantischen Felsformation vulkanischen Ursprungs südwestlich von Bad Kreuznach.

»Es ist die größte senkrechte Wand nördlich der Alpen und südlich von Skandinavien«, erklärte uns Stefan. »Der Name kommt von dem rötlichen Vulkangestein, das vor allem abends, wenn die Sonne darauf scheint, tiefrot glüht. Meine Idee war folgende …« Er fuhr auf die Naheweinstraße, die unmittelbar zwischen Nahe und dem hoch aufragenden Felsen verlief. Zwischen der Straße und dem Rotenfels gab es nur einen schmalen, mit Weinstöcken bepflanzten Streifen, in den in regelmäßigen Abständen kleine Wege abzweigten. Stefan hielt an. »… Wenn wir uns hier mit Martin verabreden, aber nicht da sind, sondern dort oben«, Stefan wies auf einen schmalen Sims etwa 30 Meter über dem Weinberg, wo offensichtlich ein Wanderweg herführte, »kann er uns erstens kaum sehen, zweitens nicht so schnell erreichen, sollte er uns doch entdecken, und vor allem können wir drittens sehr früh feststellen, wer kommt. Er könnte schließlich wieder seine Schläger mitbringen.«

»Gefällt mir gut«, meinte ich, und Raster und Philo nickten zustimmend. »Und wann soll das Ganze stattfinden?«

»Ich würde Mittwochnachmittag vorschlagen. Ich möchte ihm nicht viel Zeit lassen, sich irgendetwas auszudenken.«

Wir waren einverstanden und fuhren zurück nach Sobernheim, wo Sabine und Nora warteten und sich wunderten, wo wir herkamen. Schnell brachten wir beide auf den aktuellen Stand. Von Sonja hatten sie nichts Neues zu berichten. Martin hatte den Brief sicherlich erst erhalten, nachdem Sonja mit den anderen Frauen nach Mainz aufgebrochen war.

Wir spürten jetzt alle, dass die Zeit an unseren Nerven zerrte. Außer der SMS, die Stefan am Dienstag verschickte, war nichts mehr zu tun. Als Uhrzeit gaben wir 16 Uhr an. Wir wollten ab mittags auf unserem hoch gelegenen Posten sein, falls auch er auf die Idee kommen sollte, früher als geplant zu erscheinen. Aber bis dahin blieb uns nur warten. Und so saßen wir im Ratshof zusammen, unterhielten uns über das, was vor uns lag und spekulierten darüber, was wäre, wenn wir komplett falsch liegen sollten.

Doch schließlich kam der Mittwochmorgen und wir einigten uns darauf, dass nur Stefan, Sabine und ich zum Treffpunkt fahren sollten.

In allerletzter Minute hatte sich Nora mit dem Gedanken durchgesetzt, doch die Polizei mit ins Boot zu holen. Sie sollte mit Susanne – als bekannte Anwaltsgattin des Ortes dafür bestens geeignet – am Mittwochvormittag zu Hauptkommissar Kleinert gehen und ihn in alles einweihen, was wir bis jetzt wussten und vorhatten. Uns war klar, dass dieser nicht begeistert sein würde, doch das wollten wir riskieren. Wegen des Zeitdrucks hofften wir, dass sich Kleinert dazu durchringen würde, zumindest in Bereitschaft zu sein, falls wir die Polizei brauchen sollten.

50. KAPITEL

Es war 13 Uhr am Mittwoch. Nora war mit Susanne bei der Polizei, Stefan, Sabine und ich unterwegs zum Treffpunkt. Philo und Raster saßen in ihrem gemeinsamen Hotelzimmer auf der Bettkante und starrten vor sich hin.

Plötzlich sah Raster zu Philo hinüber: »Denkst du dasselbe wie ich?«

Der Angesprochene nickte.

Sie standen auf, nahmen ihre Jacken von den Haken und verließen das Hotel.

Es war gut, dass wir so früh aufgebrochen waren. Der Aufstieg bis zu unserem Aussichtspunkt hoch über dem kleinen schmalen Weinberg gestaltete sich anstrengender und gefährlicher, als wir gedacht hatten. Durch die heftigen Regengüsse der vergangenen Wochen war der Weg teilweise unterspült und kaum passierbar. Bereits nach den ersten zehn Metern mussten wir ein Absperrband übersteigen, das ein Weitergehen wegen der Gefahr von abgehenden Schlammlawinen untersagte. Aufhalten konnte uns das allerdings nicht. Erst nach zwei Stunden erreichten wir den natürlichen Sims, den wir von unten gesehen hatten. Der Weg kam dem Abbruch gefährlich nahe. Einige Erdklumpen waren heruntergerutscht, weshalb wir uns gegenseitig zur Vorsicht ermahnten. Glücklicherweise regnete es seit einigen Tagen nicht mehr. Wir hätten uns sonst kaum halten können. Der Boden war einigermaßen trocken, sodass wir es uns auf der mitgebrachten Decke und eingehüllt in unsere dicken Jacken bequem machen konnten. Jetzt hieß es warten.

Nur wenige Menschen passierten die von uns beobachtete Stelle. Einmal fuhr ein Weinbauer mit seinem Minitrecker zwischen den Reben entlang und verschwand genauso schnell, wie er gekommen war. Ein einzelner Spaziergänger lief aus Richtung Bad Münster kommend die Straße entlang nach Westen. Ein Taxi kam etwa 14 Uhr und hielt an einer von uns nicht einsehbaren Stelle. Ob jemand dort ausgestiegen war, konnten wir nicht sehen.

»Möglicherweise musste der Taxifahrer austreten«, mutmaßte Sabine. »Wenn da Fahrgäste ausgestiegen wären, hätten wir sie sehen müssen.« Ich brummte zustimmend.

Als es auf 16 Uhr zuging, rückten wir drei unmerklich weiter Richtung Felskante und führten öfter unsere mitgebrachten Ferngläser an die Augen.

Um zehn vor vier schließlich näherte sich ein grauer VW-Golf. Er bog direkt ohne Zögern in den verabredeten ersten Querweg ein und parkte zwischen den Weinreben. Angestrengt versuchten wir zu erkennen, wer da gekommen war. Die Beifahrertür öffnete sich. Ein junger Mann stieg aus und hielt die Tür für einen zweiten Mann offen, der dem ersten wie aus dem Gesicht geschnitten ähnelte, soweit wir das erkennen konnten. Offensichtlich zwei Brüder, wenn nicht sogar Zwillinge.

»Wenn das mal nicht meine beiden Freunde sind, mit denen ich unlängst Kontakt hatte«, flüsterte ich, obwohl uns weit und breit kein Mensch hören konnte.

Die beiden Männer schauten sich um, gingen ein paar Schritte Richtung Felswand, kehrten um, vergrößerten ihre Runde bis zu dem zweiten Weg, um unverrichteter Dinge zurückzukommen. Dann sprachen sie mit jemandem im Wagen, den wir aber leider nicht sehen konnten.

Stefan, der neben mit kauerte, wurde nervös: »Mensch, was machen wir bloß, wenn die gleich abhauen? Und wir haben nur diese beiden Kerle gesehen!«

»Wir können kaum Steine auf das Autodach werfen«, meinte Sabine. »Oder vielleicht doch?«

»Jedenfalls müssen wir Martin Äckersberg, oder wer immer da am Steuer sitzt, unbedingt dazu bringen auszusteigen.« Ich wurde von Minute zu Minute unruhiger. Lange würden die da unten nicht mehr warten. Es war bereits zehn nach vier.

Wir hatten gerade entschieden, tatsächlich Steine auf das Auto zu werfen, als etwas vollkommen Unerwartetes geschah. Wie aus dem Nichts heraus standen plötzlich Raster und Philo neben dem Golf.

»Wo sind die denn plötzlich hergekommen?«, rief Sabine.

»Sind die völlig übergeschnappt? Die gefährden unseren schönen Plan!«, jammerte Stefan.

»Sie tun genau das Gegenteil. Passt gut auf. Gleich kommt der dritte Mann aus dem Wagen«, erwiderte ich.

Und tatsächlich. Die Fahrertür schwang auf – und heraus kam Klaus Doberstein.

»Wer ist das denn?«, fragte Sabine.

»Klaus Doberstein«, antwortete ihr Stefan. »Das ist Martins Halbbruder, zwei Jahre älter als er. Wir haben euch von dem erzählt. Das ist der, der in der Kneipe in Mainz gearbeitet hat und …«

Weiter kam er nicht, weil die Situation unten neben dem Auto außer Kontrolle geriet. Doberstein war mittlerweile eingestiegen und hatte den Motor gestartet, während seine beiden Kumpel auf Raster und Philo losgingen und versuchten, diese in den Wagen zu zerren.

»Los, werft eure Steine!«, rief Sabine. »Möglichst auf das Auto. Vielleicht lenkt das die beiden ab, und unsere Jungs können abhauen.«

Da wir keine andere Idee hatten und die Zeit drängte, begannen wir mit dem Steinewerfen. Dies gestaltete sich schwieriger als gedacht. 30 Meter in die Tiefe und etwa 15 Meter nach vorn, das will geübt sein. Die ersten Steine landeten daher unbemerkt zwischen den Weinreben. Während Sabine und ich fleißig übten, schickte Stefan eine vorbereitete SMS an Susanne, die möglichst schnell mit der Polizei kommen sollte. Dann half er uns.

Endlich: Die ersten Steine trafen. Mit einem lauten Knallen, das sogar wir hören konnten, fabrizierten sie tiefe Krater auf Motorhaube und Wagendach und lenkten tatsächlich die beiden Schläger ab. Philo und Raster reagierten sofort, befreiten sich von ihren Peinigern und rannten wie von der Tarantel gestochen in verschiedene Richtungen davon.

Einen Moment wussten die jungen Männer nicht, was sie tun sollten. Ihre Blicke gingen nach oben zu uns, dann hinter den davonlaufenden Freunden her, bis sie offensichtlich aus dem Wageninneren klare Anweisungen bekamen. Sie stiegen ein, und mit quietschenden Reifen setzte der Golf zurück und verschwand Richtung Westen.

Sabine, Stefan und ich sahen uns verständnislos an.

»Klaus Doberstein. Wie passt das alles zusammen?«, fragte ich Stefan, der stirnrunzelnd neben mir stand.

»Ich kann mir nur vorstellen, dass Klaus der Täter war. Martin hat dann versucht, ihn zu decken und ihm zu helfen. Aber wie genau das ausgesehen haben soll, weiß ich nicht.«

»Hoffentlich ist die Polizei schnell genug. Wir können nicht viel tun. Lasst uns runterkraxeln, vielleicht treffen wir unsere beiden Helden.« Sabine machte den Anfang und ging voraus. Stefan und ich folgten ihr nachdenklich.

Tatsächlich warteten unten am Rand des Weinbergs Philo und Raster auf uns. Bis auf ein paar kleine Schrammen waren sie unverletzt und erzählten uns freimütig ihre Geschichte.

Natürlich waren sie die Fahrgäste des Taxis gewesen, hatten den Fahrer aber angewiesen, sie an einer nicht einsehbaren Stelle aussteigen zu lassen. Sie wussten nicht sicher, ob die erwartete Person schon eingetroffen war oder nicht. Danach waren sie direkt an der Felsenkante, und daher außerhalb unseres Blickwinkels, näher an das zu erwartende Geschehen geschlichen und hatten sich versteckt. Einen konkreten Plan hätten sie nicht verfolgt, meinte Philo auf meine Frage hin, aber eine Truppe direkt vor Ort hätten beide als sinnvoll angesehen. Wir wären an unserem Standort so weit vom Schuss gewesen, dass wir nicht aktiv hätten eingreifen können, sollte das nötig werden.

»Und ihr meintet, die Notwendigkeit war gegeben?«, fragte Sabine im Nachhinein noch in Sorge über das plötzliche Auftauchen der beiden.

»Na ja. Wir haben auch eine Uhr, meine Liebe«, feixte Raster. »Und die Hauptperson, die wir zwar gesehen haben, aber nicht kannten, saß stur im Auto, war daher für euch nicht zu erkennen.«

»Und deswegen haben wir spontan die Flucht nach vorn angetreten«, ergänzte Philo ebenfalls von einem Ohr zum anderen grinsend.

»Ihr beiden könnt euch das Grinsen sparen. Wisst ihr eigentlich, was euch hätte passieren können?«, trötete ich in Sabines Horn. »Das war höchst unprofessionell und gefährlich.«

»Na, na, Uli. Jetzt hab dich mal nicht so«, schmollte Raster. »Ist doch alles gut …«

»Was habt ihr denen eigentlich erzählt?«, schaltete sich Stefan ein.

»Das wollt ihr so genau gar nicht wissen«, lachte Raster. »Nur so viel: Wir sind davon ausgegangen, dass die beiden jungen Typen die waren, die dich vermöbelt haben. Ich habe sie jedenfalls heftig beleidigt und verhöhnt. Von wegen, was sie für Memmen wären, da du schon nach einem Tag entlassen worden wärst und so weiter. Es waren doch die beiden, oder etwa nicht?«

Ich nickte zustimmend. »Die Gesichter habe ich nicht gesehen, aber die Statur kommt genau hin. Ich denke schon.«

»Ja, und ich habe ihnen zwischendurch erzählt, dass die Polizei unterwegs sei. Dass alles aufgeklärt wäre und sie bald im Knast landen würden. Übrigens, die Idee mit den Steinen war echt klasse. Danke, Leute!«

In diesem Augenblick hörten wir zwei Martinshörner, die schnell näher kamen. Einen Moment später erreichten zwei Einsatzfahrzeuge der Polizei unseren Standort. Vier Beamte, begleitet von Susanne und Nora, stiegen aus.

Wir berichteten Kriminalhauptkommissar Kleinert, der die Truppe anführte, in knappen Sätzen von dem Treffen und wer gerade geflüchtet war.

»Es bleibt aber unverändert Martin Äckersberg, der Halbbruder, verdächtig, Herr Kleinert«, ergänzte Stefan eindringlich.

»Wir sind dem schon nachgegangen, Herr Burger. Wir haben nach den Informationen, die uns Ihre Frau und

Frau Beilstein präsentiert haben, sofort die Kollegen in Kirn verständigt. Allerdings hat es Äckersberg vorgezogen zu verschwinden.« Kleinert lachte. »Aber den kriegen wir. Ebenso wie Herrn Doberstein und seine beiden Schläger.« Ein Kopfnicken in Richtung eines neben ihm wartenden Kollegen reichte aus, um diesen losspurten zu lassen. Über Funk wurde eine Großfahndung gestartet, die bereits eine Stunde später zum Erfolg führte.

Am Abend saßen wir alle zusammen bei Heike um den großen Esstisch herum und brachten sie auf den neusten Stand. Vorher hatten wir Sonja Äckersberg angerufen und ihr Hilfe angeboten. Sie war allerdings nicht bereit, sich gerade mit uns zusammenzusetzen – und wir konnten sie darin verstehen.

Heike hatte ein paar Antipasti beim Italiener geholt, die wir uns schmecken ließen, als das Telefon klingelte. Heike nahm ab und lauschte. Dann sagte sie: »Einen Moment bitte«, und fragte uns: »Das ist die Polizei. Sie haben Martin am Frankfurter Flughafen geschnappt. Morgen soll das Verhör stattfinden. Möchte jemand von euch der Polizei etwas sagen?«

Wir schüttelten den Kopf, als plötzlich Nora aufsprang und rief: »Doch! Warte!« Sie eilte zu Heike und riss ihr den Hörer aus der Hand. »Herr Kommissar? Hier spricht Nora Beilstein. Hören Sie! Ich weiß, es ist ungewöhnlich, vielleicht sogar juristisch bedenklich, aber wenn es möglich ist, möchte ich gerne mit meinem Mann bei diesem Verhör dabei sein. Es geht um die Wahrheit, um das, was damals passiert ist. Und ich muss das aus erster Hand hören. Bitte, Herr Kommissar.« Sie hörte konzentriert auf die Antwort. Ein Lächeln huschte über ihr Gesicht. »Danke. Vielen Dank. Das reicht vollkommen. Bis morgen.« Nora legte auf und sah uns an. »Wir dürfen morgen zu dritt im Nachbarraum dabei sein, vorausgesetzt, die Staatsanwaltschaft hat nichts dagegen, da wir ja auch Zeugen sind, aber Kleinert war zuversichtlich. Doberstein hat schon mal ein umfassendes Geständnis angekündigt. Er hofft wohl auf Strafminderung.«

»Dann würde ich gerne der Dritte sein«, entfuhr es Stefan spontan. »Ist das in Ordnung? Heike?«

Die Angesprochene nickte. »Aber sicher, Stefan. Hinterher erzählt ihr alles ganz genau.«

51. KAPITEL

Klaus litt unter chronischem Geldmangel. Wo das Geld blieb – es waren immerhin 50 Mark jeden Monat, die er von seiner Mutter als Taschengeld bekam –, konnte er selbst nicht sagen. Gut, er rauchte viel und saß gerne abends in diversen Kneipen in Sobernheim, aber konnte das denn ausreichen, seine Geldbörse ständig zu leeren? Manchmal hatte er den Verdacht, seine Mitschüler würden ihn bestehlen, aber das war Unsinn. Ein paarmal hatte er seine Finanzen durch kleine Erpressungen aufbessern können. Vor allem die Fünft- und Sechstklässler waren dafür prädestiniert. Die hatten viele Geheimnisse, die ja solche bleiben mussten. Da war der eine in die Susi verliebt und zahlte gerne fünf Mark dafür, dass das kein anderer erfuhr. Da hatte ein anderer ein Päckchen Kaugummis aus dem Schulkiosk mitgehen lassen. Das waren sogar zehn Mark geworden. Und so weiter. Aber wirklich gut ging es ihm finanziell trotzdem nicht.

Jetzt bahnte sich allerdings eine richtig große Sache an. Das war ein Kaliber, da musste er sehr behutsam mit umgehen. Er konnte sich vorstellen, dass das bei Erfolg runde 500 Mark einbringen würde.

Ganz zufällig hatte er in der großen Pause auf dem Schulhof hinter Andreas und Nora gestanden. Er hatte ihnen den Rücken zugewandt, weil er sich auf etwas ganz anderes konzentrierte. Trotzdem schnappte er unbeabsichtigt einzelne Worte auf, die ihm erst Stunden später richtig bewusst wurden. Es waren Worte wie »Schwangerschaft«, »Vergewaltigung«, »Australien« und noch einiges mehr. Klaus konnte sich keinen Reim darauf machen. Es schien jedoch um Nora zu gehen, denn die war ein halbes Jahr in Australien gewesen und erst seit Kurzem zurück. Schwangerschaft? War sie etwa in Australien vergewaltigt worden? Aber dann wäre sie ja jetzt noch schwanger. Quatsch! Er musste unbedingt mehr herausbekommen.

Und diese Gelegenheit ergab sich an einem herrlichen Frühsommertag 1979. Wie ein Bienenschwarm fuhr man in Gruppen, auf Mofas und Motorrädern und in einigen Autos, Richtung Silbersee. Klaus, der Nora kaum aus den Augen gelassen hatte, beobachtete, dass sie in Andreas' Renault einstieg. Auch sie hatten Badesachen dabei, es ging also zum Silbersee. Er stürzte zu seinem kleinen Moped und raste ebenfalls Richtung Feilbingert. Vor den beiden anderen kam er am See an, schob sein Moped zwischen ein paar Büsche, versteckte sich hinter einigen Felsen und wartete. Nur wenige Minuten später kamen die beiden an und legten sich etwas abseits von dem großen Pulk auf ihre Handtücher. Klaus kroch vorsichtig näher und fand eine optimale Stelle, von der aus er sämtliche Gespräche belauschen, aber selbst nicht entdeckt werden konnte.

Interessanterweise schien sich noch jemand für die beiden zu interessieren. Er konnte ganz deutlich Gunther Hoffmann erkennen, der weiter links von dem Pärchen hinter einem Felsen hockte und zu Nora und Andreas herüberstarrte. Was der wohl wollte? Hoffentlich machte der nicht alle Pläne zunichte. Doch jetzt ging es darum, möglichst viel von dem Gespräch der beiden mitzubekommen. Und das wurde spannend.

Klaus erfuhr, dass sein Mitbeobachter Nora tatsächlich vor einem Jahr vergewaltigt hatte. Diese war dann unter dem Deckmäntelchen eines Auslandsaufenthaltes untergetaucht, hatte ein Kind zur Welt gebracht und zur Adoption freigegeben.

Das wird teuer, dachte Klaus und rieb sich innerlich die Hände. Außerdem würde er gleich zweimal absahnen. Einmal bei Nora, aber den ganz großen Batzen würde Gunther abdrücken müssen. Der Nachmittag zog ins Land, und die meisten Schüler waren auf dem Heimweg. Nur Andreas mit Nora und Gunther waren noch da. Klaus konnte jetzt nicht verschwinden, er wäre auf jeden Fall gesehen worden. Und das wollte er nicht. Noch nicht!

Nora stand plötzlich auf, machte eine lachende Geste in Andreas' Richtung und ging ins Wasser. Erstaunlicherweise folgte ihr Gunther, der ihr leise schwimmend und tauchend näher kam.

Was dann passierte, ließ Klaus den Atem stocken. Gunther packte Nora mit der linken Hand von hinten um den linken Oberarm, mit der anderen griff er ihr brutal in den

Nacken und zog sie zu sich. Nora stieß einen gellenden Schrei aus und wehrte sich heftig. Andreas hatte bei dem Krach aufgeschaut und stürzte mit langen Sprüngen ebenfalls ins Wasser. Gegen diese Übermacht hatte Gunther keine Chance. Sie drückten ihn von beiden Seiten unter die Wasseroberfläche und hielten ihn fest.

Was sollte er bloß machen? Einfach zusehen? Einschreiten? Aber wenn er die Sache unterbrach, konnte er wahrscheinlich seinen tollen Plan vergessen. Klaus blieb sitzen und beobachtete weiter.

Nora und Andreas ließen nach einer gefühlten Ewigkeit von Gunther ab und zogen ihn zum Ufer. Er war zumindest bewusstlos, wenn nicht sogar tot. So viel konnte Klaus erkennen. Andreas beugte sich über ihn und machte ein paar linkische Wiederbelebungsversuche. Und sie wirkten tatsächlich. Gunther krümmte sich zur Seite und erbrach reichlich Wasser. Offenbar kam er zu sich.

Die beiden liefen zu ihren Sachen, zogen sich hastig an und verschwanden.

Klaus war benommen sitzen geblieben. Zunächst konnte er nicht fassen, dass er gerade Zeuge eines Mordversuchs geworden war. Was das für sein Konto bedeuten würde: fantastisch. Damit war auch Andreas erpressbar. So viel Glück muss man haben. Er schaute auf seine Armbanduhr.

Die schwarze Digitaluhr mit vier Knöpfen hatte er von Martin geerbt. Der hatte sie zu seinem 16. Geburtstag von Peter Bach bekommen, meinte jedoch, die wäre gebraucht, da wäre an einem Rad was abgebrochen, er wolle sie nicht mehr. Klaus war das egal.

Es war bereits nach acht. Er überlegte, sich aus dem Staub zu machen, als er sah, dass sich Gunther langsam aufrichtete. Also doch warten. Gunther hustete und prustete, schien sich zu berappeln. Er packte seine Sachen und verschwand Richtung Parkplatz.

Versonnen steckte Klaus sich eine Zigarette an. Er musste genau planen, wen er wann ansprechen sollte. Die Reihenfolge war nicht unerheblich. Ob er seinen Halbbruder um Rat fragen sollte? Martin war bei diesen Dingen viel schlauer und besser als er. Ihm selbst fiel es schwer, sich auf mehr als eine Sache zu konzentrieren. Und hier ging es schließlich um was. Andererseits würde das bedeuten, dass er mit Martin teilen müsste, und das wollte er auf keinen Fall.

Es wurde bereits dunkel, als Klaus nach drei weiteren Zigaretten beschloss, zurückzufahren. Er musste zu Hause in Ruhe überlegen, wie er diese Dreifacherpressung angehen sollte. Er war gerade aufgestanden, als er ein Motorengeräusch wahrnahm, das schnell näher kam. Wer war das denn? Das Geräusch erstarb, eine Autotür wurde zugeschlagen und Schritte näherten sich. Klaus hockte unterdessen hinter seinem Felsen und beobachtete, wie Andreas ohne Zögern direkt der Stelle am Ufer zustrebte, an der Gunther vor einigen Minuten gelegen hatte. Angestrengt schaute er sich um. Im schnell abnehmenden Dämmerlicht war nicht viel zu erkennen.

»Gunther!«, rief Andreas leise. »Gunther. Geht es dir gut?«

Es war wie ein Impuls, dem Klaus nicht widerstehen konnte. Er stand auf, ruhig und gelassen. »Dem Gunther geht es den Umständen entsprechend gut. Keine Sorge.« Erschrocken drehte sich Andreas zu ihm um. »Was machst du denn hier? Woher weißt du …« Die Frage blieb unvollendet.

»Nun, sagen wir mal so. Ich sitze den ganzen Nachmittag hinter meinem Felsen. Ich höre und sehe Dinge. Das glaubt man gar nicht.«

»Was für Dinge?« Andreas hatte sich wieder im Griff. »Was willst du, Klaus? Willst du etwa bei mir eine von deinen Erpressungen durchziehen, die du gemeinerweise immer bei den Kleinen versuchst? Keine Chance. Nicht bei mir!«

Klaus wurde unruhig. Was wusste Andreas denn von seinen Nebengeschäften? Der bluffte doch nur. »Du weißt ja gar nichts. Aber du bist bald 400 Mark los. Das wird es dir doch wohl wert sein, dass keiner von eurem Mordversuch erfährt.« Klaus grinste höhnisch. Ha, jetzt hatte er ihn.

Andreas lächelte. »Klaus. Du armer, armer Klaus. Wem willst du denn was erzählen? Meinst du wirklich, Gunther wird deine Aussage bezeugen? Der wird nichts, aber rein gar nichts sagen. Aus gutem Grund, wie du weißt, wenn du alles gehört hast. Aber andersherum wird ein Schuh draus. Ich werde dir mit einigen anderen aus der Unterstufe endlich das Handwerk legen. Es muss Schluss sein mit diesen ständigen Erpressungen.«

Klaus wusste im Nachhinein nicht genau, was passiert war. Andreas hatte ihn jedenfalls stehen lassen, sich abgewendet und begonnen, den Uferhang Richtung Parkplatz hochzuklettern. Plötzlich wurde Klaus bewusst, dass er einen schweren, flachen Stein in der Hand hatte. Mit einem wütenden Aufschrei stürzte er sich von hinten auf den Ahnungslosen und schlug mit aller Gewalt zu. Andreas fiel vornüber und blieb bewegungslos liegen. Aus einem hässlichen Loch am Hinterkopf sickerten Blut und eine hellgelbe Flüssigkeit. Klaus wusste sofort, was das bedeutete. Hier kam er alleine nicht weiter. Martin musste helfen.

52. KAPITEL

Nora saß zusammengesunken neben mir. Sie hatte ihre Hände und Finger so krampfhaft verschränkt, dass ich schon Angst hatte, sie würde sich selbst verletzen. Die weit aufgerissenen Augen waren starr auf die beiden Brüder gerichtet, die durch eine verspiegelte Glasscheibe von uns getrennt an einem rechteckigen Tisch saßen. Ihnen gegenüber saßen Kommissar Kleinert und Hauptkommissar Schreiber aus Kirn. Stefan erinnerte sich an Schreiber. Der hatte ihn aufgesucht, als Andreas' Leiche identifiziert worden war. Neben der Tür stand ein weiterer Polizist.

Die Beamten hatten sich aufgrund der dünnen Indizienlage – vor allem den Mord an Peter Bach betreffend – dazu entschieden, die beiden Brüder gemeinsam zu verhören. Man erhoffte sich von diesem äußerst ungewöhnlichen Verfahren, dass die beiden intellektuell und emotional vollkommen unterschiedlichen Männer sich in Widersprüche oder Schuldzuweisungen verirren würden.

Das Verhör wurde durch eine kleine Lautsprecheranlage, die die Stimmen seltsam verzerrte, in den Raum übertragen, in dem wir saßen.

Klaus Doberstein hatte freimütig und ohne besondere Regungen von den Geschehnissen damals erzählt. Sein Halbbruder schwieg bis jetzt. Noch ging es nicht um ihn.

Stefan, der links von mir saß, hatte so seine Befürchtungen: »Hoffentlich mauert der nicht. Martin ist wesentlich intelligenter als Klaus. Er wird wissen, dass die Polizei kaum Beweise hat.«

»Und sein Fluchtversuch zählt gar nicht?«, fragte Nora.

»Nein. Er hat angegeben, auf einer Geschäftsreise nach England gewesen zu sein.«

»Von der seine Frau nichts wusste. Dass ich nicht lache.« Mir reichte es langsam.

»Man müsste ihn bei einer Sache überrumpeln. Und das müsste eine so gravierende Geschichte sein, dass er den Rest zugibt«, sinnierte Nora vor sich hin. »Die scheinen eine Pause einlegen zu wollen. Wann geht es deiner Erfahrung nach weiter, Stefan?«

»Erst morgen.«

»Meinst du, wir könnten wieder dabei sein?«

»Ich denke schon. Der Staatsanwalt hat jedenfalls nichts Gegenteiliges gesagt. Ich kenne den ganz gut.«

Nora und ich mussten lachen. »Ist klar. Kommt, lasst uns zu den anderen gehen. Vielleicht fällt uns etwas ein, und wenn wir bluffen müssen, ist doch egal.«

Am Abend saßen wir alle zusammen, diesmal erneut bei Burgers und diskutierten, ob es eine Möglichkeit gäbe mitzuhelfen, Martin Äckersberg zu überführen.

»Einiges wird er nicht leugnen können. Die Aussagen seines Bruders sind zu belastend«, meinte Stefan. »Und da kommt ganz schön was zusammen: Vertuschung einer Straftat in Tateinheit mit Unterschlagung von Beweismitteln und …«

»Halt, lieber Stefan. Ich weiß, du bist der Anwalt, aber all das, was du aufzählst, wird ihm nicht das Genick brechen. All das hat er zum Schutz seines Halbbruders getan. Das wird ihm jeder Richter mildernd auslegen, meinst du nicht?«

Ich wusste gar nicht, dass Sabine so profundes Jurawissen hatte, aber andererseits sagte einem der gesunde Menschenverstand, dass sie recht hatte.

»Mir will nicht in den Kopf, dass der Mord an Peter ungestraft bleiben soll«, beschwerte sich Susanne. »Das ist so ungerecht. Und auch der Todesfall Lankowski. Da steckte doch Vorsatz hinter. So plötzlich nach der Urlaubsbuchung. Wahrscheinlich hatte Martin ihm klargemacht, er müsse sein Geld versteckt halten, bis reichlich Gras über die Angelegenheit gewachsen sei. Der gute Lankowski hatte Lust auf Urlaub und musste das mit seinem Leben bezahlen.«

»Wir können es drehen und wenden, wie wir wollen. Solange die Polizei nichts Handfestes findet, wird er mit einem blauen Auge davonkommen.« Frustriert nippte Stefan an seiner Weinschorle.

»Und was ist, wenn wir was fingieren?«, ließ sich Raster vernehmen. »Das ist doch kein Problem für uns: einen kleinen netten Beweis im Netz zu lancieren. Ihr versteht, wie ich das meine?«

»Raster, du spinnst«, war Sabines klare Antwort. »Erstens ist die Polizei nicht blöde. Zweitens werde ich nicht mitmachen, wenn du illegale Sachen erfindest, um einen Mann – und mag er noch so schuldig sein – hinter Gittern zu bringen.«

Ich bestärkte Sabine: »Nein, Raster. Gut gemeint, aber das geht nicht. Wir müssen abwarten, was morgen passiert.«

»Sie haben mit Ihrem Halbbruder zusammen die Leiche von Andreas Karmann entsorgt. Das geben Sie zu, Herr Äckersberg?« Hauptkommissar Kleinert schaute eindringlich dem Angesprochenen in die Augen.

Martin Äckersberg nickte. »Das kann ich nicht leugnen. Ich wollte meinem Bruder helfen. Er ist in diese scheußliche Sache reingeraten, und ich wollte ihn nicht im Stich lassen.«

»Und Sie haben dabei Ihre Armbanduhr verloren, Herr Doberstein?«

»Dass das dort passiert ist, war mir nicht klar. Später hab ich es mir so zurechtgelegt, ja.«

»Und als Sie im letzten Sommer hörten, dass neben der gefundenen Leiche diese Uhr entdeckt wurde, Herr Äckersberg, bekamen Sie Panik. Nicht wahr?«

»Nein! Wie kommen Sie darauf?« Martin Äckersberg war sichtlich empört und richtete sich kerzengerade auf. »Die Uhr gehörte mir schon lange nicht mehr. Und wer würde sich nach 30 Jahren an so ein Massenprodukt erinnern? Worauf wollen Sie hinaus, Herr Kommissar? Sie wollen mir doch nicht etwa den Mord an Peter Bach anhängen? Da haben Sie ganz schlechte Karten. Meine Frau wird Ihnen bezeugen, dass ich an jenem Abend schön brav zu Hause mit ihr ferngesehen und das Haus nicht verlassen habe.« Zufrieden lächelnd verschränkte Martin die Arme vor der Brust und lehnte sich entspannt zurück.

Hierauf schaltete sich Kriminalhauptkommissar Schreiber aus Kirn ein, der bis dahin schweigend zugehört hatte. »Eigenartig, dass Sie gleich auf den Mord an Peter Bach zu sprechen kommen, während wir nur über eine Uhr nachgedacht haben. Aber sei's drum. Ich muss

Ihnen leider widersprechen, was Ihre Frau angeht.« Der Kriminalbeamte machte eine kunstvolle Pause. »Mir liegt eine eidesstattliche Erklärung Ihrer Frau vor, die sie gestern gemacht hat, in der sie genau das Gegenteil behauptet.«

Erstaunt schauten wir auf. Was war das denn? Sonja hatte bisher nichts dergleichen gesagt. Warum jetzt so eine Aussage?

Kommissar Schreiber fuhr fort: »Sie hat uns gestern diesen bewussten Abend sehr detailliert beschrieben. Zunächst hätten Sie mit einem ihr unbekannten Handy ein Telefonat geführt.«

»Wie aufregend«, brummte Äckersberg scheinbar gelangweilt.

»Dann sind Sie mit Ihrem Wagen aufgebrochen, ohne Ihrer Frau zu sagen, wohin«, fuhr Schreiber ungerührt fort. »Da dies in jenen Tagen öfter vorgekommen war, machte Ihre Frau sich Sorgen und ist Ihnen mit ihrem eigenen Wagen nachgefahren. In Sobernheim haben Sie Peter Bach getroffen. Ihre Frau ist Ihnen sogar zu Fuß gefolgt, bis zur Nahe hinunter. Dann ist sie umgekehrt.«

»Also hat sie gar nichts gesehen«, blaffte Äckersberg.

»Das, was sie gesehen hat, reicht uns vollkommen. Der Mord geschah etwa zehn Meter weiter, der Zeitpunkt stimmt genau überein. Selbst wenn es auf einen reinen Indizienprozess hinausläuft – das wird reichen. Übrigens war der Mord an Peter Bach absolut unsinnig. Er hatte seiner Frau bereits erzählt, dass er Ihnen diese Uhr geschenkt hatte. Und damit war Ihre Beteiligung an dem Mord an Andreas Karmann evident.«

In diesem Moment sprang Martin Äckersberg auf, riss seine mit Handschellen gefesselten Arme in die Höhe und versuchte, auf den armen Kommissar Schreiber einzuschlagen. Kleinert und der an der Tür stehende Polizist konnten ihn gerade noch rechtzeitig stoppen. »Mir tut gar nichts leid!«, schrie er so laut, dass die kleinen Lautsprecher neben uns klirrten. »Peter nicht und auch nicht dieser saublöde Lankowski. Wieso konnte der nicht die Füße stillhalten. Stattdessen bucht der einen Malediveurlaub für sich und sein Häschen. Das musste ich unterbinden.« Äckersberg war offenbar nicht klar, dass er sich in diesem Moment um Kopf und Kragen redete. Die Polizisten störten ihn dabei nicht und ließen ihn machen.

»Du warst das?«, ließ sich Klaus Doberstein vernehmen. »Ich dachte, der wäre wirklich vor die Straßenbahn gelaufen.«

»Tja, da guckst du, was? Wenn Brüderchen sich nicht kümmern würde. Immer musste ich die Kartoffeln für dich aus dem Feuer holen. Immer den Kopf hinhalten. Ha, jetzt sind wir beide dran.«

Mit einem irren Gesichtsausdruck war der Wutausbruch mit einem Schlag vorbei. Martin Äckersberg brach auf seinem Stuhl zusammen und starrte schweigend vor sich hin.

Die Polizisten beendeten das Verhör, und auch wir hatten genug gehört.

Zwei Tage später, wir kamen gerade von einem wunderschönen Abendessen im Restaurant »Silberkanne«, beschlossen wir, uns einen Abschiedstrunk bei den Burgers zu gönnen. Am nächsten Morgen sollte es endgültig zurück nach Dortmund gehen. Stefan und Susanne hatten den ganzen Abend geheimnisvoll von einer Überraschung gesprochen. Wir hatten keine Ahnung, worum es sich handelte. Beim Haus der Burgers angekommen, fiel erst mir und dann den anderen ein Toyota Auris mit Lörracher Kennzeichen auf.

»Nein, das ist nicht das, was ich denke!« Nora war vollkommen aus dem Häuschen. Die Haustür öffnete sich und ein strahlender Christoph kam uns entgegen.

»Ich habe es nicht früher geschafft, sonst wäre ich gerne mit euch essen gegangen. Susanne und Stefan haben mich eingeladen. Ich bleibe ein paar Tage bei Ihnen. Habt ihr alles gut überstanden?«

Der Abend wurde lang, aber vor allem endlich einmal entspannt. Selbst Heike konnte mitlachen und mitfeiern. Ein paarmal dachten wir allerdings an Sonja, die wir zwar erneut eingeladen hatten, die aber nicht wollte. Noch nicht.

Es war nach 2 Uhr, als wir müde aufstanden und uns von unseren Gastgebern verabschiedeten. Mit einem Mal unterbrach uns Susanne. »Ach, das habe ich ja ganz vergessen zu erzählen.«

Wir standen gerade im Flur vor der Garderobe und zwängten uns in unsere Jacken.

»Ich habe gestern zufällig Silvia Krombach getroffen. Nur für die, die sie nicht kennen: Sie ist eine ehemalige Mitabiturientin. Jedenfalls habe ich ihr erzählt, was in den letzten Tagen passiert ist, unter anderem auch von Sonjas Aussage, ihr wisst schon, dass sie Martin nachgefahren ist und so weiter. Da unterbricht sie mich plötzlich und sagt, dass das überhaupt nicht wahr sein könnte. Sie wüsste ganz genau, dass sie an diesem Abend, an dem Peter ermordet wurde, mit vier anderen Frauen – darunter auch Sonja – in Kirn in einer Kneipe war.«

»So viel zum Thema Bluffen«, meinte Raster und schlurfte grinsend nach draußen.

EPILOG

Diesmal war kein schlechter Geruch zu beklagen. Die Luft war sauber und klar. Nora lag auf ihrer Pritsche. Sie trug ein pastellfarbenes, geblümtes Sommerkleid. Die Tür zum Treppenhaus stand weit offen, und eigenartigerweise strömten Sonnenlicht und ein lauer Sommerwind in den Kellerraum. Ihren Zustand hätte sie nach einer alten Parfumwerbung als das »Kenzo-Gefühl« beschrieben. Jederzeit konnte sie aufstehen und gehen, aber sie wollte nicht. Sie wartete lieber.

Heute war ein großer Tag. Gunther wollte vorbeikommen und sich endgültig verabschieden. Er hatte das zwar schon ein paarmal angekündigt, um dann doch wiederzukommen. Aber solange das Warten auf ihn so angenehm war wie jetzt, war ihr das gleichgültig.

Sie hörte seine Schritte auf der Treppe. Freudige Erwartung durchströmte sie.

»Hallo, Gunther. Möchtest du mir heute Auf Wiedersehen sagen?«

Gunther lächelte. Seine Haut erschien Nora so durchscheinend wie nie zuvor. Das passte zu dem weißen Anzug, den er trug. Überhaupt war sie sich gar nicht so sicher, ob wirklich Gunther vor ihr stand.

»Gunther? Bist du das?«

Dann hörte sie seine Stimme. Eindeutig *seine* Stimme: »Ich bin nur in deiner Erinnerung, Nora. Vergiss mich nicht, aber verzeih mir, bitte! Ich danke dir, dass du mich befreit hast …«, und er sagte noch mehr.

Nora konnte nicht alles verstehen. Manche Worte waren so weit entfernt, dass sie nicht bis zu ihr durchdrangen. Manche Inhalte waren zu verworren, als dass sie sie begreifen konnte. Aber auch das machte nichts.

Als sie alleine war, stand sie auf, schaute sich in dem Kellerraum um und ging dann durch die Tür. Diesmal schloss *sie* die Tür von außen, drehte den Schlüssel, der im Schloss steckte, zog ihn ab und ging nach oben, wo sie das Sonnenlicht erwartete.

Den Schlüssel legte sie unter die Fußmatte. Man weiß ja nie …

DANKSAGUNG

Meine Danksagung muss ich in diesem Fall gleich mit einer großen Bitte um Entschuldigung beginnen:

Ich entschuldige mich bei allen Bürgern des schönen Städtchens Bad Sobernheim, dass ich Ihnen einfach ein Internat vor die Tür gesetzt habe. Um ehrlich zu sein, ist es angelehnt an das Internat in Meisenheim, wo ich einige wichtige Jahre meiner Jugend verbracht habe. Aus rein dramaturgischen Gründen habe ich mich zu diesem Schritt durchgerungen.

Zudem habe ich die schmalen Weinberge am Fuß des Rotenfels ein wenig flacher gestaltet, um hier das dramatische Treffen und den Steinbewurf von oben möglich zu machen. Für alle anderen bewussten oder unbewussten Fehler in der Beschreibung der herrlichen Nahegegend bitte ich ebenfalls um großzügige Nachsicht.

Ich danke meiner lieben Frau, die mir (wieder einmal) den Rücken für das Schreiben frei gehalten hat und mir mit ihren positiven und negativen Einwürfen immer die wertvollste Kritikerin ist.

Ich danke dem Gmeiner-Verlag und insbesondere meiner lieben Lektorin Claudia Senghaas, die mich konstruktiv, vertrauensvoll und immer positiv begleitet hat. Danke auch für das Vertrauen, dass mir entgegengebracht wurde.

Und letztendlich danke ich den vielen Freunden, die mich kennen und auch wissen, dass neben einem Hauptberuf nicht so viel Zeit zum Schreiben bleibt, mich aber immer wieder bestärkt und unterstützt haben. Vielen Dank euch allen.

Weitere Krimis finden Sie auf den folgenden Seiten und im Internet:

WWW.GMEINER-SPANNUNG.DE

ASTRID KORTEN
Eiskalte Umarmung

978-3-8392-1885-3 (Paperback)

»Brutal, eindringlich, faszinierend:
Begleiten Sie einen gnadenlosen Killer
bei seinen Taten – und sagen Sie nicht,
Sie seien nicht gewarnt worden!«

»Morgen ist Sonntag«, flüsterte er. »Du wirst in Ekstase sterben. Du wirst mich anflehen, dich zu töten. Du wirst Schmerz empfinden. Ich kenne dieses Gefühl. Mit ihm zerfließt die Zeit, und sie formt sich aufs Neue. Ich muss dich töten, verstehst du? Denn dein Anblick öffnet eine Tür, hinter der die Albträume der Vergangenheit lauern.«

MATTHIAS GEREON
Die Eisbärin

978-3-8392-1886-0 (Paperback)

»Düster und atemlos – ein eiskalter Thriller, der unter die Haut geht!«

»Wie gelähmt starrte sie auf die Zimmertür. Sie würde das Böse nicht aufhalten können.«

Was tust du, wenn die Vergangenheit dich einholt und dein einstiger Peiniger plötzlich vor dir steht? Für Sabine wird dieser Albtraum Realität. Doch als sie auf brutale Weise mit den Dämonen ihrer Kindheit konfrontiert wird, weiß sie: Sie will kein Opfer mehr sein. Aber vor allem will sie ihre kleine Tochter beschützen. Und so fasst sie einen Entschluss: Sie wird das Monster töten. Doch auch ihr Peiniger hat sie erkannt, und er will sein einstiges Opfer erneut beherrschen.

GMEINER SPANNUNG

WWW.GMEINER-VERLAG.DE
Wir machen's spannend